CARLA MONTERO
LA PIEL DORADA

Carla Montero nació en Madrid en 1973. Comenzó su carrera literaria con la novela *Una dama en juego*, que obtuvo el Premio Círculo de Lectores de Novela en el año 2009, y después *La Tabla Esmeralda* en el 2013 sobre el mundo del expolio nazi de obras de arte. *La piel dorada* es su tercera novela.

LA PIEL DORADA

LA PIEL DORADA

CARLA MONTERO

Vintage Español
Una división de Random House LLC
Nueva York

PRIMERA EDICIÓN VINTAGE ESPAÑOL, SEPTIEMBRE 2014

Vintage Español ISBN en tapa blanda: 978-0-8041-7184-7
Vintage Español eBook ISBN: 978-0-8041-7185-4

Para venta exclusiva en EE.UU., Canadá, Puerto Rico y Filipinas.

www.vintageespanol.com

Impreso en los Estados Unidos de América
10 9 8 7 6 5 4 3 2 1

Para Luis, por quince años simplemente perfectos

Una imagen es un complejo intelectual y emocional en un instante del tiempo (...) que da esa sensación de libertad súbita, esa sensación de repentino crecimiento que experimentamos en presencia de las más grandes obras de arte.

Ezra Pound

PRÓLOGO

¿Han oído hablar de los crímenes de Whitechapel? Tal vez el nombre de Jack el Destripador les resulte más familiar... Entre abril de 1888 y febrero de 1891 once mujeres fueron brutalmente asesinadas en los suburbios del East End londinense. Aún hoy se desconoce la auténtica identidad del asesino o asesinos.

Por aquel entonces yo sólo era un imberbe de pantalones cortos, que atesoraba en los bolsillos canicas de cristal y tapones de corcho y pasaba las tardes cazando ranas en la charca del pueblo con la ayuda de un artilugio que yo mismo había inventado. Sin embargo, los sucesos de Londres me impresionaron especialmente y, en plena adolescencia ávida de emociones fuertes y aventuras por entregas, jugué a juntar las piezas de aquel complicado puzle en busca de mi propia solución al misterio, contando con la única información que me proporcionaban los recortes de la prensa británica y austríaca que coleccionaba meticulosamente en un álbum de tapas de cuero, regalo de mi abuelo en mi decimocuarto cumpleaños.

Tierna inocencia... A tan temprana edad aún no había descubierto que la prensa adolece del vicio frecuente de manipular la realidad con el único propósito de hacer popular una noticia. No los culpo... Todos manipulamos la realidad en mayor o menor medida para vendérnosla a nosotros mismos o vendérsela a los demás. De otro modo, vivir sería en ocasiones insoportable.

Una vez convertido en adulto, fui consciente de esta evidencia con una certeza aterradora. Como también lo fui de que no importa cuánto se esfuerce un hombre respetable y en sus cabales por mantener la cruda realidad detrás de un escaparate de cristal más o menos fino y transparente; no importa cuántas barreras y atajos mentales invente para evitarla ni cuántas veces intente convencerse de que lo sucio, feo, maloliente y degenerado del mundo no va con él. Al final la realidad descarnada te sorprende cuando menos te lo esperas, te da una paliza brutal y te deja abandonado en un callejón oscuro y solitario.

Así me sucedió cuando me enfrenté a mis propios crímenes de Whitechapel, reales como una bofetada que te deja el rostro rojo y ardiente. Nada de recortes, nada de juegos ni coleccionismos macabros. Cuatro asesinatos estremecedores que sacudieron los nervios de la inestable ciudad de Viena y trastocaron mi entorno, mis convicciones y hasta mi modo de ver la vida. Aunque lo cierto es que no sería justo que culpase a los asesinatos de aquel cataclismo: no en vano en resolver crímenes consistía mi trabajo. Se trató de algo mucho más complejo para lo que nadie ni nada me había preparado.

Por cierto, mi nombre es Karl Sehlackman, soy ex inspector de la brigada criminal de la Policía Real e Imperial de

Viena. Pero, no se llamen a engaños, la historia que me dispongo a contarles no es una historia de crímenes ni criminales; después de todo, yo nunca fui un buen policía.

Ésta es, damas y caballeros, la historia de una mujer. La mujer más bella de Viena. Inés.

1

Viena, marzo de 1904

En Viena todo el mundo la conocía y se preciaba de conocerla. Todos la llamaban Inés, desde las criadas hasta las damas de más alta alcurnia. A veces, se referían a ella como «la donna», pero únicamente porque creían que el acento que endulzaba su alemán era italiano. En realidad, nadie sabía nada de ella, ni quién era ni de dónde venía.

El inspector Karl Sehlackman estaba seguro de haberla visto por primera vez en un burdel; aunque por aquel entonces desconocía que se trataba de Inés y en ningún caso se hubiera esperado encontrarla en lugar semejante.

Si al menos se hubiera dejado ver en un prostíbulo de lujo en el centro de la ciudad, de esos que frecuentaban los caballeros nobles y adinerados... Pero no, aquello era un agujero del infierno escondido en un suburbio obrero, que estaba regentado por una tal madame Lamour. El inspector conocía bien a madame Lamour. Según su ficha policial, aquel nombre tan sugerente como poco imaginativo ocultaba la verdadera identidad de una mujerzuela tan vulgar como su nombre real: Gertrude Schmid. Frau Schmid era chabacana, granuja y una delincuente habitual, que acumulaba antecedentes por escándalo público, desacato a la autoridad, hurto y estafa, entre otros. Ella misma era reflejo fiel de su negocio: viejo, feo, sórdido, deshonesto, apolillado, barato... Y las chicas... Las chicas tampoco parecían diferentes: no eran en absoluto bonitas y la mayoría superaba la cuarentena.

Dadas las circunstancias, resultaba prácticamente imposible que la presencia de aquella mujer llamada Inés pasase inadvertida en semejante lugar, por antagónica con todo lo que la rodeaba. Como un atardecer púrpura en la cima de un basurero.

El inspector Sehlackman procuró abstraerse del ambiente mientras se empeñaba en descifrar el perfil de porcelana semioculto bajo la capucha de una amplia capa azul marino. Mas poco duró aquel instante a cámara lenta de imágenes rotas como los sueños confusos, sin tacto ni olfato ni oído, sin respiración. En cuanto madame Lamour advirtió la presencia del policía en el hall, corrió a su encuentro cortándole el paso con su envergadura, no sin antes hacer una señal rápida a sus chicas para que se ocultasen primero los pechos y después ellas mismas en el piso de arriba.

—Querido inspector Sehlackman, ¡cuánto me honra con su visita! —exclamó a viva voz madame Lamour mientras gesticulaba con exceso de teatralidad—. Permítame acompañarle a la salita e invitarle a tomar un té.

Karl oteó por encima del hombro de la madame ansioso por no perder de vista a la extraña mujer de la capa. Sin embargo, en el hall solamente quedaba un rastro ondeante de seda azul, como un telón que pone fin al espectáculo. Por un momento pensó que se había tratado de una visión mágica.

Parpadeó y trató de concentrarse en su desagradable interlocutora.

—Ahórrese las atenciones, Gertrude. —Colocó la voz por encima de la música de una pianola y las risotadas que provenían de dentro de la casa—. Para empezar, dudo de la salubridad de su té y, para continuar, no vengo por un asunto oficial, de modo que no es necesario que me dore la píldora.

Una vez aclaradas las intenciones del inspector, la actitud de madame Lamour cambió en un abrir y cerrar de ojos. Su rostro grotesco se torció con una sonrisa de picardía y, aproximándose al joven, adelantó el pecho como si quisiera hacer que topara con aquellos grandes senos que parecían a punto de escaparse de entre las puntillas ennegrecidas de su ropa interior.

—Ah, mi querido inspector, entonces es que por fin se ha decidido a probar a una de mis chicas... Por tratarse de usted, a la primera invita la casa —susurró cerca de su cara con voz ronca y aliento de anís.

Karl dio un paso atrás sin poder quitar la vista de una verruga peluda que brotaba junto a sus labios.

—Lo cierto es que no... gracias. Ya nos conocemos, Gertrude, y no sé qué me mataría antes, si su té o sus chicas.

La mujer se mostró ofendida en lo más profundo de su honor. Se cerró el chal sobre su escote casi desnudo, como si echara vengativa las cortinas sobre una ventana al paraíso.

—No sé de qué me habla. Yo soy una mujer temerosa de Dios, del emperador y de sus leyes. Todos mis papeles están en regla.

—No me obligue a pedírselos... Vayamos al grano, madame: estoy buscando a esta persona...

El inspector sacó una fotografía de su bolsillo y se la mostró a Gertrude, quien deslizó la mirada por encima de ella con escaso interés.

—No me suena. Por aquí pasan muchas personas, sobre todo hombres. No querrá que me fije en cada uno de ellos.

Consciente de que la madame no estaba dispuesta a colaborar, Karl no se anduvo por las ramas.

—Echaré un vistazo por el salón —afirmó, avanzando un paso hacia el interior de la casa.

Gertrude se interpuso en su camino con actitud más nerviosa que desafiante.

—Espere un momento... ¡Ese hombre podría estar en cualquier parte! ¿Y si ha alquilado una habitación y se encuentra descansando? ¿Con qué derecho quebranta usted la tranquilidad y la intimidad de mis clientes? No puedo permitirle entrar así como así.

Karl, que no estaba de humor para bromas ni para incordios, clavó la mirada en esa vieja ramera osada con la intención de recordarle quién tenía la sartén por el mango en aquella situación.

—Verá, madame Lamour —anunció con sorna—. Voy a entrar en su inmundo salón y, por su bien y por el mío, ruegue a Dios para que encuentre allí a quien busco o, de lo contrario, me veré obligado a echar abajo a patadas la puerta de cada uno de sus cuartuchos hasta que dé con él. Todo ello con el derecho que me otorga ser la persona que mañana mismo podría cerrarle este garito infesto.

Sin más contemplaciones, el inspector Sehlackman se dispuso a cumplir con su cometido dirigiéndose al salón, mientras madame Lamour se quedaba plantada en mitad del hall rumiando su impotencia.

El salón estaba envuelto en una nube de humo que le escoció en los ojos nada más entrar; un hedor a sudor y alcohol rancio le golpeó la nariz. En mitad del tumulto y el ruido —una música horrible de pianola desafinada, gritos y risas estridentes—, Karl empezó a escrutar los rostros demudados de vicio y lujuria que allí se congregaban, toda una galería de fealdad y depravación.

Nadie reparó en su presencia, tan absortos como estaban en su propio placer carnal: el de la bebida, el juego y el sexo. De modo que pudo pasearse por el lugar, esquivando putas y borrachos, sin ser importunado. Hasta que, finalmente, dio con él.

Encontró a Hugo en un rincón oscuro al fondo del local, sentado a una mesa sobre la que corrían las cartas y el alcohol. Su cabeza descansaba en los senos marchitos de una puta vieja, escasa de ropa y sobrada de maquillaje, mientras que otra no mucho más joven le marcaba el cuello con besos rojos de carmín y le recorría el pecho con caricias callosas por debajo de la camisa entreabierta. Bebía de una botella de vidrio verde, probablemente colonia pese a la engañosa etiqueta que rezaba VODKA. Estaba muy borracho, pero aún conservaba la consciencia suficiente como para tirar los naipes a la mesa siguiendo las reglas del juego.

—Lo lamento, caballeros —irrumpió Karl con mal disimulada ironía—, pero me temo que se ha acabado la diversión. —Y volviéndose hacia Hugo, ordenó—: Venga, nos vamos.

Tuvo que tirar de él para arrancarlo de los brazos de las putas pero, antes de que pudiera conseguirlo, uno de aquellos caballeros, con aspecto de rudo proletario, levantó toda su humanidad, que era mucho mayor que la de Karl, y comenzó a increparle.

—Un momento, pollo pera. ¿Quién coño te has creído que eres? Aquí el amigo va perdiendo y no va a largarse sin aflojar la guita que me debe.

Karl se metió la mano en el bolsillo, sacó un puñado de billetes y los dejó en medio de la mesa con un golpe que sacudió naipes roñosos, vasos llenos y botellas vacías.

—Con esto, la deuda queda suficientemente saldada. Y podéis terminaros la bebida a su salud —concluyó arrebatándole la botella a Hugo y poniéndola junto al dinero. Dinero y botella desaparecieron de la mesa tan rápido como habían aparecido.

—¡Eh! ¡Devuélveme mi vodka y lárgate! —protestó el joven con voz pastosa mientras se zafaba de los tirones de brazo con los que Karl intentaba obligarle a ponerse en pie.

El rudo proletario agarró a Karl por las solapas y, echándole en la cara su aliento apestoso, le amenazó:

—Será mejor que hagas caso al chaval. Lárgate y déjale terminar la partida con honor. No quiero que nadie diga que yo, el honrado Rutger, desplumo a los pardillos de mala manera, ¿queda claro?

Un coro de carcajadas aderezó las amenazas de Rutger, quien, totalmente crecido y seguro de haber amedrentado a aquel relamido enclenque, lo soltó para que pudiera irse con su música a otra parte. Lo que no esperaba el grandullón pendenciero era recibir inmediatamente después el fuerte puñetazo en la mandíbula que lo lanzó contra las sillas y lo dejó medio aturdido en el suelo.

Karl colocó su identificación de policía frente a la cara magullada del matón y con voz calmada pero firme zanjó aquel asunto.

—¿Sabes, Rutger? Debería llevarte detenido para que le expliques todo esto al juez. Pero tengo otras cosas que hacer. Ésta debe de ser tu noche de suerte, no la tientes.

Mientras el resto de los contertulios, que antes tanto habían cacareado, observaban mudos e inmóviles la escena, Karl se acomodó el traje, se ajustó las lentes torcidas y reanudó sus esfuerzos por sacar a Hugo de aquel lugar.

Hugo recordaba haber protestado vivamente, incluso haberse aferrado a las faldas roñosas de aquella puta... ¿Cómo se llamaba?...

Pero lo que no recordaba en absoluto era cómo había acabado con la cabeza metida en un pilón de agua helada mientras hacía esfuerzos inútiles por sacarla y poder respirar. ¡¿Es que aquel bastardo quería ahogarle?!

Por fin sintió que tiraban de él hacia arriba. Tomó una amplia bocanada de aire y entre toses y sofocos intentó gritar:

—¿Qué demonios estás haciendo?... ¡Maldito seas!... ¿Acaso has perdido la cabeza?

El traje de Karl se llenó de salpicaduras vertidas entre injurias.

De pronto Hugo detuvo su ira, se dejó caer en la acera y apoyó la espalda contra la pared en ruinas de la única vivienda que había en aquel callejón de mala muerte. Karl supuso que le habría sobrevenido un mareo: semejante melopea no se arregla con tres o cuatro zambullidas en agua fría. Lo observó en silencio, esperando a que se recompusiese un poco para poder sacarlo de allí y llevarlo a casa.

—Vete y déjame en paz, ¿quieres? —masculló Hugo con la cabeza entre las rodillas. No era capaz de vocalizar correctamente las palabras—. No necesito una niñera.

—Eso díselo a tu tía Kornelia. Ella me ha pedido que viniera a buscarte.

Hugo no contestó. Karl se preguntó si se habría desmayado otra vez. Probó a seguir hablándole.

—Me alegro de volver a verte, Hugo. Aunque me hubiera

gustado enterarme por ti y no por Kornelia de que habías regresado a Viena.

El joven soltó una risita irónica.

—¿De veras? Debes de ser la única persona que se alegra de verme en esta condenada ciudad.

Karl sintió lástima de aquel despojo ebrio y falto de dignidad tirado en la tierra de un callejón. Ese hombre no se parecía en nada al Hugo von Ebenthal que él conocía. Su gran amigo Hugo von Ebenthal... Probablemente su único amigo. El tipo más simpático, frívolo y feliz con el que se había topado nunca. El mismo que se burlaba de su artilugio para cazar ranas y de su álbum de crímenes porque había preferido pasar la adolescencia seduciendo a muchachas de no importaba qué cuna en los campos de heno que servían de alimento a los purasangre de su padre. Aquel chico de mente sana y sin prejuicios con el que Karl había jugado al escondite en los jardines, a los piratas en el lago y a los bandidos en el bosque de los Von Ebenthal. Con el que había corrido sus primeras juergas de estudiante en Viena y con quien había compartido confesiones frente a una o varias jarras de cerveza.

Hugo von Ebenthal había sido un soltero codiciado, heredero de títulos y fortuna, agraciado con un físico irresistible motivo de cuchicheos y sonrojos entre los círculos femeninos de los mejores salones de la ciudad. Había seducido a la mayoría de las mujeres de Viena y a buena parte de las de Austria, en realidad a toda dama que se hubiera cruzado en su camino. Había jugado a hacer el amor con la despreocupación de quien se cree inmune a su veneno. Pero no existe nadie inmune al amor. Ni siquiera Hugo von Ebenthal.

Por ese motivo, Karl se sorprendió enormemente cuando Hugo le confesó que se había enamorado. No le hubiera parecido más inesperada la noticia de un desastre natural, de un cambio en el eje de rotación de la tierra. Pero aquella mirada, aquella sonrisa, aquel rostro velado de beatitud rayana en la estupidez le confirmó, sin lugar a dudas, que su amigo no mentía: estaba enamorado de verdad.

La muchacha era dulce, bella, cándida, alegre... Una niña inocente. Y quizá la única que no tenía en cuenta su aristocracia, ni su fortuna, ni siquiera su físico moldeado por los dioses del Olimpo. Sólo ella había descubierto la belleza en el interior del joven, la auténtica belleza oculta por el brillo intenso de lo superficial, extremadamente intenso en el caso de Hugo.

En apariencia, la vida había decidido facilitarle las cosas a Hugo von Ebenthal. Eso había pensado Karl. Pero se había equivocado. La vida nunca lo da todo. No era más que un engaño, una treta, un caramelo en los labios arrebatado después de un manotazo inmisericorde.

No había pasado un día en los últimos años sin que Karl hubiera tenido que combatir una imagen desasosegadora que se empeñaba en adherirse a su mente con las uñas afiladas. Ni un solo día en que no recordase a Hugo tendido junto al cadáver abierto en canal de su amada, con las manos manchadas de sangre y el rostro contraído por la angustia y la enajenación.

El propio inspector Sehlackman había comandado la investigación de aquel crimen. Todos los indicios apuntaban a que Hugo lo había cometido, con frialdad y premeditación. Pero no, Hugo no podía ser un asesino, era su amigo. De eso Karl estaba convencido y así se lo había recordado el príncipe Von Ebenthal, el padre de Hugo. «Hugo es tu amigo, tienes que ayudarle. Hazlo por nosotros y esta familia te estará eternamente agradecida.» El agradecimiento de los Von Ebenthal era algo que Karl valoraba en suma medida; también la amistad de Hugo. No quería decepcionar a los que, con un extraño sentimiento de vasallaje, consideraba sus señores y a los que, aun siendo policía, prestaría sus servicios, tal como su padre, su abuelo y su bisabuelo habían hecho siendo los médicos de la noble casa.

Por eso concluyó lo que el príncipe Von Ebenthal le pedía: Hugo era inocente de la acusación de asesinato, caso cerrado por falta de pruebas. Concluyó lo que él mismo quería creer. Porque Hugo von Ebenthal era su amigo... Su único amigo.

Lástima que los casos no se puedan cerrar con un simple acto de fe y de voluntad. Karl Sehlackman no tardaría en descubrir que los fantasmas de las tumbas que se dejan mal cerradas siempre regresan para atormentar las conciencias culpables.

Lo cierto era que, desde aquel desgraciado episodio, el joven no había vuelto a ser el mismo. Destrozado y amargado, condenado a un exilio forzoso impuesto por un padre al que poco importaba si Hugo era o no un asesino, sino únicamente el deshonor que había causado a la familia y que sólo habría de aplacarse borrando de la memoria de Viena el nombre de su hijo, partió hacia Norteamérica, donde había permanecido lejos de todo durante los últimos años.

A la vista de aquellos despojos de Hugo que se esparcían a sus pies, Karl estuvo seguro de que sus aventuras en tierra extranjera habían inclinado al joven al vicio y al desenfreno, a la autodestrucción. No obstante, no estaba dispuesto a dar pábulo a la autocompasión de su amigo, pues creía que haciéndolo no le beneficiaba en nada.

—Tal vez pocos te echen de menos... Pero eso no justifica que te ocultes de la gente en el burdel más sórdido de la ciudad. Sólo Dios sabe qué clase de enfermedades puedes coger ahí dentro... Hay locales mucho más agradables para pasar el rato, que ofrecen alcohol de calidad y chicas jóvenes y guapas.

—Ninguna puta de lujo querría quedarse a solas conmigo. Todas saben leer y saben quién soy. Todas me tienen miedo —repuso el joven con amargura mal disimulada.

La conversación empezaba a alargarse y a teñirse de desahogo, de modo que Karl se acercó a su amigo y se sentó junto a él en el suelo. La noche era fresca y se sintió mejor al apretar las rodillas contra el pecho. Sin embargo Hugo, en mangas de camisa, con el torso desnudo y la cabeza empapada, parecía no experimentar sensación térmica alguna, ni nada que proviniese del exterior. Tan sólo sentía flotar y aullar fantasmas en su interior.

—El viejo se muere —anunció entonces, sin levantar la vista del suelo. Karl no comentó nada; ya sabía que el anciano príncipe agonizaba—. Por eso he vuelto. Y, bueno, pensé... pensé que todo se habría olvidado. Pero no... No, nada de eso. Esta misma mañana un imbécil de esos con pinta de persona de principios elevados y moral intachable me ha preguntado si es que iba a reabrirse el caso.

Karl meneó la cabeza: aquel tipo no sólo debía de ser un imbécil, también era un necio; eso, o tenía muy mala sangre.

—¿Entiendes ahora por qué prefiero pasar aquí el rato? Al menos Rutger sólo quiere sacarme hasta el último heller.

—Y estaba a punto de conseguirlo.

Hugo dejó asomar una hilera de dientes tras una sonrisa maliciosa.

—Eso creía él... Me he pasado meses en el Yukón, jugando al póker con los tipos más tramposos del mundo. A su lado, ese fanfarrón no es más que un aficionado. Sólo estaba dejando que se confiase, que pensase que soy un pardillo, para luego... ¡zas!, dejarle limpio en una sola mano.

El inspector no pudo evitar sonreír. Iba a resultar que,

después de todo, le había hecho un favor al tal Rutger: ahora se estaría gastando sus coronas en más vicio.

—Es evidente que tienes muchas cosas que contarme... —concluyó mientras se metía la mano en el bolsillo de la chaqueta y sacaba un paquete de tabaco—. ¿Te apetece un cigarrillo?

Hugo, movido por el resorte de la sorpresa, consiguió levantar la cabeza.

—¿Y tú desde cuándo fumas? ¿Es que te has vuelto un niño malo, Karl Sehlackman? —se burló.

—No fumo. Los he traído para ti.

Hugo soltó una carcajada estrepitosa.

—¿Te he dicho alguna vez que eres asquerosamente perfecto? —Quiso provocarle. Intentaba posar en él sus ojos vidriosos, que luchaban por fijar la mirada, en tanto que su cabeza se balanceaba como si el cuello fuera incapaz de sujetarla. Ante el silencio de Karl, volvió a la carga—: Y cuidado con los tipos perfectos... Mucho cuidado... Luego resultáis estar más podridos que el resto de los mortales... Dime, Sehlackman, ¿lo has hecho alguna vez con una puta vieja y sucia? —El joven puso los ojos en blanco y exhaló un suspiro ronco—. Oh... Es como pasar el dedo por la hoja de una navaja bien afilada... Sabes que vas a cortarte pero quieres ver cómo brota la sangre y tiñe el acero de rojo...

—Déjalo, Hugo... Estás demasiado borracho para que te tome en serio, así que pierdes el tiempo tratando de escandalizarme; ya estoy curtido de sobra en escándalos y provocaciones. Y no creas que me impresiona tu discurso autodestructivo. Si tan terrible te parece tu vida que quieres acabar con ella, se me ocurren formas más rápidas y directas de lograrlo; la sífilis es un camino lento y doloroso.

—Ya. Pero no serían tan divertidas.

Karl hizo caso omiso de su ofuscación.

—¿Quieres ese cigarrillo o no? —preguntó por segunda vez tentándole con un pitillo en la mano.

Hugo lo aceptó con desgana y volvió a enterrar la cabeza en las rodillas desde donde resonó su voz:

—No sé qué mierda de vodka era ése... Me encuentro fatal... Joder... Debería haberme quedado en Alaska vendiendo pieles de castor... —se lamentó antes de tender el cigarrillo hacia su amigo para que se lo encendiera.

Karl prendió una cerilla que impregnó el aire de aroma a fósforo quemado. A la débil luz de la llama el rostro lívido de Hugo se cuajó de sombras y se asemejó todavía más al de un cadáver.

—¿Y qué demonios hacías tú vendiendo pieles de castor?

Pero la curiosidad de Karl quedó insatisfecha porque, tras dar la primera calada al cigarrillo, Hugo se volvió para vomitar violentamente contra la pared.

Viena, abril de 1904

A aquella hora de la tarde, la luz del sol entraba por los ventanales de la rotonda con un ángulo muy particular y bañaba la piel de la modelo de tal forma que los tonos y las texturas que adquiría parecían únicos. Sin embargo, la baronesa Kornelia von Zeska maldecía constantemente porque no se veía capaz de plasmar esos matices en el lienzo: no daba con la perspectiva adecuada para representar los volúmenes ni reflejaba con precisión las sombras que se formaban en los pliegues de la cintura. No estaba en absoluto concentrada en lo que hacía; ni ella ni la modelo.

Therese posaba de pie, al modo de las Venus clásicas, salvo por el detalle de que, en vez de mirar al espectador, la cabeza le colgaba hacia delante y su rostro se ocultaba bajo una larga y espesa melena pelirroja, que le caía como una cortina sobre el cuerpo hasta casi confundirse con el vello púbico.

La baronesa suspiró de desesperación y lanzó el carboncillo contra la mesa de trabajo.

—Por hoy está bien, lo dejaremos aquí —anunció displicente—. Thercse, puedes cubrirte.

Con esa simple frase se desencadenó toda una serie de pequeños sucesos en aquella sala hasta entonces prácticamente inánime y silenciosa. Los cuatro alumnos que pintaban a Therese mostraron en voz baja su sorpresa por la abrupta interrupción de la clase; no obstante, empezaron a guardar sus instrumentos de pintura. La muchacha, por su parte, relajó la postura, alzó la cabeza y, tras recogerse los cabellos a un lado, empezó a masajearse el cuello entumecido. Casi al mismo tiempo, Hugo von Ebenthal estaba sobre la tarima tendiéndole la bata.

—No es necesario que la ayudes, Hugo. Ella sabe vestirse sola. —Kornelia regañaba a su sobrino como si fuera un niño pequeño y él, que nunca tomaba sus regañinas en serio, le lanzó una mirada burlona y siguió haciendo su voluntad.

La baronesa, con gesto contrariado, comenzó a recoger mecánicamente los trozos de carboncillo que acababa de utilizar. Alexander de Behr se acercó a ella.

—No deberías permitirle asistir a las sesiones de desnudo —la aleccionó, refiriéndose a Hugo—. Hemos perdido casi toda la clase sin necesidad.

—Mañana la reanudaremos, Sandro —gruñó la respuesta con mal tono.

Alexander de Behr se hacía llamar Sandro como homenaje

a Sandro Boticelli, a su modo de parecer, el pintor más maravilloso de todos los tiempos. Sin ir más lejos, Sandro se habría tatuado la *Primavera* en alguna parte amplia y despejada del cuerpo si no fuera porque, como él mismo admitía, era excepcionalmente sensible al dolor. En realidad, Sandro era excepcionalmente sensible a todo. Tanto o más que muchas mujeres. Inseparable de la baronesa Von Zeska, ambos conformaban una pareja muy peculiar en la que los roles sexuales parecían estar invertidos. Al menos en cuanto a su apariencia física, pues Kornelia era del todo masculina: con su cabello canoso y cortado como el de los hombres, con su rostro libre de maquillaje que dejaba al descubierto toda la crudeza de unos rasgos en absoluto agraciados y una piel surcada de arrugas y marcas de viruela, y con sus atuendos estrafalarios y un tanto andróginos entre los que, a menudo, no faltaban los pantalones. En cuanto a Sandro, se situaba en el polo opuesto, ya que siempre lucía una impecable melena teñida de rubio que le llegaba hasta los hombros, los ojos sutilmente delineados de negro y un vestuario rico en formas y colores. Si además de amistad compartían lecho era algo que nadie en toda Viena se atrevía a asegurar, al menos en público.

—Ésa no es la cuestión —puntualizó Sandro—. La cuestión es que hay unas normas y si a él le permites saltárselas, ¿por qué no a los demás? Esto acabará convirtiéndose en una feria: «¡Pasen y vean! ¡Muchachas desnudas de cuerpo entero! ¡Entrada gratuita!».

—Basta de tonterías. —La baronesa se le encaró mientras se limpiaba las manos con un trapo lleno de manchas negras—. Estás sacando las cosas de quicio como siempre. De sobra conozco las normas, te recuerdo que yo misma las establecí.

Efectivamente. Aquella escuela de arte era una institución privada, fundada y dirigida por la baronesa. Se trataba de un proyecto que ella había iniciado hacía años como respuesta al machismo, al clasismo y al racismo imperante en el mundo del arte, especialmente en los sectores más académicos y conservadores. Por supuesto que Kornelia no esperaba que una institución tan arcaica y anclada en el pasado como la Academia de Bellas Artes de Viena permitiera el ingreso de mujeres. Pero lo grave era que tampoco las asociaciones de artistas que abanderaban el modernismo y las nuevas corrientes de pensamiento artístico, como la Secession o la Künstlerhaus, lo hicieran. Oh, claro, por supuesto que apoyaban a las mujeres artistas, se dignaban exponer junto a ellas y a admitirlas en sus tertulias, pero otorgarles derecho a voto en sus asambleas era una concesión a su hegemonía masculina que no estaban dispuestos a hacer.

En cuanto a las clases de dibujo con modelos desnudos... Aquélla sí que era una batalla perdida. La moral, la decencia y la ética no contemplaban que una dama se pusiese delante de un cuerpo, ni de hombre ni de mujer, desnudo. No estaba mal visto que las mujeres volcasen su escaso talento en el noble arte de la pintura, siempre y cuando se limitasen al retrato, el paisaje y el bodegón. Lo demás resultaba amoral, obsceno y estaba fuera del alcance de sus naturalezas débiles. A la baronesa siempre le habían indignado aquellos planteamientos retrógrados. Ella misma había tenido que luchar por hacerse un hueco en el panorama artístico de Viena, había viajado a Francia a educarse en instituciones privadas, como la Académie Colarossi o la Académie Julien en París, y a formarse en ambientes más abiertos y tolerantes. Pero no todas las mujeres tenían acceso a las mismas oportunidades. Por eso en su academia se admitían por igual alumnos y alumnas y ambos se formaban en idénticas condiciones y con idénticos medios; desnudos incluidos.

Según esta filosofía revolucionaria, en su academia no había demasiadas normas. Pero entre esas pocas se encontraba la de únicamente permitir el acceso a las clases de desnudo a alumnos y profesores. Sobre todo por dos motivos. Uno, el que acababa de plantear Sandro con su peculiar estilo: evitar que la clase se convirtiese en una feria. Otro, asegurar que nada ni nadie distraía el trabajo de alumnos y modelos. Ya que, dependiendo de quién fuera el observador, las modelos detectaban de alguna manera cuándo había en la mirada un interés diferente del meramente artístico.

Eso era exactamente lo que había sucedido aquella tarde. Desde el momento en que Hugo había entrado en la galería y se había sentado en una esquina, devorando con los ojos el cuerpo de Therese, la muchacha había empezado a descuidar su trabajo: se movía imperceptiblemente, sus músculos se tensaban y destensaban, las sombras se desplazaban por su cuerpo, los pliegues cambiaban de lugar... Incluso había hecho un intento por alzar la cabeza para poder mirar al joven. Intolerable...

—Le consientes demasiado, Kornelia. Ya te lo he dicho en repetidas ocasiones. Sólo porque es despiadadamente encantador (o al menos lo era) e irracionalmente guapo no deberías plegarte a todos sus deseos. Eso no le beneficia en absoluto.

La baronesa desvió la vista hacia la tarima. Allí seguían Hugo y Therese. Todo sonrojos y sonrisas insinuadas, miradas lánguidas y aproximaciones sutiles. Una cuidada ceremonia que terminó con la mano de Therese entre las de Hugo mientras el joven acariciaba con los dedos la palma de ella como si estuviera adivinándole la fortuna. Por supuesto, él estaba al final de aquellas líneas de la mano. Siempre embaucaba así a esas cándidas criaturas.

Con la mirada y la mente ausentes, la baronesa reflexionó casi para sí misma.

—Ha sufrido tanto el pobre... Ha estado tanto tiempo lejos de mí... No puedo negarle nada... —se sinceró la baronesa con su buen amigo.

Sin embargo, Sandro tenía razón. Y ella no podía dejar de pensar en lo perjudicial que resultaba todo aquello para su sobrino: el desenfreno, esa forma de ahogar sus penas en el vicio, el desprecio por sí mismo y por los demás... No podía dejar de pensar en qué podría hacer para ayudarle.

Karl Sehlackman siempre había mantenido una relación cercana y cordial con Kornelia von Zeska. Quizá por el carácter abierto y tolerante de la baronesa, nunca había sentido que le separase de ella esa distancia reverente que guardaba con la mayoría de los Von Ebenthal, en especial con su alteza el príncipe, hermano de Kornelia y padre de Hugo.

El inspector solía visitar a menudo a la baronesa y, de cuando en cuando, acudía a alguna de sus famosas fiestas y veladas en su palacio de la calle Herrengasse. Con ocasión de una de ellas conoció formalmente a Inés.

Inés era la amante de Aldous Lupu, el afamado artista. Ambos acababan de inaugurar su primera exposición conjunta en la sede de la Secession; y teniendo en cuenta que habían gozado de una dosis aceptable de escándalo y las páginas de la prensa o las tertulias de café los tachaban lo mismo de genios que de locos —tan delgada es la línea entre ambos—, Kornelia no quiso perder la ocasión de celebrarlo, de modo que organizó una fiesta en honor de la pareja.

No se podía decir que la baronesa fuera la mujer más extravagante de Viena porque, en aquellos días, la ciudad estaba llena de personajes que competían en excentricidad para gusto y regocijo de su peculiar sociedad. Aunque, sin duda, la baronesa ocupaba un lugar destacado en aquella competición. Además de ser artista, divorciada, feminista y adepta a otros tantos ismos más, a cada cual más transgresor, procuraba que su extravagancia no pasase inadvertida a nadie. Tenía un criado negro como el betún que vestía siempre una túnica bereber y un turbante añil y que intimidaba con sus ojos de leche cortada a todo aquel al que abría la puerta. Eso, sin contar con Leonardo, el guepardo que era su mascota, bautizado así en honor al fabuloso genio renacentista. No todas las visitas toleraban que un felino salvaje se frotase el lomo moteado contra sus piernas o ronronease junto a sus zapatos a colmillo descubierto.

En semejantes circunstancias, no era de extrañar que las fiestas de la baronesa Von Zeska resultaran un alarde de singularidad. Sin embargo, para mayor decepción de las lenguas más afiladas de Viena, que en aquel momento de duelo anticipado por el inminente fallecimiento del anciano príncipe Von Ebenthal hubieran deseado poder despellejar a la susodicha por la festiva desconsideración que mostraba hacia su hermano moribundo, la velada en honor de Aldous e Inés se había tratado de una pequeña reunión de amigos sin boato ni magnificencia, sin orquesta ni siquiera cuarteto de cuerda. Claro que no faltó quien vertió en ella sus críticas por aquella austeridad rayana en la racanería, ya que es del todo imposible complacer a todo el mundo.

Sea como fuere, no hubo elefantes ni trapecistas en el jardín, tampoco el ballet imperial ruso representó *El lago de los cisnes* para sus invitados, rehusó contratar hipnotizadores y nigromantes, suprimió la fuente de chocolate y la pirámide de caviar y, aunque su amiga la mezzosoprano Grete Forst se ofreció a cantar «Casta Diva» de *Norma* —por todos sabido que se trata de un aria muy triste—, la baronesa declinó amablemente el ofrecimiento. El respeto al sufrimiento de su hermano le imponía austeridad. Sólo Leonardo estaba fuera de tono, luciendo el impresionante collar de brillantes sudafricanos que llevaba en todas las fiestas. «Los guepardos no entienden de duelos. Y, además, mi hermano nunca ha apreciado a Leonardo», argumentaba Kornelia en su defensa.

Karl llegó temprano al palacio de la baronesa y tuvo ocasión de charlar con la hermana de Hugo, Magda, de apellido Von Lützow, por su matrimonio.

Magda no era una compañía codiciada. Su carácter era tan áspero como su físico, pues en su familia parecía una broma de mal gusto del destino que la belleza y el encanto fueran patrimonio de los varones. Pero se había casado bien, con un coronel viudo, veinte años mayor que ella, dócil cual pelele ante sus arranques de genio y sus continuas demandas. La dote que Magda tenía asignada daba por bueno el sacrificio del aguerrido coronel.

Con la acritud que la caracterizaba, Magda puso a Karl al tanto de la gravedad del estado del anciano príncipe siendo su única intención dejar constancia de su malestar con respecto a Hugo, el cual, desde que regresara a Viena, apenas se había dejado ver por el palacio Ebenthal ni había mostrado el más mínimo interés en acompañar a la familia en tan delicado momento, dedicándose por el contrario a correrse una juerga tras otra en la capital. Tanto Magda como su marido, el coronel Von Lützow, consideraban que la salud mental de Hugo había quedado seriamente dañada a raíz de los tristes acontecimientos que había padecido, y ambos dudaban de su capacidad para asumir las responsabilidades que se le avecinarían tras la más que probable y desgraciada muerte de su padre. «Es evidente que el paso por la cárcel y esa vida desenfrenada en Norteamérica han afectado a su buen juicio», repetía.

La oportuna entrada de Hugo en el salón, justo en el momento en que Magda arremetía con mayor virulencia contra él, dio más argumentos a su hermana para la reprobación.

—Ya lo ves, Karl —siseó con una indignación patente en el movimiento vigoroso de su abanico—. Tiene la desfachatez de presentarse aquí con una mujer nueva. A saber de qué horrible tugurio la habrá sacado. Es evidente su obstinación en que una cualquiera sea la futura princesa Von Ebenthal...

Karl miró a la muchacha que Hugo llevaba del brazo y que exhibía como un trofeo. Era muy bonita, mucho más que cualquiera de las aspirantes a princesa Von Ebenthal que pudiera imaginarse, pero eso no la convertía necesariamente en una mujerzuela.

—No ha cambiado nada, en todo caso ha ido a peor —continuaba Magda sin tregua—. Sigue sin asumir sus responsabilidades y ahora además parece disfrutar con el escándalo y la provocación.

—Al parecer, ha hecho una pequeña fortuna en estos pocos años que ha pasado en América del Norte. Tal vez no sea tan irresponsable como nos quiere hacer creer... —comentó Karl a modo de tibia defensa. Aquélla era una guerra en la que no quería ni debía entrar.

—Eso va diciendo él, sí. Que sea cierto es otra cosa...

Por fortuna, el alegato de ministerio fiscal que Magda le estaba recitando a Karl se interrumpió cuando Hugo y su acompañante se acercaron a saludarlos.

Entretanto, en la esquina opuesta del salón, junto a la bandeja de canapés de huevo hilado, que eran los favoritos de Sandro, tenía lugar otra pequeña conspiración contra Hugo.

—Te lo dije, Kornelia —advirtió Sandro acompañando sus palabras con movimientos aparatosos del largo fular de seda de vivos colores, tan característico de su atuendo como de él mismo—. Te dije que vendría con esa modelo. Y son ya tres con ésta las ocasiones en que han salido juntos, al menos que yo tenga conocimiento. ¿Y sabes lo que me ha dicho esta misma mañana en el café Griensteidl?: «Therese es una mujer muy especial» —repitió Sandro con una pausa entre las palabras como si a la baronesa le costase entender el alemán—. Así, exactamente.

Kornelia se dio cuenta de que si seguía mordiéndose el labio con tanta fuerza acabaría haciéndose una herida. Estaba nerviosa y preocupada y se obligó a relajarse. Era cierto que Hugo parecía diferente... puede que hasta ligeramente feliz. Sonreía y su sonrisa no se debía al sarcasmo.

—¿Crees que está sentando la cabeza? —preguntó Sandro.

—Esto no sería sentar la cabeza, sería meterse en la boca del lobo. Dejarse ver con una mujer que cobra por posar desnuda no es lo que se espera de un Von Ebenthal y mucho menos sentar con ella la cabeza. No tienes más que fijarte en la expresión viperina que exhibe ahora mismo mi sobrina Magda. Seguro que esa cabecita repleta de las ideas que le mete su ambicioso marido está sumando una más a la lista de faltas de su hermano.

Sandro hubiera añadido algún comentario de no ser porque tenía la boca llena de canapé de huevo hilado, lo que dio pie a la baronesa para continuar:

—Tengo que hablar seriamente con él. Tengo que hacer algo por reconducir su comportamiento. Aunque quizá ahora mismo lo mejor que puedo hacer es ir a rescatarle de las garras de Magda. Y, Sandro, querido, no te comas toda la bandeja de canapés, que ya sabes que la salsa tártara te provoca acidez de estómago —advirtió la baronesa antes de alejarse.

Sin motivo aparente, Karl se volvió hacia la puerta justo en el momento en que hacían su entrada Inés y Aldous Lupu.

Inés... Fue como si el tiempo y el espacio se hubieran congelado y sólo ella estuviera dotada de movimiento y expresión. Toda la estancia se llenó de su presencia: se tiñó del color de sus ojos y de su espectacular vestido, brilló con la luz de su sonrisa, vibró con el tono de su voz.

Absorto como estaba, Karl no reparó en cuántos se acercaban a saludar a la pareja, ni en la premura de la baronesa por recibirlos en cuanto los vio llegar. No en vano ellos eran los protagonistas: aquella curiosa pareja cuya compañía y atención todos se disputaban.

Aldous Lupu era uno de los pintores más famosos de Viena. Desde el principio, cuando sólo era un joven artista emigrante que a duras penas se ganaba la vida haciendo retratos baratos para las familias de clase media, se había adherido a las corrientes rupturistas con la tradición pictórica más estricta. Cuando el gran mecenas judío Nikolaus Dumba se fijó en su talento y se enamoró de su pintura, lo sacó de su paupérrimo taller en Margareten y lo elevó a los altares del gremio y de la sociedad entera. Comenzaron a lloverle los encargos tanto públicos como privados; participó en exposiciones internacionales y ganó prestigiosos premios por toda Europa; su nombre se mezcló con el de los grandes del arte austríaco: Hans Makart, Richard Gerstl, Alfred Roller, Max Kurzweil. Posteriormente, fue uno de los fundadores de la Secession junto con Gustav Klimt y Koloman Moser, con los que llegó a trabar gran amistad, aunque después de las divergencias internas en el grupo, había renegado de movimientos y asociaciones de artistas y era conocido por ser un espíritu libre que sólo comulgaba con sus propias ideas sobre el arte y la vida misma. En realidad, Aldous Lupu era un personaje único: de gran envergadura, con su bigote largo y espeso y su melena blanca siempre alborotada, vestía, según las ocasiones, con el blusón o la casaca típicos de Moldavia, región de la que provenía. Resultaba extrovertido, expresivo, exagerado, y poseía un carácter fuerte que no tenía reparo en mostrar en público, por lo que muchos lo tachaban de loco y estrafalario.

Inés y Aldous formaban una pareja singular en la que los opuestos se daban la mano. Pocos podían explicarse la enrevesada química que los había unido, que parecía más bien cosa de mágica alquimia: un ogro y un hada agarrados del brazo. Así pensaba Karl mientras la observaba: mitológica y sobrenatural; demasiado bella para ser cierta.

—Llevas un vestido espectacular, querida —observó la baronesa nada más saludarla—. Estas mangas de gasa como alas de mariposa y la seda de color oro... Deberías pedirle a Aldous que te retratara con él.

Inés bajó la vista, como si los elogios la incomodaran.

—Es mérito de Emilie Flöge. Ha tenido la idea de inspirar sus diseños en ilustraciones. ¿Conoces *Jardín a la luz de la luna*, de Frances MacDonald?

Mientras tomaba a Inés del brazo para conducirla al centro del salón, la baronesa visualizó mentalmente la obra de la ilustradora escocesa y asintió, pensando que el diseño era perfecto: una nebulosa de ocres y dorados hecha seda y gasa.

—Deberías ir a visitar la casa de modas que Emilie ha abierto con Gustav Klimt en Mariahilferstrasse —sugirió Inés—. Te encantarían sus diseños... —Entonces detuvo sus pasos—. Por cierto, siento que Klimt no nos acompañe esta noche.

La baronesa se llevó la mano al pecho e hizo un gesto de disgusto.

—Yo también. Sobre todo teniendo en cuenta la causa de su ausencia.

Inés movió lentamente la cabeza, contagiada del mismo gesto de pesar.

—Es comprensible que Gustav quisiera acompañar a la familia en tan duro trance... —continuó Kornelia—. Y eso que creo que el viejo Karl Wittgenstein no quiere ni oír hablar de su hijo...

—Pero ¿se ha confirmado que fue un suicidio? —susurró la joven.

—Por supuesto que sí. Y de lo más dramático. Se envenenó en un restaurante de Berlín atestado de comensales, vertiendo cianuro en su vaso de leche.

—¡Qué horror!

—Al parecer, dejó una nota de suicidio en la que afirmaba que no podía afrontar la muerte de un buen amigo. Sin embargo todos sospechamos que no fue sólo eso. Aquel hombre debía de ser mucho más que un buen amigo... —apostilló Kornelia.

—Rudolf sólo ha sido otra víctima más de la opresión y la intolerancia. No puedo comprender que sucedan cosas así.

—Cierto, querida. Pero ¿qué podemos esperar de la sociedad cuando su propio padre ha renegado de sus inclinaciones?... —Un pensamiento fugaz allanó la mente de la baronesa: el paralelismo entre la relación distante de Karl Wittgenstein con su hijo Rudolf y la de su propio hermano con Hugo. Con un pestañeo alejó aquella perturbadora semejanza y cambió de gesto y tono—. Aunque no deberíamos seguir hablando de cosas tristes, hoy es un día de celebración para Aldous y para ti —dijo apretando cariñosamente las manos de Inés—. Vamos a incorporarnos a vuestra pequeña fiesta. Antes de nada, quiero que conozcas a mi sobrino.

—¿A Hugo? Lo estoy deseando. Me has hablado tanto de él.

Kornelia suspiró y puso los ojos en blanco.

—Sí, eso me temo —admitió riéndose de sí misma.

Desde el momento en que supo que Inés se acercaba, se sintió estúpidamente agitado, como si el cuello de la camisa estuviese más almidonado de lo normal y le apretase la garganta. Aquella sensación se acrecentó cuando ella se lo quedó mirando durante unos segundos. ¿Acaso le habría reconocido después de su extraño encuentro en el burdel? ¿Podría aquello incomodarla? Sólo cuando Inés le sonrió al cabo, se sintió aliviado. La baronesa hizo las presentaciones y ella le tendió una mano enguantada que Karl apenas se atrevió a rozar. Fue ligeramente consciente de que el grupo, en el que se encontraban Magda von Lützow, Hugo y su acompañante y Sandro de Behr, se había enfrascado en una conversación sobre un lugar llamado La Maison des Mannequins.

—Se trata de una fantástica iniciativa —dijo la baronesa—. Un lugar al que los artistas podemos acudir en busca de modelos, a las que Inés ha seleccionado y formado. Es un gran paso hacia la profesionalización y dignificación de una actividad hasta ahora infravalorada. Lo digo como pintora: es muy difícil encontrar muchachas que posen adecuadamente, que se tomen su trabajo en serio. Sin contar con todo lo que debes buscar, seleccionar y rechazar cuando quieres un determinado tipo de mujer... Se nota que tú, mi querida Inés, como modelo, sabes qué es lo que los artistas necesitamos...

—Rossetti decía que todas las modelos son unas putas —comentó Hugo como quien advierte que está lloviendo.

En teoría la vergüenza es intangible, pero lo cierto es que hay veces que se podría masticar. En aquella ocasión, sobrepasó los límites de lo razonable y cayó con un peso de incontables toneladas sobre los presentes, cortándoles la respiración al instante.

Inés palideció visiblemente aunque no tanto como la baronesa; Sandro dibujó una «O» con su boca; el abanico de Magda se congeló en el aire, y el cuello de la camisa de Karl volvió a estrecharse. Sólo Hugo permaneció inmutable; él, que había pronunciado aquellas palabras afiladas, no aparentaba sentir la más mínima turbación. De pronto, recordó algo y se volvió hacia Therese, que lo observaba embobada mientras trataba de dar alcance a lo que acababa de decir.

—Excepto tú, cariño. Tú, por supuesto, no eres una puta.

Sorprendentemente, Inés fue la primera en recomponerse. Sin el más mínimo temblor en la voz, con el tono altivo y desafiante, se dirigió a Hugo:

—¿Por lo general se muestra usted así de desagradable o más bien se debe a que ha decidido honrarme precisamente a mí con su falta de educación?

Sólo entonces Hugo reaccionó. Entornó un poco la mirada y apenas arrugó el ceño, sin embargo, su expresión se oscureció de forma notable. Miraba a Inés como si la odiara.

La baronesa, lívida hasta lo humanamente imposible, trató de intervenir:

—Dios mío, Inés... Disculpa...

—No, Kornelia, no eres tú quien debe disculparse. Tú has sido igualmente ofendida, si no más, por ser ésta tu casa. Ahora, perdóname si voy en busca de una compañía menos hostil

—concluyó dando media vuelta y dirigiéndose hacia Aldous Lupu, que charlaba junto al piano con la periodista Berta Zuckerkandl.

En cuanto Inés se hubo marchado, todo el mundo pareció recuperar la compostura y la circulación de la sangre a tenor de cómo se abalanzaron simultáneamente sobre Hugo.

—Pero ¿qué demonios te pasa? ¿A qué ha venido eso? —gruñó la baronesa.

—¡Qué situación tan vergonzosa! Intolerable... No tengo palabras —se trabucaba Magda.

—¿Es cierto que eso lo dijo Rossetti o ha sido cosa tuya? —preguntó Sandro en un acceso de inoportuna curiosidad.

Sólo Therese y Karl permanecieron en silencio. Pero a Therese nadie quería tenerla en cuenta.

Cerrado sobre sí mismo, con la mirada aún oscura perdida en un punto fijo, la actitud de Hugo terminó de exasperar a la baronesa.

—¿Es que no piensas alegar nada en tu defensa?... Karl, dile algo, por Dios...

El inspector no acababa de entender por qué era él quien estaba al final de esa extraña cadena de custodia y responsabilidad en relación con Hugo, por qué era él la última instancia a la que se acudía en los casos de crisis, lamentable y sorprendentemente frecuentes teniendo en cuenta el poco tiempo que Hugo llevaba en Viena. No lo comprendía, pero lo asumía resignado como una muestra más de ese servilismo genético que sentía hacia los Von Ebenthal.

—¿Qué quieres que le diga, Kornelia? —Evitó hablar directamente a su amigo; sabía que de todos modos le escucharía—. Si, aun considerando que todavía está sobrio, ha sido capaz de una falta de educación semejante, lo que yo o cualquiera de nosotros le digamos no va a importarle lo más mínimo.

Por fin Hugo dejó oír su voz, ronca de tanto tiempo que había estado contenida.

—Tienes razón, Karl. No sé por qué sigo sobrio todavía.

Y se fue derecho hacia la mesa de las bebidas.

La velada se había tornado tensa y deprimente. Karl decidió marcharse temprano. Se despidió someramente de Kornelia y procuró desaparecer con discreción.

Justo antes del vestíbulo, el rumor de una conversación encendida tras unas cortinas que ocultaban un pasillo llamó su atención. Se detuvo a escuchar.

—... te tenía por una mujer inteligente, Therese. —Karl reconoció de inmediato la voz de Inés—. ¿Es que no han servido de nada todas mis enseñanzas y mis consejos? Si queréis que os respeten, debéis empezar por respetaros vosotras mismas; y no muestras ningún respeto hacia ti permitiendo que ese... hombre te trate así.

—Pero él ha dicho que yo soy diferente...

El suspiro profundo de Inés traspasó con facilidad las cortinas.

—¡Por supuesto que sí, no es idiota! Aunque está convencido de que tú lo eres si cree que con algo así puede contentarte. Por Dios... Te recomiendo que reflexiones sobre lo sucedido y reconduzcas tu comportamiento. No puedo consentir que tu forma de proceder afecte al buen nombre de tus compañeras y de nuestra institución. Si persistes en tu actitud, tendré que tomar medidas...

—¿Desea algo, señor?

El criado de la baronesa sorprendió a Karl cuando más

enfrascado estaba en la escucha. Su imponente presencia propia de las dunas del desierto, dejó al inspector aún más descolocado.

—No... Eh... Sí. Sí, mi abrigo y mi sombrero, por favor.

La odiaba. Hugo sentía por aquella mujer un odio irracional nacido del fondo de sus entrañas en el mismo momento en que la había visto: tan perfecta y tan segura de sí misma. Toda ella era un desafío permanente.

Sin embargo, después de una noche de borrachera y resaca, como si el alcohol hubiera surtido una especie de efecto purificador, se arrepintió de su inconveniencia. No tanto a cuenta de ella como de su tía y de Therese, que en tan mal lugar habían quedado por su culpa sólo porque él había sentido la necesidad irrefrenable de ofender a aquella mujer.

Siempre era así: su existencia parecía una sucesión de faltas y arrepentimientos de la que renegaba continuamente por dañina y amarga pero que lo tenía atrapado en una espiral descendente de la que no había huida posible. En ocasiones deseaba reunir el valor para acabar con aquella existencia maldita... Era lo que debería haber hecho hacía exactamente tres años. Porque no tiene sentido odiar a una persona a la que no se conoce. Ese desprecio sólo podía ser reflejo del odio que sentía por sí mismo.

No fue por enmendar la ofensa; hacía tiempo que había renunciado a rectificarse. En realidad, desconocía la razón que le había impulsado a presentarse en la Secession, donde Aldous Lupu y su amante exponían su obra más reciente. Esa mujer artista..., pensó con sorna. Eso tenía que verlo él.

Se adentró con cierta aprensión en aquella sala que había

representado el comienzo de la modernidad en una Viena aferrada a la tradición y extremadamente conservadora; un lugar destinado a albergar obras que escandalizaban y agitaban las conciencias de una sociedad caduca. Con una punzada de dolor, recordó que él mismo había frecuentado aquella sala y contemplado extasiado la obra conmovedora de Klimt en sus primeras exposiciones. Esos días en los que había disfrutado del arte y la belleza, de lo maravillosa que era la vida cuando le sonreía, hoy le parecían tan lejanos que podrían ser irreales, producto únicamente de un sueño. Le pareció oír el eco de unas risas de campanilla en la sala y contemplar en el aire una mirada azul llena de entusiasmo y admiración; se acarició las palmas de las manos buscando en ellas el tacto olvidado de Kathe, como si su rastro hubiera podido quedar prendido en aquellos muros que juntos habían frecuentado...

—Le aconsejo que se aleje un poco de la pintura si desea apreciarla mejor...

Hugo se volvió sobresaltado y tomó conciencia del entorno: la sala de la Secession casi vacía, un enorme lienzo frente a él —efectivamente demasiado cerca— y Aldous Lupu a sus espaldas.

—Me alegra que nos volvamos a encontrar, príncipe Von Ebenthal.

¿Príncipe Von Ebenthal? Aquello sonó burlón, aún más en boca de un hombre como aquél, con ese ridículo pelo enmarañado y su blusón bordado de campesino. O quizá sólo fuera una suspicacia suya... Porque bien pudiera Aldous Lupu haber sacado los puños y asestarle un golpe en la mandíbula por haber ofendido a su amante la noche anterior. Eso hubiera esperado Hugo y le habría hecho sentirse más cómodo que aquella mirada complaciente y aquel ademán amable.

Desconcertado, se limitó a dedicarle una fría inclinación de cabeza.

—Le agradezco el honor de su visita —continuó Lupu.

—Lo cierto es que sentía curiosidad...

—La curiosidad... —repitió el pintor con aire enigmático—. Es el motor de tantas cosas... ¿Y puedo preguntarle qué le parece la exposición?

Sin mediar palabra, Hugo se desplazó hacia el centro de la gran galería. Sus pasos resonaron sobre el suelo de cemento en el silencio de aquel lugar desierto. Bajo la luz blanca del cielorraso de cristal dio un giro de trescientos sesenta grados sobre sí mismo, abarcando con la mirada todas las obras. Seis lienzos y seis fotografías de gran formato agrupados de dos en dos.

—Todavía no lo sé.

Cuando el eco de la sala le devolvió sus palabras, él mismo se sorprendió de lo tibio de su veredicto. En realidad, estaba impresionado. No sólo por el tamaño de las obras, también por el contraste entre los lienzos y las fotografías: el color y el claroscuro, las texturas mates y brillantes, planas y en relieve. Por no mencionar las imágenes, como observadas a través de una lupa que llevaba el detalle hasta un primer plano.

—Los seis sentidos —anunció Lupu cuando estuvo a su lado.

—¿Seis sentidos?

—Vista, oído, olfato, tacto, gusto... e intuición.

Hugo frunció el ceño. Si aquel hombre iba a empezar a explicarle sus desvaríos, prefería el puñetazo en la mandíbula a sus atenciones.

—Permítame —le pidió el artista empujándole suavemente por la espalda hacia una de las obras.

Se trataba de una gran circunferencia, semejante a una piedra de ágata verde jaspeada de gris. Las visibles pinceladas de trazo corto se acababan confundiendo para crear un iris de colores imposibles en torno a una pupila como un profundo pozo negro. La vista.

Y, junto a ella, su fotografía compañera: el primer plano de los ojos de una mujer muy anciana, escondidos entre párpados caídos y surcados de arrugas como cicatrices, velados por la película lechosa y viscosa de las cataratas. Tan cercanos, crudos y reales en su fealdad, que causaban desasosiego, especialmente en comparación con la belleza del gran iris multicolor del lienzo.

Una a una, Aldous Lupu fue acompañando a Hugo en el recorrido por las distintas obras.

Se detuvieron frente a un laberinto de azules y rojos que podía ser una oreja; rozándola, dos protuberancias carnosas rosadas, como labios tras los que asomaba el borde marfileño de los dientes, parecían acariciarla, susurrarle palabras secretas. Oído. La fotografía correspondiente reflejaba un enjambre de mariposas encerradas en un bote de cristal. Debido a la larga exposición de la imagen a la lente abierta, el aleteo de las mariposas había quedado plasmado como un trazo continuo y daba la sensación de poder oírse.

Llegó el turno de la siguiente. El lienzo representaba una sucesión de pinceladas largas en colores fríos, azules, grises y blancos, moteados de tonos más cálidos como el dorado, el amarillo ocre y el verde malaquita. Tal juego de trazos acababa dibujando las formas sinuosas de una mujer que parecía elevarse disuelta en forma de vapor, como un incienso efímero. La fotografía era de un niño; un niño sucio que, con la cara cubierta de llagas y el pelo ralo y estropajoso, aparentaba estar comido por la tiña. En el plano de atrás, una fábrica expulsaba por sus enormes chimeneas grandes columnas de humo negro que encapotaban el cielo y que acabarían por engullir a la criatura en su pestilencia. Sin darse cuenta, Hugo arrugó la nariz. El olfato.

Se alegró de pasar a la siguiente pareja de obras. Eran las que más se parecían entre sí, ya que ambas recogían el primer plano de unas manos. Las de la pintura eran unas manos grandes de hombre adulto entre cuyos dedos se escurría un líquido dorado. Hugo no pudo dejar de admirar el brillo y la textura del líquido, como si oro fundido corriese sobre el lienzo, mientras que en la tensión de los músculos de las manos y en las venas marcadas sobre la piel se podía percibir la angustia del hombre a quien ese líquido preciado se le derramaba sin poder evitarlo. Las manos de la fotografía eran en cambio las de un niño, pequeñas y suaves, que sostenían con delicadeza un pollito de plumaje esponjoso. Lo más llamativo era que, a pesar de tratarse como las demás de una imagen en blanco y negro, el fotógrafo había imprimido color al plumaje del pollito, un amarillo mórbido a través del cual se filtraba la luz de la fotografía y que constituía un poderoso punto focal. Hugo casi sintió aquella suavidad y aquella ternura en la palma de las manos. El tacto.

La siguiente pintura consiguió escandalizarlo; algo raro en él, que era indolente a cualquier sentimiento extremo. Se trataba del único óleo en blanco y negro de toda la colección. Hugo no supo muy bien si aquella elección de colores respondía a una intención de suavizar el impacto de la imagen o, por el contrario, pretendía potenciarlo. Fuera como fuese, resultaba perturbadora aquella representación de una mujer desnuda, abierta de piernas ante el observador. En un primer momento Hugo pensó en la semejanza de aquella obra con la de Courbet titulada *El origen del mundo*; también con algún dibujo de Klimt, meros apuntes del artista que alguna vez había visto durante ocasionales visitas a su estudio. No obstante, aunque la imagen de Lupu era menos explícita que aquéllas (pues de hecho no se enseñaban los senos ni el sexo de la modelo), resultaba mucho más erótica, sensual e incluso obscena. Un hombre enterraba la cabeza entre las piernas de la mujer, mientras asía con fuerza sus rodillas; todos los músculos de su espalda se mostraban con una tirantez tal que la piel parecía a punto de rasgarse. El sexo oral y el orgasmo quedaban implícitos en la imagen. Eso, unido a la fotografía de una lengua en un plano tan próximo que daba la sensación de que el relieve de las papilas gustativas podría sentirse al pasar los dedos sobre ella, transmitía una interpretación sobre el sentido del gusto estremecedora. Tanto, que Hugo sintió el calor y la excitación entre sus propias piernas.

—Y, por último, la intuición —anunció Lupu, aparentemente ajeno al torrente de sensaciones que había experimentado Hugo—. El único sentido que se experimenta aquí. —Posó la mano a la altura del corazón.

La intuición en el lienzo de Lupu era el retrato de una mujer cuyo rostro, medio vuelto y oculto por el cabello, permanecía anónimo. Era una pintura de trazos y colores suaves, de pocas pinceladas que creaban una imagen etérea de aquella joven, de espaldas al observador y apenas envuelta con una sábana a la cintura. Su silueta esbelta y bien formada, la curva de uno de los senos al descubierto, la línea delicada de los hombros y el mentón, su melena ondulada, sumados a la luz blanquecina y el ambiente brumoso que lo envolvían todo transmitían un placer sereno, muy distinto a los sentimientos feroces e inquietantes de los otros conjuntos. De nuevo, el cuadro se complementaba perfectamente con la fotografía, en este caso del vientre abultado de una mujer en avanzado estado de gestación. También en este retrato singular, el fotógrafo había derrochado delicadeza, manifiesta en el tratamiento de la luz, que bañaba suavemente el conjunto, en las texturas uniformes, o en la forma en que las manos de la madre se posaban sobre su vientre. La intuición, ese sentido del corazón, era sin duda el más reconfortante de todos los sentidos.

Finalizado el recorrido, Lupu no volvió a preguntarle a Hugo lo que le había parecido la exposición. Tal vez le bastó con mirarle a la cara y observar su expresión, aquel semblante entre angustiado y conmovido, como si alguien o algo hubiera agitado violentamente ese rincón de su alma en el que ocultaba sus sentimientos más profundos, hasta entonces dormidos.

Hugo se tomó un momento para recuperarse. Finalmente preguntó:

—¿Dónde están las obras de su esposa?

—¿De Inés? —Lupu no se molestó en corregir a Hugo advirtiéndolo de que Inés no era su esposa, se sentía por encima de aquellos convencionalismos—. Todas las fotografías son obra de Inés. Como ha podido comprobar, es una gran artista —observó al notar que Hugo se sorprendía—. Tiene talento y sensibilidad: una forma especial de filtrar la realidad a través de su cámara. Aunque lo cierto es que ella no está solamente en sus fotografías —añadió enigmático.

Lupu inspiró profundamente, saciándose de aquel aire saturado de arte, saturado de ella.

—Inés impregna toda mi obra —concluyó—. Suyo es ese gran ojo de ágata a través del cual yo observo el mundo. Ella es ese aroma que envuelve mi vida y la voz que susurra permanentemente en mis oídos. Es ese sabor que siempre tengo en mi boca. Es el oro que se escapa de entre mis dedos y el humo que fluye libre, porque ella no es mía ni de nadie. Toda ella, mi intuición.

Lupu dejó de hablar unos segundos en los que pareció volver a tomar conciencia de su entorno.

—Dicen que pintar a una mujer es una forma de dominarla... Yo no lo he conseguido. Sólo puedo tenerla a trozos y su rostro... Dios... Su rostro no puedo capturarlo, tal es la magia que posee... No he logrado atrapar a Inés ni en la pintura ni fuera de ella. Inés es inexpugnable, inaprensible como el aire, sin el cual en cambio no podría vivir. No la poseo... pero la amo. Y la amo así: imperturbable, hermosa, ajena al dolor y al sufrimiento... Por ella mataría. Mataría a quien quisiera hacerle daño.

En aquel particular duelo de honor que Lupu le debía a Hugo, el pintor no había escogido los puños ni las armas, ni blancas ni de fuego. Había escogido las palabras para dejar claro que no era ajeno a lo que había sucedido y que no iba a consentir que se repitiese. En otras circunstancias Hugo habría resuelto la situación con alguna mordacidad, pero en aquel momento no le vino a su mente en trance ninguna frase ingeniosa e hiriente con la que replicar al viejo chiflado. Se dio por batido como si le hubieran seccionado la piel con una espada.

Se despidió de Aldous Lupu con frialdad y abandonó perturbado el Pabellón de la Secession. Como un animal que abandona su madriguera en lo más profundo de la tierra, al salir al exterior se sintió aún más aturdido: la luz cegadora del sol de mediodía arañó sus ojos y el ruido del tranvía, los cocheros, los automóviles, los vendedores ambulantes y el gentío golpeó sus oídos. Lo último que deseaba en ese momento era encontrarse con Sandro de Behr.

—¡Hugo! —le llamó desde la acera contraria al tiempo que se lanzaba en modo suicida a cruzar la calzada, esquivando con admirable agilidad vehículos de todo tipo—. ¡Qué sorpresa encontrarte a estas horas de la mañana disfrutando de la luz del día!

Sandro alzó la vista hacia la cúpula dorada del pabellón, el gran repollo de oro, y, como si de pronto reparase en dónde se encontraba, se aventuró a conjeturar:

—No me digas que vienes de ver la exposición de Aldous e Inés. ¿Qué te ha parecido? —Por una vez, Hugo agradeció que Sandro no le dejase meter baza: no hubiera sabido qué responder—. Tienes que admitir que es divina. Tan diferente y transgresora; te remueve las entrañas como si te metieran un palo por la boca. Aldous es un genio, de eso no hay duda. Pero Inés es toda una revelación... Por Dios... —se encendió una luz en su mente alborotada—, ¡cómo pudiste decirle eso anoche!

—Basta, Sandro...

—Se me pone la carne de gallina con sólo recordarlo. Vengo del sastre. —La conversación de Sandro no tenía solución de continuidad; enlazaba una cosa con otra sin apenas tomar aire—. Me he hecho algunos trajes para esta temporada. Camisas, chalecos, pañuelos... Ya sabes. Pensaba almorzar algo. No sé, pollo frío tal vez. Con este calor... ¿Qué te parece Zu den 3 Hacken? ¿Crees que tendrán pollo frío? A veces resulta un poco anticuado... Vamos, no te quedes ahí parado, tengo hambre.

—Pues puedes seguir tu camino. —Hugo comenzaba a recuperar la lucidez—. Yo ya tengo otro compromiso.

—¿Otro compromiso? —Sandro arrugó el entrecejo y desaceleró las palabras—. ¿Con esa... modelo? Realmente va en serio, ¿no? Eres un insensato. Sólo espero que no te hayas enamorado.

Hugo sonrió para sus adentros y pensó que Sandro era un necio si le creía capaz de enamorarse. Aquella sonrisa amarga brotó de sus labios con un rictus diabólico.

—¿Qué te pasa, Sandro? ¿Es que estás celoso de Therese? Nosotros ya nos conocemos, no temas admitirlo.

El interpelado ahogó un grito en el pecho. Aquella simple insinuación podría costarle muy cara si alguien llegara a escucharla. Sintiéndose traicionado y ofendido gratuitamente, se transformó al enfrentarse a Hugo como un perro apaleado se transforma en una fiera. Con la mirada ensombrecida, las facciones endurecidas y la voz grave, parecía otra persona.

—Empiezas a volar demasiado alto, muchacho. Ten cuidado, no sea que alguien te corte las alas.

Si de algo era consciente el inspector Karl Sehlackman era de la fragilidad de las cosas. La belleza, la riqueza, el poder, la vida misma resultaban quebradizas como la tierra seca. La vida, sobre todo. Su padre, que como médico velaba por preservar la vida, solía decir que morirse resultaba verdaderamente difícil. Con el tiempo, Karl había llegado a una conclusión del todo opuesta: no había nada más sencillo que acabar con la vida. De hecho acumulaba una abultada experiencia personal de formas, a cada cual más espantosa, de poner fin a la vida. Ahora contaba una más y se reafirmaba en todas sus convicciones.

Frente al cadáver de Therese pensaba de nuevo que aquellos que aseguraban que la muerte nos iguala a todos estaban completamente equivocados. Hay muertes que dignifican y otras que envilecen, las hay dulces y las hay crueles, y hay muertes que nadie se merece... Menos si se trata de una mujer bella, joven e inocente. Nadie se merece morir así.

Su rutina estaba rodeada de muerte: una herida de arma blanca, un pequeño agujero de bala, una fractura de cráneo, un envenenamiento, un estrangulamiento... Se trataba de conceptos asépticos, palabras escritas en negro sobre blanco en un informe, vacías de significado y de emoción. Pero en ocasiones esa rutina se veía alterada en su complacencia anestésica por algún acontecimiento extraordinario que devolvía el nervio a las entrañas y le recordaba que, después de todo, él también era un ser humano con capacidad de experimentar estremecimientos, náuseas, rabia e impotencia. Tales ocasiones eran contadas —eso era precisamente lo que le permitía desempeñar su trabajo—. Recordaba tres. El asesinato de Franciska Hofer, la vieja prostituta, cuando él era sólo un novato y aquel cuerpo abierto en canal le hizo vomitar hasta volverse del revés. Fue como si las imágenes de los recortes de prensa sobre los crímenes de Whitechapel se hubieran materializado con toda su crudeza ante sus ojos avisándole de que entonces, vistiendo su flamante uniforme de la Policía Real e Imperial, aquello ya no era un juego de adolescente morboso. El segundo caso ocurrió cinco años después, cuando ya era inspector y se creía cauterizado de todo sentimiento invasivo y perturbador. Sin embargo, el asesinato de la pequeña niña Mathilde von Scheiger le arrancó las lágrimas y le quitó el sueño durante meses. Entre medias, se produjo la muerte fatal de Kathe, imposible de olvidar y de pasar página.

Todas aquellas imágenes se mezclaban ahora con el olor metálico de la sangre que saturaba el aire, el amasijo de vísceras escapándose del cuerpo abierto en canal y esparcidas por el suelo, los cabellos reducidos a una costra pegada al cráneo... Y el bello rostro de Therese, desfigurado e irreconocible: sin nariz y sin labios, las encías y los dientes al descubierto, los párpados seccionados que dejaban al aire dos globos blancos, secos y hundidos que brillaban mórbidos con cada fogonazo de polvo de magnesio de la cámara fotográfica.

Trataba de concentrarse en el trabajo, coordinar a los agentes, supervisar la recogida de muestras y la localización de huellas, permanecer atento a los detalles, a esas pequeñas cosas importantes que no deben pasar inadvertidas... Pero le costaba deshacerse de los recuerdos y las imágenes del pasado. La pesadilla se hacía recurrente. Y las manos ensangrentadas de Hugo se aferraban crispadas al alféizar de su memoria. ¿Por qué diablos las manos ensangrentadas de su amigo? ¿Por qué ésa y no otra de las miles de visiones espantosas que acumulaba?

—Inspector... Señor, disculpe... He tomado tres placas desde distintos ángulos. Creo que así es suficiente, pero si estima necesario hacer alguna más...

—Está bien, Fehéry. No hacen falta más fotografías del cadáver salvo que se las pida el forense. Tome algunas otras de la zona circundante...

Karl levantó la vista. Aquel paraje plácido junto al Danubio, un lugar que servía de embarcadero a los comerciantes de fruta y en el que los críos se reunían para pescar carpas y tirar piedras al río, se había transformado. No sólo la propia brutalidad del crimen y sus señales lo ensombrecían, también la noche y aquellas almas circunspectas realizando en silencio su trabajo a la luz de las linternas, toda una marea de uniformes grises y cascos terminados en punta, cuyas insignias doradas en forma de águila imperial emitían destellos que se le antojaron fuera de tono. Divisó al forense charlando con su ayudante. Se acercó a otros dos agentes:

—¿El doctor Haberda ha terminado ya su examen?

—Creo que sí, señor...

—Vayan preparando el cuerpo para el levantamiento.

Karl miró a Therese, fijó la vista en sus manos crispadas y en la sortija que le había servido para identificarla. Apretó los dientes y su mandíbula se tensó visiblemente. Sintió deseos de cubrir aquel rostro monstruoso.

Entonces, reparó en el trozo de tela ensangrentada que había junto a ella.

—¿Qué es eso? —preguntó a uno de los policías.

—Estaba sobre la víctima. El doctor Haberda la ha retirado antes del examen.

—Recójanla antes de que se extravíe o se la lleven con el cadáver.

El agente se dispuso a obedecer estirando con sumo cuidado la tela para volver a doblarla después.

—Un momento... —le detuvo Karl.

El hombre se quedó mirándolo, expectante. Karl se aproximó para ver de cerca aquel pedazo de tejido desplegado sobre el suelo. Era blanco. Un algodón basto de poca calidad. Sus dimensiones eran medias, como de 50×50 centímetros. Estaba trazado de sangre y restos de cabello y carne. Y ésa era la cuestión: no estaba manchado, estaba trazado. Karl se agachó, se calzó un guante y asió cuidadosamente uno de los extremos para terminar de estirar la tela. Sin duda, la disposición de los restos no parecía casual. Lo giró un poco.

—Dígame, Steiner, ¿qué le parece?

—Dios mío... Diría... Diría que es una... cara.

Así era: una macabra imagen semejante a un rostro... tal vez el de Therese.

—¿Qué clase de perturbado ha podido hacer esto?

Karl meneó la cabeza.

—Dígale a Fehéry que lo fotografíe.

No me gustan las mujeres. Las odio. ¿No me crees? No te fíes de las apariencias. Las odio. Ya desde mi infancia aprendí a aborrecerlas cuando aquellas niñas malcriadas se burlaban de mi aspecto. Sólo porque yo era diferente... Aún hoy, aunque su desprecio velado y sus miradas condescendientes ya no me hieren, aunque soy consciente de que mis dones aventajan a los suyos y me convierten en un ser superior, su simple presencia me causa una repugnancia en la boca del estómago que he aprendido a sobrellevar con el tiempo.

Las mujeres son malas. Su maldad revestida de debilidad e inocencia las convierte en peligrosas. Causan un daño lento y agónico, irreversible. Las odio.

Pero su piel tersa y sus cabellos espesos, la calidez entre sus senos y entre sus piernas, su aroma a fruta prohibida... Sacuden mis instintos, me excitan. Cuando he posado la hoja del cuchillo sobre la garganta de Therese, cuando el acero ha brillado sobre su piel blanca y suave, he sentido una electricidad contenida que me ha tensado los genitales. He querido besarla en los labios y recorrer con la boca todo su cuerpo dormido, morderle los pechos y lamer la sangre que empezaba a brotar al pasar el filo por su esternón. Pero no, no puedo hacerlo en su cuerpo lleno de veneno. He metido las manos en sus entrañas y he sentido algo de ese calor reconfortante que ya ha abandonado su piel. Ese calor viscoso me acompaña durante todo el orgasmo. Es una sensación indescriptible... Me ha dejado sin aliento. Tengo que tumbarme junto a ella y recuperarme pero su sangre mana sin contención y no quiero que me manche toda la ropa.

¿Sabes? Ha sido fácil traerla hasta aquí. Ella confiaba en mí y además es estúpida, como todas. Te diré una cosa que pocos se atreverían a manifestar en público: las mujeres se creen muy astutas pero sus cerebros son pequeños y malformados. «Sí, Therese, a mí también me ha citado», le dije cuando mostró su sorpresa al verme. «Esperaremos a que venga tomando algo dulce.» La he envenenado y sólo entonces he visto el terror en sus ojos de cordero.

Ahora esos ojos están cerrados. Pero yo quiero que me mire. Quiero que vea lo que le he hecho. Intento levantarle los párpados pero vuelven a caer. Y la maldigo en voz baja mientras me ensaño a cuchilladas con su rostro aún hermoso: la belleza es un castigo divino, Therese. No lo olvides nunca.

Pobre zorra ambiciosa... Si tan sólo hubiera sabido cuál es su lugar. Pero no conozco una sola mujer que no esté enferma de ambición. Y tú deberías tener más cuidado, pues cuanto más bella, aún más ambiciosa. Tu pasión por la belleza es una debilidad... Yo te protegeré de ella.

Vuelvo a contemplar su rostro ahora desfigurado: «Recuerda, Therese, la belleza es un castigo, no es un don. Y no justifica tus ambiciones». Se acabó. ¡Mira lo que he hecho, Therese! ¡Abre los malditos ojos!

Secciono cuidadosamente sus párpados pero lo único que aparece son dos bolas inexpresivas. Maldita seas Therese, chica estúpida. Ya no hay nada que pueda hacer contigo... Froto el cuchillo ensangrentado con un trapo, no quiero guardarlo así. Incluso he pensado en el trapo: lo he cortado esta misma mañana de un retal viejo que luego he quemado en la estufa de carbón. Lo tengo todo muy bien planeado.

No consigo limpiar el cuchillo. Tendré que aclararlo con el agua del río y eso me enoja: coloco el trapo sobre el rostro de Therese y presiono contra sus facciones. Maldita sea tu sangre, Therese. Mechones de pelo y pedazos de carne se quedan pegados a la tela en tanto que la sangre ha imprimido los contornos de su cara. Me doy cuenta de que parece una estampación de su imagen y le pinto con los dedos unos

62

ojos bien abiertos mientras canturreo: «mírame, mírame, mírame».

⁂

Karl hubiera necesitado dormir un poco y también un baño y un afeitado. Pero no tenía tiempo. Eran ya más de las seis de la mañana y a las ocho debía presentarse en el depósito; quería estar allí cuando Inés fuera a identificar el cadáver.

Además, tenía que admitir que la conciencia le devoraba como una tenia hambrienta. No hubiera podido descansar sintiendo las entrañas roídas por la culpa.

«Hugo, maldita sea, Hugo... ¿Por qué has tenido que volver a Viena? ¿Por qué todo lo que estaba dormido despierta ahora precisamente?» Ambos crímenes se parecían tanto: Kathe y Therese, Therese y Kathe; y Hugo, el centro sobre el que todo pivotaba. Hacía tres años que había tomado una decisión arriesgada, lo había hecho por amistad y por lealtad, también por convencimiento, eso quería pensar. Sin embargo, siempre había temido que llegara el momento en que tuviera que arrepentirse. ¿Podría ser que hubiera llegado aquella noche? No había cesado de preguntárselo frente al cadáver de Therese; en realidad, no había dejado de preguntárselo ni un solo instante. La culpa es un sentimiento asqueroso que nunca duerme. «Maldita sea, Hugo...»

Abandonó la Polizeidirektion y tomó el tranvía hasta Karlsplatz. Deseaba caminar para despejar la cabeza y aventar el horror que pujaba inútilmente por hacerse rutina. Necesitaba pensar en lo que le diría a Hugo...

La ciudad bostezaba y se desperezaba a su paso. Ajena a su drama personal, se preparaba para afrontar un día cualquiera. La calzada se llenaba poco a poco de carretas cargadas de materiales y mercancías, de enjambres de obreros checos, húngaros, moldavos, rumanos y de otras tantas nacionalidades que acudían a trabajar a las innumerables obras públicas que socavaban la urbe imperial para su mayor gloria. Al llegar a Swarzembergplatz, le abordó la primera vendedora de flores con el cesto a la cadera, la pañoleta en la cabeza y el mandil níveo; le tentaba con una vara de gladiolos blancos. Los gladiolos siempre le habían parecido la flor de los muertos. En la esquina de Kaerntner Ring con Kolowat Ring compró un *pretzel* a un vendedor ambulante llamado Janus. Janus era un hombre viejo y peculiar, con una larga barba blanca y un gorro y unas botas de cosaco. Cada día se apostaba en el mismo lugar de la calle, enarbolando un palo ensartado de rosquillas recién hechas. Mientras contaba el cambio, solía hablar de política en términos mucho más razonables que la mayoría de los parlamentarios que Karl había escuchado nunca, a pesar de que el viejo sólo conocía algunas palabras en alemán y su discurso estaba plagado de frases en ruso. A Karl no le gustaban tanto los *pretzels* como la charla de Janus.

Mordisqueando con desgana el pan salado llegó hasta Park Ring. La vivienda de Hugo ocupaba dos plantas en un suntuoso edificio neoclásico con vistas al Stadtpark. Un par de monumentales cariátides flanqueaban la entrada al portal, anticipando el lujo que aguardaba al visitante en el interior: suelos de mármol, arañas de cristal, escalinatas de doble tramo, un moderno ascensor de forja artística y maderas nobles... Karl, que no era amigo de ingenios mecánicos, escogió la escalera para llegar hasta el tercer piso. Se guardó los restos de *pretzel* sin comer en el bolsillo y llamó al timbre. Le recibió una doncella amable y sonriente, la misma que minutos más tarde contemplaría espantada cómo abandonaba la casa entre los gritos enajenados de su señor.

—Su alteza descansa en sus habitaciones —le comunicó, toda corrección, la muchacha, al tiempo que hacía ademán de cogerle el abrigo y el sombrero. Pero Karl no se los quitó.

—Lo suponía... ¿Ha pasado la noche fuera de casa?

—Sí, señor.

—¿Y sabe a qué hora ha regresado?

—No, señor, me acosté temprano. Pero esta mañana, cuando he empezado mis tareas, justo a las seis en punto, ya estaba en casa. Tal vez Fritz sepa a qué hora llegó.

Karl asintió y pensó que tendría que hablar con el ayuda de cámara. Después se adentró en los pasillos con la seguridad de quien sabe adónde va.

—Disculpe, señor, quizá no...

—No se preocupe, ya me encargo yo de despertarlo.

La doncella, perpleja ante semejante aplomo, no encontró argumentos para impedirle el avance.

El inspector golpeó enérgicamente con los nudillos en la puerta doble del dormitorio de Hugo y acto seguido empujó una de las hojas. La estancia estaba en penumbras, de modo que se dirigió a la ventana y corrió las cortinas. La suave luz de las primeras horas de la mañana dio forma nítida a lo que hasta entonces no eran más que bultos oscuros: la cama con dosel de estilo toscano, el escritorio inglés con marquetería de palisandro, bronce y carey, los sillones y los armarios Biedermeier, el biombo de laca Coromandel de la dinastía Ming, la alfombra de Isfahan y un par de mesillas de noche diseñadas por Josef Hoffmann y hechas por encargo en los Wiener Werkstätte. Karl pensó que sólo alguien con tanta personalidad como Hugo podría decorar así su dormitorio. Y lo más sorprendente era que resultaba armonioso.

A pesar de la repentina invasión luminosa, el cuerpo informe que abultaba la ropa de cama no se movió lo más mínimo.

Al acercarse, Karl comprobó que Hugo ni siquiera se había desvestido para acostarse o, al menos, no del todo. Lo sacudió sin conmiseración.

—Despierta, Hugo. Tengo algo importante que decirte.

Un sonido más animal que humano fue todo lo que obtuvo por respuesta. Karl sintió un leve pero delator olor a alcohol; junto a la cama había una botella vacía de vodka que enseguida le resultó familiar.

—Otra noche en casa de madame Lamour, ¿eh? No comprendo por qué te empeñas en malgastar tu fortuna en putas y alcohol baratos.

Hugo enterró la cabeza bajo la almohada de donde manó su voz cavernosa.

—Cállate, Sehlackman. Eres como una maldita almorrana. Lárgate y déjame vivir mi vida miserable.

Karl le arrancó la almohada de las manos de un tirón. El otro se revolvió con toda la furia que el sueño y la resaca le permitieron. Entonces, aprovechando que contaba con su atención, el inspector anunció sin paliativos:

—Therese ha muerto.

El rostro de Hugo se transformó en una máscara de espanto, blanco sobre blanco hasta límites mortales. Intentó incorporarse pero un fuerte pinchazo en la cabeza se lo impidió.

—¿Qué estás diciendo? —murmuró.

—Esta madrugada hemos encontrado su cadáver junto al canal del Danubio, a la altura del puente Ferdinand. La han asesinado de forma...

Karl se interrumpió bruscamente. El semblante trastornado y las manos crispadas de Hugo le dejaron sin palabras. Era como la vez anterior; sólo faltaba la sangre por todas partes.

Su amigo parecía ido. Con dificultad logró sentarse en el

colchón pero la cabeza le cayó entre las manos. Empezó a moverla de un lado a otro mecánicamente.

—No, no, no... —murmuraba—. No puede ser. Otra vez no. Otra vez... No puede ser... No puedo soportarlo. No puedo pasar por esto otra vez...

—Cálmate...

—¡Mientes! —gritó levantando un rostro desencajado—. ¡Eres un bastardo mentiroso! ¡No ha muerto! ¡Ella no ha muerto! ¡No ha vuelto a suceder!

Le miraba con los ojos enrojecidos a causa de la resaca y la furia. Escupía sus frases incoherentes entre gritos que resonaban en las paredes. Parecía a punto de llorar, pero en realidad eran la rabia y el miedo los que congestionaban su cara y hacían temblar su voz.

—Tengo que hablar contigo...

—¡Vete! ¡Maldito seas! ¡Márchate! —Se levantó—. ¡No quiero verte! ¡No ha vuelto a suceder! ¡Vete!

Karl no ofreció la menor resistencia. Se volvió hacia la salida mientras su amigo seguía chillando como poseído y empezaba a arrojar contra el suelo los objetos de la habitación. Lentamente, el inspector abandonó el lugar cerrando la puerta tras de sí.

Al fondo del pasillo se agolpaba timorato el personal de servicio, alarmado ante los gritos y el estruendo. Fritz se adelantó y quiso entrar en la alcoba, pero Karl le detuvo.

—Será mejor que lo deje solo. Dentro de un rato, cuando se haya calmado, tráigale café y Aspirina. Va a necesitarlo. Y dígale que le espero en la Polizeidirektion; que confío en no tener que venir a buscarle yo.

La entereza que Inés mostró en todo momento no dejaba de sorprender al inspector Sehlackman. Había llegado al depósito de cadáveres impertérrita, el semblante sereno y serio, cubierto por un pequeño velo negro de rejilla que contrastaba con su vestido rosa pálido, arrebatadoramente bella en su circunspección. Cuando el asistente del forense quitó la sábana y descubrió el rostro deforme de Therese, un amasijo de carne cruda que hubiera levantado el estómago de cualquiera, ella no se inmutó, simplemente pidió que le dieran la vuelta al cadáver. Se retiró el velo con pulso firme, localizó con la vista una pequeña mancha de nacimiento a la altura del omóplato derecho y declaró con voz alta y clara: «Es Therese». No tuvo la menor duda, tantas veces había fotografiado su cuerpo desnudo para el catálogo de modelos de La Maison des Mannequins, que estaba completamente segura.

Su intervención fue tan rápida y certera, casi profesional, que Karl llegó a tener la absurda sensación de que su presencia sobraba en aquel lugar, donde se producía un diálogo íntimo y mudo entre Inés y el cadáver de su modelo.

Salieron del depósito en silencio y se trasladaron al despacho del inspector en el nuevo edificio de la K.K. Polizeidirektion de Elisabeth Promenade. Aquel despacho que hasta entonces no había sido más que un lugar de trabajo anodino, con sus muebles anodinos y funcionales y sus también anodinos montones de papeles, se convirtió en un lugar terriblemente feo, desordenado e inapropiado nada más entrar en él Inés, como si una fina bruma mágica, aromática, rosada y centelleante, con el poder de transformar las cosas, se hubiera colado por las rendijas de la ventana. Con unos pocos gestos inútiles Karl trató de solucionar el desajuste: metió un lápiz en el bote de lápices, cuadró una pila de papeles, escondió la papelera bajo la mesa... Por último se rindió ante la evidencia de que aquello no servía para nada y sólo ponía de manifiesto su inexplicable nerviosismo.

—¿Quiere sentarse? —consiguió decir sin balbucear.

—¿Va a interrogarme?

—No, no es usted sospechosa de nada, no tendría por qué interrogarla. Sólo será una entrevista, una charla.

—Prefiero permanecer de pie.

Aquella respuesta volvió a dejarle fuera de lugar. Se pasó la mano por el pelo y buscó otra forma de iniciar una conversación.

—¿Desea tomar algo? ¿Un... café?

Ella bajó ligeramente el rostro, alzó la vista y sonrió.

—¿Sería muy indecoroso por mi parte pedir algo... más fuerte?

Karl tuvo ganas de reír. Por primera vez, sintió que su tensión se suavizaba y parte de su inquietud desaparecía.

Abrió el primer cajón de su mesa de trabajo y, al fondo, enterrada entre carpetas, encontró una petaca. Le costó un poco abrirla, pues con el paso del tiempo el azúcar del alcohol había cristalizado en el tapón. Tras un par de intentos, logró desenroscarlo. Acercó la nariz al borde para olisquear su contenido.

—Creo que es coñac... Lo siento, es lo único que puedo ofrecerle.

—Será suficiente.

Karl vertió un poco de licor en la tapadera de la petaca y se la tendió a Inés. Ella no la cogió.

—¿No bebe usted conmigo? —preguntó, mirándole fijamente con sus enormes ojos jaspeados.

—Me temo que no dispongo de vasos.

—Eso no importa —afirmó mientras tomaba de la otra mano de Karl la pequeña botella y se la llevaba a los labios.

Bebió con la misma elegancia que si se tratase de una copa de cristal de Bohemia.

Karl captó el mensaje y se acercó la tapadera llena de coñac a la boca. Apenas dio un pequeño sorbo. No podía quitar la vista de los labios de aquella mujer: jugosos y sensuales sobre el borde metálico de la botella, dejaban un rastro de carmín en cada roce.

Después de haber bebido, la joven también pareció relajarse y, a pesar de lo que había dicho segundos antes, se sentó.

—Háblame de Therese —pidió Karl amablemente—. ¿Eran amigas?

—¿Amigas? —repitió ella un tanto ausente—. No lo sé... Yo diría que compañeras de trabajo.

—Pero ella trabajaba para usted...

—No, no exactamente. Las modelos de La Maison cobran sus honorarios directamente de los clientes. En La Maison sólo las ayudamos a conseguir trabajos y a organizar sus agendas.

—¿Y qué gana usted con eso?

—Nada —contestó como si la respuesta fuera obvia y la pregunta casi ofensiva. Karl no puedo evitar un leve gesto de sorpresa, quizá por eso Inés añadió—: Nada económico. Gano prestigio, buen nombre, dignidad... tranquilidad de conciencia. El orgullo de haber hecho algo... bien.

Inés se levantó de repente y comenzó a deambular por el pequeño despacho.

—Me imagino que le interesará la historia de Therese... —No miró a Karl en busca de una respuesta—. Ella no tenía familia. Al nacer la abandonaron en una inclusa y pasó la infancia de orfanato en orfanato. Cumplidos los doce años, la caridad dejó de mantenerla y empezó a trabajar en un taller de plumas, para sombreros y tocados, ya sabe. Pero el negocio cerró y acabó en la calle. Empezó a verse con hombres... Y a cobrar por ello para pagar las treinta coronas que le pedían por una cama en una habitación de mala muerte. Entonces... la encontré... —Su vista y sus palabras se perdieron al otro lado de la ventana, en las mismas aguas del canal que río abajo habían visto morir a Therese—. Therese es sólo un ejemplo más de todas las chicas que malgastan su juventud, su belleza y sus capacidades porque la vida les ha dado la espalda.

—Así que en verdad la otra noche la vi a usted en aquel burdel... —Karl afirmó más que preguntó, acabando en voz alta el hilo de sus pensamientos.

Inés se volvió sonriendo.

—Muchas de esas infelices pueden tener una vida mejor. Sólo necesitan una oportunidad.

Karl se contagió de su sonrisa y se llenó de admiración hacia aquella mujer. Hubiera deseado interrumpir de inmediato la entrevista porque se sentía conmovido por aquel instante de pureza e intimidad. Sin embargo, terminó por recomponerse y volver a la realidad.

—¿Tenía Therese enemigos?

—Supongo. Todos los tenemos.

—Pero, por fortuna, no todos tienen la intención de acabar con nuestra vida.

—¿Seguro, inspector? La experiencia me ha enseñado a no dudar de lo que las personas somos capaces de hacer.

Por un momento Karl tuvo la sensación de que Inés imprimía un tono enigmático a sus respuestas con la única intención de jugar con él.

—¿Quién cree que pudo asesinar a Therese?

Según su experiencia profesional, Karl había comprobado que la mayor parte de la gente se ponía a la defensiva ante semejante pregunta. «Eso tendrá que averiguarlo usted», era la más suave de las contestaciones que solía obtener. Sin embargo, Inés la recibió con naturalidad, como si realmente ella tuviera que saber quién había asesinado a Therese.

—Cualquiera. Un cliente obsesionado, una mujer celosa, un amante despechado... Un maníaco que pasaba por allí...

—La otra noche la oí discutir con Therese, en casa de la baronesa Von Zeska. —Karl se decidió a lanzar aquel pequeño anzuelo.

Inés entornó los ojos. A juzgar por su expresión el inspector pensó que aquella mujer se estaba divirtiendo.

Antes de responder, la joven bebió otro trago de la botella.

—No daría abasto si tuviera que asesinar a todas las personas con las que discuto.

—Me sorprende: su defensa es un tanto tibia.

Karl había intentado cercar a Inés, demostrar algo de su poder. Pero fue en vano. Ella no se arredró, al contrario, traspasó con la mirada la piel del inspector y repuso con calma:

—No me estaba defendiendo. Usted me acaba de decir que no soy sospechosa de nada...

Sus palabras quedaron bruscamente interrumpidas cuando la puerta se abrió de repente. Sin llamar, Hugo entró como una exhalación. En la mano tensa mostraba un ejemplar arrugado del *Neue Freie Presse* de la mañana.

—¡Ya aparece en todos los periódicos! ¡Tres reporteros estaban hace un momento en la puerta de mi casa! ¡Esos carroñeros están deseando mezclarme en esto!...

Sumido en la ira y la ofuscación, Hugo no había reparado en la presencia de Inés a su espalda. Sólo cuando Karl hizo un gesto mirando por encima de su hombro, se volvió rápidamente. La confusión inicial de encontrar allí, cuando menos lo esperaba, a aquella mujer apenas le duró unos segundos:

enseguida escupió todo su fuego contra ella como un dragón enfurecido.

—¿Qué hace usted aquí? ¿Acusarme como todos de la muerte de Therese? ¡Era usted quien la odiaba, no yo! ¡La odiaba porque no podía someterla! ¿No te lo ha dicho, Karl? ¡Seguro que no! ¡Pero tras ese aspecto de mosquita muerta se esconde una tirana! ¡Usted la controlaba, la vigilaba y la amenazaba por verse conmigo! Y ahora, ¿qué? ¡Ha cumplido sus amenazas y sólo ha venido aquí a encubrirse!

—¡Basta ya, Hugo!

Al principio Karl lo había dejado hablar mientras observaba con suma atención el rostro de Inés en busca del más mínimo gesto: la joven apenas frunció el ceño y aguantó con dignidad las ofensas. Sin embargo, los ataques de Hugo habían llegado a un límite intolerable.

—¡No! ¡Tú estás de su parte! ¡Tú...!

—¡He dicho que basta ya! No voy a permitir que te comportes como un salvaje en mi presencia...

—¡Pero...!

—¡O te calmas o te marchas! ¡Pero si sigues así, mandaré que te encierren en un calabozo! Y créeme que lo haré, los calabozos sólo están unos pisos más abajo.

Hugo resopló como una bestia enjaulada, muestra del esfuerzo que le suponía contener su furia verbal. Karl dio el gesto por bueno.

—Será mejor que lo dejemos por hoy —anunció mirando a Inés—. Aunque si usted no tiene inconveniente, me encantaría continuar con nuestra charla en otro momento.

Inés asintió en silencio y Karl percibió cierto alivio en la forma en que lo miró. La joven se puso los guantes sin prisa, tomó su bolso y su sombrilla y le tendió la mano.

—Gracias, inspector. Volveremos a vernos.

Karl le sostuvo la mano más tiempo del necesario mientras por su cabeza pasaban decenas de frases con las que responder, que descartaba en el acto. Al final, fue escrupulosamente profesional.

—Gracias a usted. Su colaboración nos ha sido de gran utilidad.

Inés se dio la vuelta, pasó junto a Hugo con la misma indiferencia que pasó junto al archivador y salió del despacho. Tras el chasquido de la puerta al cerrarse, Hugo volvió a la carga.

—Apaga ese fuego lascivo en tus ojos, Sehlackman. ¿Qué demonios te ha dicho la muy...?

—¿Tengo que recordarte dónde estás y con quién estás hablando? —atajó Karl con extrema seriedad—. Aquí soy yo quien hace las preguntas. Espero que nuestra amistad no te haga olvidar cómo funcionan las cosas.

—Así que ésas tenemos, ¿eh? ¡Pues recupere mi ficha policial y comience el interrogatorio, inspector! —Aludió a su cargo con sorna en el tono de voz—. ¡Es evidente que esa mujer me ha convertido en culpable!

A Karl le pareció oír el eco de las palabras de Inés resonando en las paredes del despacho: «... un amante despechado... Un maníaco que pasaba por allí...».

—¿Y por qué no, Hugo? Para empezar, podrías decirme dónde estabas anoche...

—¡Borracho en los brazos de una puta barata! —gritó incorporado sobre la mesa.

—¡Pues tendré que hablar con ella para corroborarlo! —gritó Karl aún más, sin amedrentarse.

—¡Hazlo! ¡Tú nunca has creído en mi inocencia, Sehlackman! ¡No crees ahora pero tampoco entonces! ¡Sólo hiciste lo que hiciste porque mi padre te lo pidió mientras te ponía en las narices un buen fajo de billetes! ¡Pero yo no te debo nada!, ¿me oyes?

Aquella falacia cruel colmó la paciencia de Karl, de ordinario extremadamente difícil de colmar. Furioso, tomó a Hugo por las solapas de su traje bien planchado.

—Escúchame, maldito impertinente. —La ira le apretaba las mandíbulas—. Tal vez sea un burgués judío, pacato e idealista, pero confío en la ley y la justicia por encima de todo. Soy un buen policía y un hombre honesto. Aunque tu padre me hubiera puesto delante de las narices todo el oro del mundo, si lo hubieras merecido tu cabeza hubiera colgado de una soga como la de cualquier criminal.

Karl le soltó con un empujón y Hugo se tambaleó sin oponer resistencia.

—Ojalá lo hubieras hecho. Ojalá estuviera muerto —aseguró con la boca untada de hiel.

De repente, como si toda la adrenalina que había mantenido su cuerpo en tensión se hubiese volatilizado en un segundo, Karl se sintió agotado. Se dejó caer en la silla, se quitó las lentes y se pasó los dedos por los ojos.

—Siéntate —murmuró.

Hugo dudó un instante.

—¡He dicho que te sientes!

Por fin Hugo obedeció. Tomó una silla y tiró enfadado el sombrero y el periódico en otra. También él se sintió repentinamente agotado. Le dolía la cabeza y el estómago, le temblaban las manos. Respiró hondo y se frotó la cara y el cabello tratando de calmarse.

Karl reparó entonces en la petaca de coñac. La cogió como si fuera agua en el desierto y le dio un prolongado trago que le supo a fuego. Después se la pasó a Hugo, quien terminó de apurar el licor con ansiedad.

—¿Qué demonios te pasa, Hugo? —comenzó a hablar Karl ya más sosegado y sin acritud—. A veces me dan ganas de darte un par de bofetadas como si fueras una mujer histérica, a ver si de ese modo vuelves en ti.

Hugo no replicó. Se limitó a esconder la cara entre las manos: se sentía sobrepasado por la situación.

Karl se volvió a poner las lentes y continuó hablando, dispuesto a dejar salir todo lo que tenía dentro.

—Therese murió degollada y abierta en canal, como... Kathe —se atrevió a decir—. ¿Es que no te das cuenta del lío en el que estás metido? ¿Del lío en el que puedo estar metido yo?

Hugo levantó la cabeza. Mostró un rostro enrojecido de tanto frotarlo en el que brillaban sus ojos de acero muy abiertos.

—Sácame de él, ya lo hiciste una vez. Y si no vas a volver a hacerlo, cuélgame cuanto antes de la horca. ¡Pero no quiero tener que vivir de nuevo la pesadilla! —Cada una de sus palabras destilaba angustia, casi terror.

—Júrame por Dios, Hugo, que tú no la has matado.

—¿Qué Dios, Sehlackman? ¿Tu Dios?, ¿el mío? ¿El mismo que se llevó a Kathe?... Te lo juro porque es cierto. Estuve toda la noche en el maldito burdel, pregúntaselo a esas putas.

El inspector suspiró. Deseaba con todas sus fuerzas creer a su amigo, pero no conseguía apartar las dudas y descansar tranquilo: poco podía costar comprar el silencio de una puta.

Miró a Hugo: retorcía hasta casi romperlo el periódico con la noticia del asesinato de Therese en primera página; aparentemente sosegado, pero hirviendo como las entrañas de un volcán a punto de estallar. Le hizo una pregunta. Una pregunta que hubiera sido mejor haber callado; la respuesta sólo le causó desasosiego.

—Dime, Hugo, ¿qué sentías por Therese?

—¿Sentir? Yo ya no tengo corazón para sentir nada... Hasta ese extremo me he vuelto un ser inhumano y egoísta.

<hr />

Hugo confiaba en Karl, era su único amigo. Podía confesarle lo que a nadie le confesaba, jugar a escandalizarle, incluso, a provocar su moral burguesa. Pero Karl no siempre podía comprenderle: era un tipo demasiado sensato, demasiado moderado. Quizá todo lo que él hubiera deseado ser: un hombre normal. Y, sin embargo, Hugo se reconocía un tipo desquiciado y angustiado, alguien que hiriendo a los demás se procuraba una satisfacción ilusoria, directamente proporcional a la amargura que sentía una vez que los efectos eufóricos de la inquina desaparecían.

También follando con putas viejas se sentía eufórico, y también aquella euforia devenía en amargura multiplicada por cien. Las putas viejas... Ellas no hacían preguntas, desconocían su pasado, sólo querían su dinero. Eran feas y desagradables, no sentía nada por ellas. Pero follarlas se había convertido en una obsesión impura que le carcomía la conciencia. Las buscaba todas las noches con ansiedad malsana para calmar sus miedos y sus frustraciones. Fue a buscarlas nada más salir de la Polizeidirektion. Y sintió deseos de azotarlas hasta matarlas... Se detuvo con el cinturón en la mano temblorosa alrededor del cuello fláccido y arrugado de una de ellas... Aquella pobre desgraciada, que le miraba con sus ojos amarillos llenos de enfermedad, lujuria y miedo, se hubiera dejado estrangular... Y Kathe hubiera seguido muerta de todos modos; llevaba muerta todos aquellos años. También Therese. Pobre Therese. Se abría esplendorosa como la cola de un pavo real cuando él la tomaba del brazo. Y tal esplendor era la provocación perfecta para las gentes absurdas y banales que poblaban los salones de Viena; gentes que no entendían del verdadero sufrimiento. Pobre Therese. Ni siquiera se sentía culpable por haberla utilizado, por haberse limpiado en ella parte de sus miserias. Simple Therese. Feliz y tonta como un pavo real. Por un momento pensó en ella al enredar el cinturón en el cuello de aquella puta sin nombre. Pero de sus labios brotó el nombre de Kathe antes de desmoronarse, demasiado sobrio para poder soportarlo.

Regresó a casa más enfermo de lo habitual. Se encerró en su habitación y allí permaneció un tiempo que fue incapaz de medir. Un tiempo eterno durante el cual bebió sin cesar para mantenerse continuamente ebrio. Sufrió delirios y pesadillas. Creyó ver a su tía Kornelia, a su hermana Magda, a su madre y a Karl. Todos le hablaban a la vez y sus voces no se correspondían con el movimiento de sus labios. No lograba entender lo que decían, sólo le desquiciaban con su parloteo incesante, hasta que por fin se desvanecieron y todo se volvió negro y silencioso.

Despertó en su propia cama, con la cabeza entre almohadones y cuidadosamente arropado con sábanas limpias. Llevaba puesto uno de sus pijamas y comprobó al pasarse la mano por el mentón que estaba bien afeitado. En su mesilla de noche había un jarrón con flores y otro sobre el escritorio. Los dos ventanales del dormitorio estaban abiertos y la luz del sol bañaba casi toda la estancia hasta tocar los pies de la cama. Una suave brisa hinchaba el visillo blanco, panzudo como la vela de un barco. De la calle llegaba el ruido de la ciudad: los carruajes, el tranvía, el ladrido de un perro, las voces de los transeúntes...; y el aroma a hierba fresca y tierra mojada de los jardines del Stadtpark. Se sintió confuso y desorientado.

Entonces entró Kornelia. Empezó a proferir exclamaciones de gozo. Le tomó de las manos y le besó en las mejillas. Le habló y le habló. Pero él la ignoró. Bajó los parpados y dejó de escucharla. Se encerró en sí mismo hasta que intuyó que su tía se había marchado de la habitación.

Había tocado fondo.

«No estás solo», le habría dicho Karl, sensato y moderado... Pero se sentía como si lo estuviera. Porque nadie sabía procurarle la ayuda y el alivio que necesitaba, nadie acertaba a calmarle el dolor. Ni siquiera las putas viejas...

Hugo permaneció varios días en casa. No deseaba ver a nadie, sólo toleraba la presencia imperceptible del servicio. Dormía poco, comía menos, bebía mucho y fumaba más. Leía compulsivamente la prensa, diaria y atrasada. Buscaba noticias sobre crímenes, se buscaba a sí mismo en las páginas de los periódicos... Y podría decirse que un día se encontró, aunque no de la manera que él esperaba.

Fue en un viejo ejemplar del *Neue Freie Presse*, donde leyó un artículo breve que reseñaba *La interpretación de los sueños*, un libro del doctor Sigmund Freud.

Cuarenta y ocho horas habían transcurrido desde el asesinato de la modelo cuando el inspector Karl Sehlackman fue citado por el doctor Haberda, el forense.

Albin Haberda era el primer ayudante del director del Instituto de Medicina Forense de Viena. Era un hombre relativamente joven, en torno a los cuarenta años, y, sin embargo, se trataba de uno de los mayores expertos en medicina legal del mundo, en una época en la que el imperio despuntaba en esta materia. Aunque el doctor Haberda supervisaba todas las autopsias que se realizaban en la ciudad, dada la complejidad y el impacto social que tuvo el asesinato de la modelo, el juez lo asignó directamente al caso.

En la sala de autopsias, junto al cuerpo de Therese, macilento y succionado de vida, como único testigo, Albin Haberda le hizo una revelación que daba un giro importante al caso.

—Sin lugar a dudas, la víctima fue envenenada previamente con cianuro —anunció el forense con el tono aséptico que siempre empleaba y que parecía sustraer a los cadáveres su cualidad de humanos—. Sospeché algo en cuanto lo vi: primero por el color rojo oscuro de la sangre, ya que el cianuro aumenta significativamente su contenido en oxígeno. Del mismo modo, por el tono de las lividices. ¿Ve? —Le mostró sobre la piel de Therese las manchas en las zonas del cuerpo donde se acumula la sangre tras la muerte—. Son más rosadas de lo normal. A la vista de esos indicios, me acerqué a oler las vísceras, pude hacerlo al estar expuestas, y desprendían olor a almendras amargas... Allí mismo recogí unas muestras del contenido gástrico y del bazo. Tuve que darme prisa en analizarlas pues los rastros de cianuro desaparecen con rapidez. Y los resultados de las pruebas con reactivos resultan inequívocos: los tejidos presentan altísimas concentraciones de ácido cianhídrico.

—Entonces ¿la muerte se produjo por intoxicación con cianuro? —preguntó Karl confuso con la mente ligeramente embotada a causa del penetrante olor a formol.

El doctor Haberda lo miró como si estuviera esperando que le hiciera esa pregunta. Chasqueó la lengua.

—No. Por degollamiento. Desde que se ingiere el veneno

hasta que se produce la muerte, dependiendo de la dosis, pueden transcurrir entre cinco y diez minutos. Ése fue el lapso de tiempo que el asesino aprovechó para degollarla. Se puede observar claramente que la lesión es ante mórtem analizando los coágulos de la sangre y sus bordes: son más gruesos y retraídos. En cambio, el resto de las lesiones son post mórtem.

—Pero...

El forense adoptó un aire de suficiencia académica (no en vano era profesor de medicina legal en la Universidad de Viena) para adelantarse a sus dudas.

—Sí, sí, sí... Yo también me lo pregunté nada más corroborar el hecho del envenenamiento. ¿Por qué iba a querer nadie degollar a una persona que va a morir envenenada? Y he tenido más tiempo que usted para pensar en la respuesta. —Una sonrisa se dibujó en su rostro redondo como una luna llena.

Se volvió nuevamente hacia el cadáver y tomó una de sus manos. Limpia de cualquier resto de sangre, se mostraba intacta, libre de heridas.

—No hay lesiones de resistencia —constató—. Y debería haberlas si la víctima hubiera estado consciente. Son frecuentes en los casos de degollamiento: al verse atacada, la persona agarra el arma para intentar evitar la agresión, produciéndose de este modo cortes en las palmas de las manos. Es probable que nuestra víctima no se resistiera porque ya había entrado en coma a causa del veneno.

—Con el envenenamiento previo, el asesino se aseguraba de que la víctima no opondría resistencia a su brutalidad —resumió Sehlackman.

—El criminal no sólo quería matar, algo que hubiera logrado simplemente con el veneno, quería también ensañarse con la víctima.

La mirada del inspector se perdió en el cuerpo amarillo y destrozado de Therese.

—Por cierto —el doctor Haberda le sacó de su breve trance—, del análisis de la dirección de los cortes se desprende que es probable que nuestro criminal sea zurdo. Observe: la mayoría son de derecha a izquierda y de abajo a arriba. —Señaló las hendiduras resecas en el cadáver—. Lo cierto es que es difícil asegurarlo al cien por cien porque intervienen muchas variables, como la posición del agresor respecto a la víctima y el hecho de que ésta se mueve para evitar el ataque. Pero teniendo en cuenta las particularidades de este caso, en el que es probable que la víctima permaneciera inconsciente antes de ser agredida, podría pensarse que todos los cortes se infligieron desde el frente a un cuerpo inmóvil; de hecho, no hay ninguna lesión por arma blanca en la espalda.

—¿Y de qué probabilidad estamos hablando?

—Sin querer comprometerme, yo diría que alrededor de un setenta y cinco por ciento de probabilidades a favor de la teoría del criminal zurdo.

Karl asintió pesadamente. El asesino de Kathe también pareció haber sido zurdo. Hugo lo era.

***

El inspector Karl Sehlackman hubiera deseado hacer una pira con todos los periódicos de Viena, cual genuino inquisidor. Estaba harto de recibir presiones del juez a cuenta de unos cuantos artículos redactados por ignorantes de lenguas afiladas.

Si había algo que detestaba el joven policía era que alguna de sus investigaciones despertase el interés carroñero de la prensa. Y eso era exactamente lo que había sucedido con el crimen de la modelo. No era que la opinión pública estuviera excesivamente alarmada por la trágica muerte de una chica de baja extracción, cuyo destino no podía sorprender a nadie teniendo en cuenta su vida disoluta y moral dudosa. Lo que ocurría era que el asesinato de Therese se estaba instrumentalizando, como ya había sucedido años antes con el asesinato de Kathe. Tal era la causa por la que el nombre de Hugo von Ebenthal volvía a aparecer en las primeras páginas de los periódicos y entre las líneas de las editoriales y los artículos de opinión. Y es que el suceso había vuelto a remover las cenizas de una vieja pugna entre la llamada aristocracia de primer nivel, la alta nobleza imperial que tenía acceso exclusivo a los privilegios de la Corte, y la clase media alta, aquellos grupos que de facto controlaban el desarrollo de la sociedad, la cultura, la información, la política y la economía del imperio. Que Hugo von Ebenthal, miembro de esa alta nobleza, se viera mezclado en un crimen era una ocasión que la opinión pública no podía desaprovechar para minar la fortaleza de aquella élite endogámica. Ya lo habían intentado años atrás y la oportunidad volvía a presentarse en bandeja. Con una diferencia: en el asesinato de la modelo no había testigos que hubieran visto a Hugo con las manos manchadas de sangre. Por mucho que se empeñaron en buscarlos, por mucho que acusaron al inspector Sehlackman de ocultarlos, tales acusaciones se quedaron sin fundamento y poco a poco la llama de la infamia y el sensacionalismo se fue apagando y aquel asesinato se convirtió en un crimen más de los muchos que sacuden a diario la ciudad pero que a nadie importan. Y menos a una sociedad que está convencida de que la mejor manera de combatir la miseria y la porquería es escondiéndola debajo de la alfombra.

Sólo entonces Karl Sehlackman pudo hacer en paz su trabajo o, al menos, acompañado por las únicas sombras de sus propias dudas.

Con pocas pistas y escasas evidencias, El inspector Sehlackman interrogó a un puñado de testigos.

Las primeras en su lista fueron las putas de madame Lamour. Una de ellas, escuálida y con la piel curtida como la carne en salazón, la mirada huidiza bajo el cabello grasiento y los labios rotos, afirmó con la voz pegajosa que había pasado la noche con Hugo. La noche entera con un príncipe. El príncipe y la puta. Una mujer que vendía su cuerpo repugnante por unos cuantos heller y una botella de vodka. Toda la noche con Hugo. Su palabra sería aún más barata que su cuerpo... Y con el dinero extra compraba un tónico de morfina adulterado a un sucio boticario cuatro calles más arriba del burdel. De poco servía el testimonio de aquella puta. El único testimonio que le proporcionaba coartada a su amigo.

Se concentró en reconstruir las horas previas al asesinato de Therese. Todo lo que consiguió averiguar fue que la muchacha había salido de La Maison des Mannequins a media tarde para posar en el estudio de un escultor en Favoriten. Ranus Stein, el escultor, afirmó que la modelo se había mostrado inusualmente inquieta durante toda la sesión, que parecía preocupada y nerviosa, deseando dejar el trabajo y marcharse, cosa que había hecho unas dos horas después en un coche de alquiler que la había llevado hasta Franz-Josef-Kai. Allí, la dueña de un pequeño *caffehouse* frente al puente de Stephanie recordaba haberle servido un café y se quejaba de que ésa hubiera sido su única consumición en todo el tiempo que la chica había permanecido en el local, justo hasta la hora del cierre, cuando se había marchado sola, ya entrada la noche. Después, su pista se perdía hasta que, varias horas después, un mendigo había encontrado su cadáver bajo el puente Ferdinand.

También entrevistó a la compañera de habitación de Therese. Se llamaba Sophia y, como la víctima, era modelo de La Maison des Mannequins. Por Sophia supo que Therese estaba enamorada de Hugo, que se citaban continuamente y que su amiga se mostraba feliz desde que lo había conocido. Al parecer, la mañana de su asesinato, Therese había recibido una nota. Sophia la había visto abrirla y leerla después del desayuno; según la joven modelo, a su amiga le había cambiado la cara en ese instante. Le preguntó qué le sucedía, pero Therese no quiso darle explicaciones.

Karl intentó averiguar algo sobre el contenido de aquella nota. Intuía que el mensaje había conducido a Therese a aquel lugar apartado en el que había encontrado la muerte. Pero sus intentos fueron en vano.

Aún habrían de cometerse dos crímenes más antes de que Karl Sehlackman hallara un papel ensangrentado en el bolsillo de otra muchacha asesinada y descubriera que tanto la nota que había recibido Therese como las que recibirían sucesivas víctimas estaban firmadas por Hugo von Ebenthal. Pero ni siquiera entonces las cosas serían más fáciles.

***

Karl no volvió a citar a Inés en su despacho. Pero se la encontró una mañana de sábado junto a uno de los puestos del Naschmarkt. El inspector deambulaba en ocasiones por el mercado, entre granjeros, criadas y artesanos, entre bebedores y ociosos, entre ladrones, pillos y gitanos. El Naschmarkt era una buena arteria sobre la que apretar los dedos índice y corazón y tomar el pulso a la ciudad.

Casi le costó reconocerla cuando sus hombros chocaron entre el gentío vociferante que rodeaba el puesto de las especias. Un gentío que de repente desapareció cuando Inés cobró vida entre los conos de vivos colores: azafrán, pimienta, cúrcuma, canela, páprika, laurel... Su blusa era una mancha blanca de algodón sobre aquel tapiz y su falda de vuelo se confundía en la explosión multicolor. El cabello suelto le asomaba bajo un sombrero de paja y una cesta llena de flores y manzanas colgaba de su codo. Aquella imagen a pinceladas de cuadro impresionista hubiera resultado escandalosa en cualquier otra mujer de bien, pero Inés la convertía en arte.

—¡Inspector Sehlackman! —Pareció alegrarse—. Qué inesperado resulta encontrarle en este lugar.

El aire se tornó entonces cálido y se llenó de un aroma dulce y picante, exótico como una leyenda oriental, que hasta entonces Karl no había percibido.

—Eso mismo podría decir yo —replicó una vez que se hubo repuesto del hechizo.

Un destello de gozo iluminó la sonrisa de Inés.

—Creo que éste es el rincón más hermoso de Viena. En ningún otro hay... —miró a su alrededor, como queriendo empaparse de colores, sonidos y aromas— tanta vida.

Karl no pudo por menos que asentir y llamarse necio por no haberse dado cuenta hasta entonces.

La sonrisa árabe del vendedor, profusa en dientes blancos que destacaban sobre su tez de betún, irrumpió abruptamente en su dúo y les robó la conversación. Inés tomó el paquete de polvo rojo que el hombre le entregaba y le dio unas monedas a cambio. Después, el gentío volvió a arroparlos y a sacarlos a un lugar despejado con una marea en la que Karl temió perder de vista a la mujer. Suspiró aliviado cuando se encontró caminando junto a ella por el pasillo apretado entre sombrillas y tenderetes.

—Me ha sorprendido que no volviera usted a citarme después de que nuestra conversación quedara... interrumpida. —El tono de Inés fue tan aséptico como su caminar: un paso lento detrás de otro que ondulaba el borde de su falda; ahí se concentraba la mirada del inspector Sehlackman.

—No he creído necesario tener que volver a molestarla.

—Deduzco, entonces, que su investigación avanza por buen camino...

—Hacemos nuestro trabajo lo mejor que podemos. —Se mostró evasivo—. Aunque, si usted considera que tiene alguna información importante que compartir con nosotros, siempre puede acudir a la Polizeidirektion.

El silencio de Inés fue respuesta suficiente y se prolongó incómodo hasta que llegaron a un lugar apartado del mercado en el que quedaban los últimos restos coleantes de un gran dragón: campesinas con cestos de cebollas y una vieja que vendía cerillas bajo una farola. Habían dejado atrás el alboroto y los empujones; ya no era necesario alzar la voz para hacerse oír.

Inés se detuvo. Karl intuyó que había llegado el momento de la despedida. Se arrepintió de haberse mostrado adusto y taciturno; de haberse mostrado como era. Estuvo a punto de tenderle la mano antes de que ella lo hiciera; pero Inés simplemente se quitó el sombrero, que quedó colgando a su espalda.

—Sería muy sencillo para usted ofrecer un culpable a todos aquellos que claman por uno. Sería fácil alegar que la historia se repite.

Karl, absorto como estaba en la frente humedecida de sudor de su interlocutora, tardó en reparar en la observación de la muchacha y en comprobar que su mirada se dirigía al periódico que le sobresalía bajo el brazo. Sin responder, lo sacó y no necesitó leer el nombre de Hugo en los titulares. Tampoco en las palabras de Inés. Sabía que se hallaba ahí.

—Sin embargo, mi trabajo no es tan fácil como parece —atajó Karl—. Si lo fuera, dejaríamos a los periodistas hacerlo. —Retorció el diario y lo depositó en una papelera cercana—. Incluso a los tertulianos de un café, o a las criadas que chismorrean frente al puesto de verduras. Hacen falta pruebas para señalar a un culpable, y yo no las tengo.

El inspector creyó adivinar todo lo que había tras la mirada enigmática de Inés, todas las preguntas que no le hacía. La incitó a seguir hablando, más bien quiso provocarla.

—Tengo la sensación de que tiene usted algo importante que decirme. Algo relacionado con el asesinato de Therese.

—La verdad es que no —respondió con calma, casi sonriendo con condescendencia—. Yo sólo sé que Therese se había enamorado de la persona equivocada. Pero eso nada tiene que ver con su asesinato: seguiría siendo la persona equivocada aunque Therese continuase con vida.

—Disculpe, pero no soy hombre al que diviertan los acertijos. Prefiero ir directamente al grano: ¿usted cree que Hugo von Ebenthal la mató?

—Si usted no lo cree, ¿por qué habría de creerlo yo?

—Eso no es una respuesta —alegó Karl con suavidad.

Era inexplicable, pero se sentía más intrigado que irritado con aquella conversación en la que ambos tiraban en sentidos opuestos como para tensar una cuerda.

Ella se encogió de hombros.

—Es obvio que no siento por él la más mínima simpatía y es obvio que conozco su historia, la que todo el mundo corea para llamarle asesino. Pero eso es todo lo que es obvio. El resto son sólo elucubraciones. Todos las hacemos. Usted también.

¿Qué podía alegar Karl frente a eso? ¿Qué podía hacer

para que aquel encuentro no se acabase, para que ella no se marchase y siguiese frente a él, sujetando con las dos manos la cesta de la compra mientras el sol de primavera doraba su rostro y encendía sus cabellos?

—Me pregunto cómo nace la amistad entre dos hombres tan diferentes —dijo Inés de repente. Tanto que Karl no tuvo tiempo de pensar la respuesta antes de saltar como una fiera amenazada.

—Es natural que se lo pregunte porque no nos conoce a ninguno de los dos. —Su tono fue seco y cortante como el filo de un hacha.

Inés inclinó la cabeza y escondió la mirada en la cesta. Karl se hubiera tragado sus palabras nada más escucharlas.

—Disculpe —le rogó—, no pretendía mostrarme grosero. Yo... Quiero decir que... Ha pasado tanto tiempo y tantas cosas desde que nos conocemos que ni siquiera recuerdo dónde nace nuestra amistad. Incluso a veces me cuesta reconocer a Hugo, reconocerme a mí mismo... Aunque supongo que ésa es la esencia de una amistad auténtica: que permanece inalterable pase lo que pase.

Por fin Inés recuperó la sonrisa.

—Le diré una cosa: en contra de lo que intuyo que usted cree, me parece que es su amistad la que honra a Hugo von Ebenthal, y no al revés.

Mientras Karl meditaba aquellas palabras, Inés tomó una flor violeta de su cesta y la prendió en un ojal de la chaqueta del inspector.

—Disfrute de este hermoso día de primavera, inspector Sehlackman —dijo antes de marcharse calle arriba.

2

Viena, unos meses después

Inés había desaparecido y yo tenía que encontrarla. Ella era la única sospechosa, la única persona a la que podía detener con pruebas suficientes para acusarla de varios asesinatos.

A menudo recordaba nuestra conversación un día de primavera en el Naschmarkt. Una vez sobrepuesto a la bruma de su blusa blanca, del sudor sobre su frente y de la flor violeta que guardé para siempre entre las páginas de un libro de poemas, creí comprender por fin cuál había sido la estrategia de Inés: encubrirse ella misma acusando a Hugo.

Meses después, yo tenía que encontrarla. Pero Inés había desaparecido. Por más que inconscientemente regresara al Naschmarkt, frío y gris como una imagen desteñida, con la esperanza de que nuestros hombros chocasen de nuevo entre la multitud anodina, Inés había desaparecido. Y su rastro era quebradizo como una flor violeta seca, volátil como el aroma de las especias. Un hilo solitario en una urdimbre a medio tejer que apenas conducía a otros hilos de los que tirar. Y una de esas pocas hebras era Sophia.

Conocí a Sophia poco después de la muerte de Therese. La había citado en mi despacho de la Polizeidirektion para hacerle unas preguntas con relación a aquel suceso. De inmediato quedé impactado por el golpe de su belleza. Después, observándola detenidamente durante la charla serena que mantuvimos, descubrí, oculta tras los destellos de aquella beldad, la expresión de tristeza de su semblante; una tristeza que iba más allá del pesar por la muerte de su amiga y que parecía más bien vital.

A diario trataba con mucha gente, rostros que iban y venían y apenas permanecían unos minutos impresos en mi memoria. Sin embargo, desde el instante en que la conocí nunca olvidé el rostro de Sophia. Fue grato volver a entrevistarme con ella pocos meses después de aquel primer encuentro.

La encontré en La Maison des Mannequins, revisando unos libros de contabilidad. Desde la desaparición de Inés, ella parecía haber tomado las riendas de aquel peculiar establecimiento.

—Nunca se da suficiente valor a las personas hasta que faltan. —Me abordó con aquella sentencia cuando aún no nos habíamos saludado.

Yo pensé entonces que la tristeza puede ser algo bello si se refleja en un rostro como el de aquella mujer.

Sophia cerró los libros de contabilidad, se arregló algunos mechones de cabello que se le habían soltado del moño y me invitó a pasar a una salita contigua en la que me aseguró que estaríamos más cómodos que en aquel cuartucho de trabajo.

Ciertamente, la salita era un lugar bonito y acogedor, con dos balcones que daban a la calle y un fuego vivo ardiendo en la chimenea. Sophia se acercó a una pareja de sillones en torno a una mesita de café. Se sentó en uno de ellos y me ofreció asiento en el de enfrente.

—Todas nosotras dependemos de Inés más de lo que creíamos —empezó a decir con su voz cálida como si no hubiéramos interrumpido la breve conversación anterior—. Tengo la sensación de que sin ella estamos perdidas. Yo, al menos, me siento desorientada... Quizá otras sólo tienen miedo...

—¿Y usted no tiene miedo?

—No... Para temer a la muerte hay que sentir apego por la vida y, en mi caso, la vida no ha sido hasta ahora una buena compañera —murmuró casi avergonzada.

La contemplé durante un instante: una joven bellísima, elegantemente vestida, sentada en un salón burgués... ¿Cuál era la historia de Sophia? ¿Por qué hablaba con desprecio de su existencia?

Supuse que me había hecho demasiadas preguntas en silencio porque ella empezó a mostrarse cohibida, impaciente por detener el escrutinio al que se sabía sometida.

—¿Cree que Inés también ha muerto? —preguntó súbitamente, sin ninguna emoción en la voz.

«No ha muerto. Ha huido», pensé. Pero no podía compartir aquella información con ella. Por otro lado, comprendía su inquietud. Yo mismo me había hecho antes esa pregunta: ¿y si Inés hubiera muerto?

—No, no lo creo. —Respondí lacónicamente lo que a mí me hubiera gustado escuchar.

Sophia se miró las manos y empezó a jugar con sus sortijas. Me fijé en que dos finas alianzas se ocultaban entre un par de solitarios de piedras semipreciosas.

—Yo tampoco lo creo. Sospecho que ha huido.

Sin pretenderlo, me puse tenso. ¿Acaso aquella mujer era capaz de leerme el pensamiento?

—¿Huido? ¿De qué?

—Verá, Inés sí tenía miedo. Pero no por ella, sino por los demás... Tenía demasiados afectos por los que sufrir. Y en verdad tiene sus razones: ha visto como todo a su alrededor se ha venido abajo y no está siendo capaz de afrontarlo.

—¿Le dijo ella que tenía miedo?

—No, nunca habla de sus sentimientos. Es difícil encontrarla triste o cansada, o incluso harta. En todo momento se muestra inquebrantable porque quiere ser el espejo en que nos miremos. Pero yo no creo que sea así en realidad: sólo se refugia detrás de una coraza para ocultar sus heridas... No es muy diferente de todas nosotras. Por eso nos conoce bien, sabe de nuestras debilidades. Y continuamente nos está aconsejando: no hagas esto, no te comportes de este modo, ten cuidado con tus compañías...

—¿Hasta ese extremo pretende dirigirlas?

—Hace bien... Somos ovejas descarriadas y ella sólo quiere devolvernos al redil, evitar que cometamos sus mismos errores... Creo que ella desea redimirse en nosotras.

—¿De qué errores tiene que redimirse? —pregunté sin poder disimular la ansiedad por conocer la respuesta.

Sophia me miró, sus ojos rasgados eran de un color azul oscuro y sus pestañas eran tan espesas que parecía que una fina línea de pintura negra dibujaba su contorno.

—No lo sé... Ya le he dicho que oculta sus heridas.

Suspiré. Aquel testimonio me tenía en vilo, era como estar abriendo la caja de Pandora y contemplar todas las miserias del mundo salir sin contención. Descubrir que ni siquiera el alma de Inés era indemne derrumbaba parte de mi fe.

—¿Tiene alguna idea de adónde puede haber ido?

—No, lo lamento. Me gustaría poder ayudarle pero ya le he dicho que ella jamás hablaba de sí misma.

—¿No tiene familia?, ¿alguna amistad íntima?

—Si la tiene, nunca la mencionó. —Entonces Sophia se

interrumpió y alzó la vista al techo, pensativa—. Aunque, ahora que lo recuerdo... Hay un hombre... Un francés. Viene a visitarla con cierta frecuencia...

—¿Con cuánta frecuencia?

—No sabría decirle exactamente. Una o dos veces al mes..., pero también pueden pasar varios meses sin que se le vea por aquí. La última vez fue hace poco, justo antes de desaparecer Inés. Se encerraron en su despacho como siempre y los oí discutir, ya que en ocasiones él levantaba la voz... Aunque no entendí sobre qué discutían porque hablaban en francés. —Se anticipó a mi pregunta—. Es un hombre muy extraño... No sé a qué se dedicará ni por qué viene a visitarla, pero, desde luego, no tiene pinta de caballero y no creo que a ella le agraden especialmente sus visitas.

—¿Y no sabe cómo localizarle?, ¿su nombre, al menos?

Sophia me sonrió con complicidad. Al verla, pensé que debería sonreír más a menudo porque la belleza de su rostro se engalanaba con un velo de dulzura.

—Tal vez sí... Acompáñeme de nuevo al despacho.

La seguí hasta el cuarto en el que me había recibido. Allí se puso a rebuscar en cajones y papeles mientras me explicaba:

—Una vez Inés me pidió que le enviara un paquete a ese hombre y me dejó anotada la dirección. Con suerte, aún la conservo...

La espera se me hizo eterna hasta que Sophia sacó una agenda del fondo de un archivador, la consultó y me la mostró.

—Aquí está... André Maret. Klausgasse, número 3.

3

Viena, junio de 1904

Kornelia se repitió con satisfacción que Hugo había experimentado un cambio asombroso en las últimas semanas. Había llegado a estar realmente preocupada por su sobrino, había llegado incluso a temer por su vida aquel día en que lo encontraron inconsciente en su dormitorio a causa del alcohol. Sin embargo, tal episodio parecía haber tenido un efecto catártico y, desde entonces, Hugo se había transformado poco a poco en un hombre distinto: cabal en su comportamiento, moderado en sus reacciones y austero en sus vicios. Quizá se mostraba más melancólico y reservado de lo que ella hubiera deseado, pero al menos había abandonado aquella pose desagradable e insolente, asentada en el sarcasmo y la displicencia, que temió hubiera adoptado para siempre.

Por fin la baronesa Von Zeska podía presumir de sobrino como siempre había hecho, podía invitarle a las veladas y las tertulias de su salón sin temer quedar en evidencia por su causa, podía llevarle de acompañante a fiestas y bailes, podía sentirse orgullosa de él, de las miradas y los murmullos de admiración que despertaba a su paso. Y nada mejor que semejante cambio radical en su temperamento para demostrar que aquella infortunada modelo no había sido una buena influencia para él, como ella siempre había sostenido.

«La muerte de la chica le traerá problemas, ya lo verás», había vaticinado Sandro, irritantemente agorero. Y puede que no le faltara razón: al principio, aquella carroña de informantes intentó picotear del cuerpo de Hugo con tal de llenar titulares de prensa. Tampoco faltaron los envidiosos oportunistas que quisieron revivir los fantasmas del pasado. Pero nada podía implicarle en aquella muerte y sus esfuerzos por hundirle fueron en vano.

Ahora, camino de la Hofoper por la Ringstrasse, sentada junto a él en una calesa con la capota abierta, expuestos a toda Viena, se sentía henchida de gozo y vanidad. Le miró: con la vista al frente, le ofrecía su perfil rectilíneo. Llevaba al cuello la cruz de Comendador de la Orden Imperial de Francisco José. El frac siempre le había sentado de maravilla. Se trataba de una imagen sencillamente perfecta.

—Me gusta Mahler —dijo Kornelia—. Es un hombre muy elegante y un buen músico. Me gustan incluso sus sinfonías...

—A mí me gusta su mujer —replicó Hugo con una sonrisa.

Kornelia le coreó:

—¿Y a quién no le gusta Alma?... Tal vez sea un poco temperamental y todo el mundo sabe que es judío. —La baronesa volvió a referirse a Mahler—. Pero hoy en día todos los genios lo son. Supongo que eso es algo intolerable y amenazante para muchos: pone ante sus narices su propia incompetencia católico apostólica. —Colocó la voz por debajo del trote de los caballos y del traqueteo de las ruedas.

—Me encanta cuando te pones mordaz.

—Gracias. —Kornelia sonrió—. No obstante, recuerda

que la mordacidad debe ejercerse con moderación y a ser posible en la intimidad.

—Lo sé, lo sé. Ya ves que me estoy reformando.

—Y por eso te has vuelto mucho más adorable.

La mano enguantada de la baronesa rozó la mejilla de Hugo. Pero esta vez él no respondió con una sonrisa. Devolvió la vista al frente y preguntó:

—¿Qué vamos a ver?

—Ya te lo he dicho: *Falstaff*.

—Espero que no sea demasiado trágica ni demasiado larga.

La baronesa alzó la vista al cielo y suspiró.

—Es una comedia, querido. También te lo había dicho.

Antes de la representación hicieron un alto en el hotel Sacher para una cena rápida. La baronesa escogió un reservado porque aquel lugar estaba atestado de rostros conocidos y deseaba tener un poco de privacidad para tratar con su sobrino un asunto peliagudo. Tras leer rápidamente la carta del menú, se decidieron por las ostras en escabeche, el faisán trufado, el pastel de chocolate y una botella de champán. Aunque, después de la conversación que mantendría a continuación, a Hugo se le cerraría el estómago y no llegaría a probar el segundo plato.

—Tengo que hablarte de algo importante —anunció Kornelia cuando se hubieron tomado la primera copa.

—¿Y por qué quieres estropear una noche que había empezado medianamente bien?

—Oh, vamos, Hugo, pon un poco de tu parte.

El joven torció el gesto, apuró el champán y sacó la botella de la cubitera para servirse de nuevo. Los hielos, el agua y el vidrio compusieron una peculiar melodía asociada al placer.

—Sabes que tu padre está a las puertas de la muerte...
—constató Kornelia—. Cuando esto suceda, tú serás el último Von Ebenthal y tendrás el deber de perpetuar el apellido.

Aferrado con las dos manos al pie de la copa, el mantel blanco se convirtió en el objeto de su mirada negra.

—Veo que has estado conspirando con mi madre.

—¡Por Dios, jamás conspiraría con tu madre! Nuestros puntos de vista son demasiado diferentes. Pero esto es una cuestión de sentido común: eres el primogénito de una de las cien familias, no tienes derecho a acabar con privilegios que se remontan a innumerables generaciones atrás. Tienes que casarte.

—No me gustan las mujeres.

Kornelia levantó una ceja: a veces Hugo mentía peor que un niño.

—No, en serio: no me gustan las mujeres, sólo me gustan las putas.

En aquel momento entró el camarero con las ostras. Se hizo un silencio viscoso como la gelatina. Entonces fue Kornelia quien aprovechó para rematar su copa de un trago.

—Si es eso lo que te ha dicho tu psiquiatra, considero que sus honorarios, sean cuales sean, resultan excesivos. —La baronesa salió al paso con lo primero que se le ocurrió una vez que el camarero hubo desaparecido tras la cortina. Necesitaba tiempo para reconducir la conversación si su sobrino iba a volver a comportarse como un perfecto idiota.

Hugo tomó una ostra y se deleitó con su sabor metálico, ácido y salado antes de replicar:

—En realidad, he sido yo quien se lo ha dicho a él. Y ha resultado verdaderamente liberador admitirlo.

—¡Bravo por ti, entonces! Porque no es necesario que te guste tu mujer, sólo tienes que casarte con ella. Escoge cualquiera de las aristócratas insulsas que tu madre haya seleccionado para ti, ten muchos hijos con ella, al menos uno de ellos varón, y sigue acudiendo a tus putas en busca de placer y consuelo; ellas siempre van a estar ahí, prestas a dártelo.

La expresión de Hugo cambió radicalmente: que su tía jugase su mismo juego le pilló por sorpresa. Se dio cuenta de que su actitud provocadora no iba a servirle de nada. Kornelia no era como su madre, no se escandalizaba con facilidad. De repente el reservado se volvió un lugar asfixiante y el olor de las ostras le asqueó. Retiró el plato a un lado, tomó aire y bebió champán. Consiguió calmarse, pero la calma llegó acompañada de abatimiento.

—Creí que tú estarías de mi parte... —murmuró con la cabeza baja.

Kornelia sintió una infinita ternura hacia él y buscó su mano para estrechársela.

—Y lo estoy, créeme. Por eso precisamente te hablo así. Sabes que te quiero como si fueras mi hijo, pero no tengo esa inclinación natural a imponerte mi voluntad ni a moldearte a mi imagen y semejanza que tendría si fuera tu madre. Eso me permite aconsejarte lo mejor para ti. Tu apellido puede ser un grillete, no lo niego, pero es un honor al que no puedes renunciar, del mismo modo que no puedes cambiar el color de tus ojos. Y, ¡qué demonios!, ¿es que quieres que esa pareja de botarates que son tu hermana y su marido se hagan con el control de la fortuna, las tierras, las propiedades y los privilegios que te pertenecen por derecho, a causa de un absurdo escrúpulo? ¡Se me revuelven las tripas sólo de pensarlo!

Hugo se quedó pensativo. No podía negarse que Kornelia era una mujer práctica. Quizá la vida le había obligado a serlo. Su padre, el abuelo de Hugo, la casó muy joven con un terrateniente de baja alcurnia y elevada fortuna, cuyas tierras lindaban con las de los Von Ebenthal: un matrimonio muy conveniente. No tuvieron hijos, sólo uno que nació muerto unas semanas antes de venir Hugo al mundo. Poco tiempo después, su esposo la abandonó: se marchó a Sudáfrica con una de las doncellas más bellas de la casa y se compró una mina de diamantes. Kornelia había llegado a asumir que aquel hombre no la amara —después de todo, ella tampoco le amaba a él—, pero no se iba a dejar humillar. Con una serie de hábiles maniobras financieras, se hizo con la fortuna de su marido para después, enfrentándose a la sociedad austríaca más conservadora, que no dudó en borrarla de su memoria, y a su propia familia, que no tuvo reparos en boicotear su decisión, solicitar el divorcio por abandono del hogar. «Yo carezco de belleza, así que me veo obligada a cultivar otros talentos considerados masculinos», solía decir con esa mordacidad que tanto gustaba a Hugo.

Definitivamente, Kornelia no era como su madre, no vivía esclava de los convencionalismos y renegaba de los prejuicios, de modo que era probable que sólo estuviera pensando en su bien. Sin embargo, había algo en todo aquello que no acababa de convencerle, que le dejaba un sabor amargo en la boca a pesar del champán y las ostras.

—Y en este teatro que me propones, ¿qué papel reservas para el amor? —se atrevió a preguntar.

Kornelia ocultó una sonrisa triunfal en un bocado de ostra.

—Me sorprende que a ti, que acabas de decirme que sólo te gustan las putas, te preocupe eso...

Vieja astuta... De qué forma se las había ingeniado para volver sus propios argumentos en su contra. El joven la miró, rendido, y ella se apiadó de él.

—Con frecuencia se le otorga al amor un valor desmesurado, Hugo. Tú, mejor que nadie, deberías saber que sólo te proporcionará sufrimiento. Lo más sensato, mi querido sobrino, será que no le demos papel en esta obra, créeme.

Puesto que, desde antes de tiempos de la emperatriz María Teresa, varias generaciones de princesas Von Ebenthal habían desempeñado el cargo de camarera mayor de la Corte Imperial, uno de los muchos privilegios que ostentaba la secular familia era el de contar con un palco inmediatamente contiguo al palco imperial, primero en el Theater am Kärntnertor, el Teatro de la Corte Real e Imperial, y después en el más reciente Hofoper, el Teatro de la Ópera de la Corte Real e Imperial.

Aquella noche Hugo y Kornelia compartían el palco con Magda y su esposo, el coronel Von Lützow, y con un «matrimonio de advenedizos, rancios, grotescos e irritantes, con un particular mal gusto para el vestir» —según refunfuñó Kornelia al oído de Hugo—, que eran amigos de su cuñado.

Entre susurros de tejidos suntuosos y arpegios sin orquestar, el público fue ocupando sus asientos antes de la función. Puntualmente, se apagaron las luces del patio de butacas, se iluminó el escenario, hizo su entrada el director de orquesta y, a un movimiento de batuta, comenzó la representación.

Hugo se sentía inquieto. Pensaba que no debería haber asistido a la ópera; aquel lugar y aquella música le traían demasiados recuerdos que se le pegaban a la boca del estómago. Además, la conversación que había mantenido con su tía acrecentaba su inquietud. Vivió la representación como un suplicio. La música y las voces le alteraban, le aceleraban el pulso, le mantenían en vilo... También la oscuridad. Era absurdo. Tan absurdo como creerse encerrado en aquel palco del mismo modo que si estuviera encajonado dentro de un ataúd forrado de terciopelo. En ocasiones cerraba los ojos e invocaba pensamientos que calmasen su ansiedad, pero era inútil. Llegando al final del tercer acto, la voz delicada y evocadora de la soprano entonando el aria de la Reina de las Hadas se enroscó en torno a su cuello con la sinuosidad de una serpiente, los ecos del coro le oprimieron el pecho con sus dedos largos y comenzó a sentir que le faltaba el aire. Se levantó de repente y salió al pasillo.

Un sudor frío le humedecía la nuca y las sienes, pero en cuanto estuvo en un espacio amplio, lejos del alcance de la música, empezó a sentirse mejor. Podía respirar, se repetía a sí mismo con la mano en la garganta, sólo había sido una locura pasajera. Anduvo un poco por el solitario corredor mientras se estabilizaban todas sus constantes vitales.

Entonces la vio. Inés estaba en pie al fondo del pasillo. La espalda ligeramente apoyada en la pared; se daba aire con un abanico.

A Hugo no se le ocurrió situación más embarazosa que la de encontrarse a solas en un lugar estrecho y sin escapatoria con una mujer a la que había llamado puta y asesina las dos únicas veces que había coincidido con ella. Mientras se preguntaba si lo más conveniente sería dar media vuelta sigilosamente y huir, ella levantó la vista y le sorprendió. Se enderezó y cerró el abanico de un golpe, pero con la sacudida éste cayó al suelo. Hugo se apresuró a recogerlo. Se irguió frente a ella y pudo mirarla de cerca, tanto que distinguió con nitidez las vetas verdes y doradas de su iris gris. Hubiera jurado que estaba algo nerviosa.

—Aunque no lo parezca... —murmuró mientras le devolvía el abanico—. También sé comportarme como un caballero.

—Eso nunca lo he puesto en duda —respondió Inés sin vacilar, sosteniéndole la mirada.

Hugo se fijó en que su frente estaba húmeda y brillante, cubierta por una fina capa de sudor.

—¿Se encuentra bien? —se sorprendió diciendo; no hallaba justificación a aquel arranque repentino de interés hacia ella.

La joven también se mostró desconcertada y titubeó ligeramente al hablar.

—Sí... gracias. Sólo tenía un poco de calor y antes de desmayarme por culpa del corsé, he preferido salir a tomar el aire.

—Bueno, yo no llevo corsé ni soy propenso al desmayo, pero es cierto que ahí dentro hace un calor sofocante... Y... esa aria resultaba tan... —Hugo no daba con una palabra que condensara todas las sensaciones que la música le había transmitido. Quizá no existía.

—Es muy bella... Pero invoca la magia y quizá por eso es inquietante. «El bosque duerme y exhala incienso y sombras...» La música con frecuencia pone los sentimientos a flor de piel: todo lo que estaba oculto brota y eso no es siempre grato.

Inés, aquella mujer perfecta, etérea, inalterable, casi divina, se mostraba vulnerable. Quizá alentado por tal rasgo de humanidad, tal vez porque en aquel momento se identificaba con ella, Hugo se atrevió a decir:

—Ya sea gracias al calor o a la música, creo que el destino me brinda una oportunidad de oro para enmendar mis faltas. —Ella frunció ligeramente el ceño como si no acabara de comprenderle, con lo que se apresuró a aclarar—: Respecto a mi forma de proceder en nuestros escasos y desafortunados encuentros... En fin, ante la imposibilidad de una satisfacción mejor, le ruego al menos acepte mis disculpas.

—Disculpas aceptadas —concedió.

Inés sonreía y a Hugo le gustó su sonrisa, fue lo único que consideró sedante en toda la noche. Por eso le espantaba la idea de volver al palco y no sentía ningún deseo de que la conversación terminase en aquel punto en el que apenas había arrancado.

Sin embargo, el silencio se había convertido en una tupida malla que no sabía por dónde atravesar. Y a ella parecía sucederle lo mismo. Aunque quizá sólo estaba construyendo cuidadosamente su siguiente frase.

—Dicen que es peligroso acercarse a un animal herido porque se siente amenazado y ataca... Creo que con las personas sucede lo mismo: si están heridas, se defienden, pero sólo porque temen que se les haga más daño.

Hugo asintió con aire meditabundo. Ojalá en cualquiera de sus sesiones de psicoterapia le hubieran dado un diagnóstico tan claro y certero de su situación. Se sintió intrigado, quizá también alarmado. Con cautela, afirmó:

—De modo que piensa que me comporto como un animal herido que se defiende atacando... ¿Por qué me temo que es una forma sutil de acusarme de lo que otros me acusan con menos sutileza?

Inés le miró. Hugo comprobó que su sonrisa se había desvanecido y había dejado paso a un semblante sombrío.

—No, alteza... No hablaba de usted, sino de mí.

El tiempo se detuvo unos instantes. El mundo parecía haber quedado reducido a ellos dos congelados en una imagen fija. Hasta que, de pronto, las puertas de los palcos se abrieron y, como las esclusas de un embalse, empezaron a escupir una marea de gente que llenó el pasillo, los rodeó y los arrastró, haciéndolos perderse en la corriente. Cuando más desorientado estaba, Hugo notó que alguien le cogía del brazo.

Era Inés, que resurgía del gentío. Entre el barullo de voces la oyó decir:

—Venga a cenar a casa. Mañana. Brindaremos por sus disculpas y nuestras heridas.

***

Aldous Lupu tenía una casa de campo en Nussdorf, a pocos kilómetros del centro de la ciudad. Era una pequeña villa rústica a orillas del Danubio, anidada entre viñedos y con los Bosques de Viena a su espalda. Mitad vivienda de recreo, mitad taller, Aldous e Inés solían organizar allí reuniones para su círculo de amistades más íntimo.

Aquella noche se había planteado una cena informal en el comedor abierto al jardín y se sentaban a la mesa tan sólo once personas: el príncipe Von Ebenthal, la baronesa Von Zeska, Alexander de Behr, un joven pintor bajo la tutela de Lupu, una actriz del Burghtheater y su esposo —que escribía libretos para operetas—, lady Hermione Lazarus —la extravagante dueña de una galería de arte, a quien le gustaba hacer de mecenas con el dinero de su marido, un magnate judío del carbón—, una muchacha que parecía familiar de Lupu, el inspector Sehlackman y los anfitriones. Hugo no pudo evitar sorprenderse con la presencia de Karl, no sabía que había llegado a trabar amistad con Lupu y su amante.

Durante la cena, Inés escogió a Karl como compañero. En la otra punta de la mesa, a Hugo se le adjudicó un sitio junto a la muchacha. Su nombre era Lizzie y a Hugo le pareció que era demasiado joven para asistir a una cena en sociedad: probablemente no había cumplido los dieciocho años. Sin embargo, como compañera de mesa sobrepasó sus expectativas. Poseía una belleza incipiente y delicada, aún inmadura, pero con visos de eclosionar convirtiéndose en devastadora. Sus ademanes eran dulces y elegantes. Además, su conversación resultaba muy agradable: sabía escuchar y hablar en su justa medida, estaba ilustrada en arte y literatura, también en música, y sus preguntas no eran impertinentes, más bien al contrario, se interesaba con inteligencia por todo lo que Hugo le contaba.

Cuando se la describió de este modo a la baronesa Von Zeska durante el café en el salón, su tía se burló de él:

—Hugo, querido, seducir a menores se considera pederastia y está castigado por la ley.

—Por ese motivo sólo he conversado con ella. Esperaré a que crezca para convertirla en mi amante —le siguió él el juego—. Por cierto, ¿es hija de Lupu?

Kornelia adoptó una pose murmuradora:

—No lo creo. Al menos la chiquilla no lleva su apellido. Pero lo cierto es que la ha acogido bajo su techo y la trata como tal. Es todo muy extraño...

Y ahí quedó la cosa. No hubo ocasión de volver a hablar de Lizzie, pues acabado el café, la joven se retiró.

Tras la cena, cada uno de los invitados fue equipado con un candil y la comitiva siguió a Aldous Lupu por la parte más salvaje del jardín hasta un gran cobertizo. Se trataba de una nave que brotaba de la maleza, con el tejado de madera y enormes ventanales acristalados del techo al suelo para que la luz entrase sin impedimento. Aunque, a aquellas horas de la noche, la oscuridad la envolvía y lo único que entraba por las ventanas eran sombras, insectos y una brisa cálida con aromas de resina.

Hugo pensó que se trataría del estudio del pintor, pero a

medida que Lupu encendía velas y lámparas de aceite para iluminar la estancia se dio cuenta de que estaba equivocado. En aquel lugar se sintió de pronto transportado en el tiempo y el espacio. Sobre un suelo cubierto de alfombras afganas se esparcían docenas de almohadones y colchones con fundas de seda multicolor; del techo colgaban gasas en oro, grana y azafrán que se mecían ondulantes con la corriente, y por doquier se repartían grandes narguiles y mesitas bajas de celosía con licoreras llenas de alcoholes dorados, teteras bereber para el té moruno y platillos con azúcar en terrones. Todo el conjunto se asemejaba a una lujosa jaima tuareg.

Lupu los invitó a acomodarse y a servirse de las pipas, los licores y el té. Hugo se recostó en los almohadones y, en cuanto dio la primera calada de la boquilla del narguile, descubrió que lo que se estaba quemando en la cazoleta de cerámica no era tabaco, sino opio. Entretanto, el excéntrico artista había puesto en marcha un gramófono del que, con un siseo de serpiente, manó una música de percusión con tintes orientales. Entonces por una puerta lateral apareció una bailarina. Anduvo con pasos de gato hasta el centro de la sala, a un improvisado escenario de alfombras, y allí comenzó a mover su cuerpo de forma fluida y ondulante, desde los dedos de las manos hasta las puntas de los pies descalzos. Sus brazos pintados con henna se asemejaban a reptiles que serpentearan en el aire. Su vientre se contorsionaba y sus caderas describían círculos, en tanto que sus pechos permanecían firmes y turgentes, y todas esas formas podían apreciarse perfectamente, pues aunque vestía la *jalabiya* hasta el suelo, ésta era de un tejido totalmente transparente. Acompañaba la danza con el sonido de los crótalos y el tintineo de las cuentas de plata y cristal que pendían de la pañoleta que llevaba anudada a la cintura.

Se trataba del espectáculo más erótico y sensual que Hugo había presenciado nunca y, sin pretenderlo, comenzó a sentirse muy excitado, hechizado por la música y los movimientos insinuantes de aquella bella mujer, hipnotizado por sus ojos negros como la noche y sus gruesos labios pintados de carmín intenso, como una granada abierta. Se imaginó enredando los dedos en su espesa melena oscura y ondulada y bailando cadera con cadera, apretando contra ella esa zona en la que ahora sentía un intenso calor. Dio una profunda calada del narguile; dejó que el opio aturdiera sus sentidos mientras la música del gramófono y los crótalos golpeaban sus oídos. Bebió un trago largo de licor... Y se recostó en los almohadones, absorto en los pechos y el pubis de la bailarina.

La inoportuna llegada de Sandro le sacó de su éxtasis. Se había acercado tambaleándose, con la mirada perdida y la expresión vacía; había tardado poco en perder el control de sus vicios. Se dejó caer pesadamente junto a Hugo, demasiado cerca, casi encima. Tomó sin miramientos la boquilla de su narguile y fumó.

—Esa mujer es divina —comentó con voz pastosa, devorando con los ojos a la bailarina—. Podemos pasárnoslo bien con ella... Tú y yo... Los tres... Será divertido...

Hugo le miró sin querer disimular la repugnancia que sentía.

—Tu perversión no conoce límites, Sandro. ¿Cuándo te darás cuenta de que llamas a la puerta equivocada? Vete a otro con tu propuesta degenerada y déjame en paz.

Sandro se puso en pie con torpeza, se tambaleó, recuperó el equilibrio y señaló a Hugo con un dedo que pretendía ser amenazador:

—No admito que me des lecciones... Tú, el mayor de los degenerados... ¿Qué más da?... Tengo paciencia: un día nos encontraremos en el camino, querido Hugo.

Al darse la vuelta se topó con Inés, que caminaba rauda agitando con cada paso la seda del llamativo caftán azul y oro que vestía; durante la cena, a Hugo le había parecido demasiado extravagante pero ahora lo encontraba muy adecuado. Inés se disculpó brevemente con Sandro y continuó hacia donde estaba Aldous Lupu, justo al lado de Hugo. Los oyó discutir en voz baja... O tal vez fuera el opio, que le hacía oír cosas raras...

—¿Por qué la has traído? Te dije que no lo hicieras... —El tono de Inés parecía enojado.

—No te enfades, Ina... —¿Ina? ¿Aldous la llamaba Ina?—. Es sólo un espectáculo para nuestros invitados. ¿Qué mal puede haber en ello?

—Ya sabes que no quiero que las chicas se exhiban así. Este ambiente de vicio, estos hombres babeantes... ¡No es bueno para ellas!

Sin alterarse lo más mínimo, fumando plácidamente de su pipa, Aldous apartó la vista de la danza y miró a su compañera.

—Pero es que ellas no son tuyas, amor mío. Ya hemos hablado de esto. De qué vale que les des todo si les privas de lo más importante: su libertad —la adoctrinó con dulzura.

Inés emitió un suspiró próximo a un gruñido y se dispuso a marcharse, pero Aldous la detuvo: tiró suavemente de su brazo y la besó en la mejilla. Sin embargo, Inés se separó de inmediato y se marchó airada. El borde de su caftán rozó al vuelo los zapatos de Hugo.

Apenas había cruzado una palabra con Inés en toda la noche. Lo cierto era que había evitado hacerlo puesto que ella tampoco había mostrado gran interés por darle conversación. De cuando en cuando la había mirado de soslayo, porque aquella condenada mujer tenía la enojosa cualidad de resultar magnética: uno no podía quitarle la vista de encima.

Ahora que la danza había terminado y ya no acaparaba sus sentidos, y que el licor y el opio habían anulado sus inhibiciones, clavaba los ojos en ella sin pudor y se repetía cuán bella era y cuánto le inquietaba su belleza. Puede que Karl estuviera pensando lo mismo teniéndola tan cerca, al corto alcance de un beso, mientras Inés le contaba algo al oído. O puede que no... Karl parecía tener un temple inmune a los encantos de las mujeres más seductoras. Pobre Karl... En aquel ambiente de depravación, daba la sensación de hallarse más fuera de lugar que una carcajada en un entierro. Hasta para perder la compostura hay que tener clase y él aún continuaba con la pajarita perfectamente anudada.

—... toque algo al piano para mí... —le suplicaba Inés con voz zalamera.

Oh, claro, por supuesto: Karl también tocaba el piano. Por todos los diablos, ¿había algo que esos condenados judíos no supieran hacer? Y aún los había que se extrañaban de que prosperasen con la fertilidad de los hongos.

Karl se mostraba incómodo con la petición: titubeaba y el color le había tomado la cara. Hugo no sabía muy bien si le inspiraba lástima, hilaridad o enojo. Tras una serie de tiras y aflojas, venció el poder de seducción de la mujer, como era de esperar, y Karl accedió a tocar el piano. El instrumento había sido retirado a una esquina de la sala, disimulado con almohadones y telas bordadas que Inés se apresuró en retirar.

Sin demasiado convencimiento, Karl se sentó frente a las teclas y comprobó la afinación de las cuerdas pulsando algunas de ellas. Entretanto, Hugo cogió su vaso de licor y una pipa china de opio humeante y se acercó a la pareja: no estaba dispuesto a perderse el espectáculo.

No había partituras, Karl empezó a tocar de memoria. Brotó la primera nota y el escaso rumor de la sala se desvaneció. Una tras otra, el resto de las notas fueron cayendo en cascada y acapararon la escena. Hugo había oído docenas de veces aquella pieza, pero era incapaz de recordar su nombre. Sentía la mente abotargada y contemplar a Inés en trance, la cabeza recostada sobre el piano y su larga melena suelta colgando hasta rozar las teclas, no le ayudaba a concentrarse. Pensaba en lo mucho que desearía enterrar la cara entre aquellas ondas del color del... del jarabe de arce y aspirar su aroma. Sintió una envidia terrible de Karl e instintivamente buscó con la mirada a Aldous Lupu: ajeno a la particular devoción de su compañera hacia uno de sus invitados, se concentraba en bosquejar en un cuaderno a la bailarina, que posaba en actitud sugerente para él. Artistas...

Chopin... De repente lo había recordado: Chopin. Ese maldito *Romance* siempre le humedecía los ojos y le ponía la piel de gallina. Con cada una de las teclas se pulsaban también sus fibras nerviosas en carne viva a causa de las drogas. Aspiró con profundidad de la pipa.

Karl trataba de fijar la vista en el teclado, de sumergirse en la música. Pero le resultaba muy complicado: había bebido más de lo que acostumbraba y aspirado los vapores del opio involuntariamente. También había bebido de Inés y de su aroma a jazmín, de sus ojos como un lago profundo y de sus labios de fruta. Se sentía mareado. Las teclas se movían de un lado a otro y escapaban a sus dedos. No terminó la pieza. Hacia la mitad, cuando empezó a adquirir ritmo de barcarola y la música le meció entre sus brazos, empezó a contar las últimas notas: re sostenido, sol sostenido, fa sostenido... si.

Mantuvo el meñique de la mano izquierda pulsando la tecla blanca... Tomando contacto con la realidad. Y la realidad era ella, observándole con los ojos vidriosos justo encima del piano.

—Gracias... —murmuró extasiada—. Ha sido precioso...

Karl dejó caer suavemente las manos sobre el teclado. Inés se las acarició.

—Creo que me acabo de enamorar de sus manos... Déjeme hacerles una fotografía... Me gustan sus dedos largos y finos sobre el blanco y el negro...

Inés no esperó la respuesta del inspector. Apenas tardó unos segundos en coger la cámara. Una pequeña Lancaster de fuelle. Enfocó y tomó varias placas de las manos de Karl desde distintos ángulos y distancias. Una sucesión de disparos, hasta que Karl, incómodo, las retiró. Ella le miró durante un segundo, sonrió y dejó la cámara a un lado. Con las manos ya libres, le enderezó las lentes y le pasó los dedos entre el cabello humedecido por el sudor. Karl se puso tenso e Inés se apartó un poco. La joven cogió su pipa y se la llevó a los labios, aspiró y espiró: el humo veló su rostro. Las notas del concierto de Chopin resonaban en los oídos de Karl, sus dedos se movían como si las tocara en el aire. El rostro de Inés parecía haber salido de un sueño brumoso, de un cuadro emborronado... Era tan guapa.

Ella le acercó la pipa a los labios.

—Fume conmigo...

Karl negó con la cabeza.

—No... ya me siento bastante mareado.

—Le calmará los nervios.

—No estoy nervioso —objetó al tiempo que abría la boca y aspiraba.

El opio entró como una bocanada de alfileres en su garganta y llegó hasta sus pulmones devastándolo todo a su paso. Karl sufrió un violento ataque de tos y sintió que la sangre dejaba de llegarle a la cabeza.

Hugo se rió al ver a su amigo de color verde. Se trataba de un espectáculo grotesco. Aquella mujer estaba desperdiciando sus encantos con el patético burgués: no conseguiría que le tocase otra cosa que no fuese el piano.

—Ten cuidado, Sehlackman, no vomites encima de la dama —se burló Hugo a voces—. Pondrías fin a todo el romanticismo.

Pero Karl apenas escuchó lo que decía. Estaba más preocupado por no desmayarse. Dejó caer la cabeza sobre el piano y las teclas emitieron un sonido estridente. Inés le quitó las lentes, le aflojó la pajarita y le abrió el cuello almidonado. Se inclinó sobre él para retirarle los cabellos de la frente y le besó en la mejilla.

Hugo se puso en pie indignado, ya había tenido más de lo que sus nervios podían soportar y, además, necesitaba ir al servicio. Tenía que quitarse de la cabeza al maldito Chopin con un remojón de agua fría.

Al entrar en el aseo dio con Aldous Lupu, que salía. Ni le miró, parecía ido. Claro que aquella actitud ausente tenía su explicación: Hugo encontró en el lavabo una ampolla de morfina y una jeringuilla. ¿Era así como paría sus geniales creaciones? Hugo meneó la cabeza... Aquella gente pertenecía a otra dimensión que él no lograba comprender. Aunque, al mirarse en el espejo, se reconoció en uno de ellos: el cabello alborotado, el traje descompuesto, la mirada enajenada...

Regresó al salón. La noche había degenerado en un espectáculo dantesco. Como un ejército tras la batalla, la comitiva yacía por los suelos, diezmada y maltrecha. Kornelia jugaba con las cuentas del largo collar de perlas de la actriz mientras su marido intentaba en vano poseer a ambas mujeres alternativamente. Lady Lazarus sollozaba en una esquina con el maquillaje emborronado y una licorera medio vacía entre las piernas. Sandro y el joven pintor habían desaparecido —Hugo nunca lo hubiera pensado de aquel muchacho fibroso e hirsuto—. Karl seguía babeando sobre las teclas del piano. De Aldous y de Inés no había rastro. Hugo detuvo la mirada en la bailarina: fumaba opio plácidamente asomada al jardín y parecía la única persona aún sobria. Se acercó a ella. En el suelo, casi a sus pies, halló el cuaderno en el que Lupu había hecho sus bocetos. Lo recogió y lo hojeó con detenimiento.

—Aldous Lupu es un gran artista... —observó, apoyándose junto a ella en el quicio del ventanal abierto—. Pero yo me quedo con el modelo original.

La chica sonrió con desgana y volvió a sumergirse en el opio.

—Me ha gustado su baile —insistió Hugo.

—Göbek Dansi. Es una danza típica de mi país —habló ella por fin. Su voz era suave, teñida de un marcado acento extranjero.

—¿Y qué tierra ha tenido la fortuna de verla nacer?

—Turquía.

Hugo tomó su mano y la besó. Olía a incienso.

—Mi nombre es Hugo von Ebenthal. Dígame el suyo y estaremos en paz.

Antes de responder, la bailarina le miró. Los párpados entornados ocultaban una sonrisa enredada en las pestañas. En la profundidad de sus ojos negros se adivinaba deseo. Hugo supo que había triunfado.

—Aisha.

Tiraba con suavidad de Aisha hacia la salida. Deseaba intensamente huir de allí, pero casi de forma inconsciente volvió a buscar a Inés con la mirada. Y la encontró: le observaba desde el otro lado de la sala. ¿Cuánto tiempo llevaba haciéndolo?... Hugo se detuvo, indeciso. Ella le devolvió un movimiento apesadumbrado de cabeza y un gesto extraño; no supo descifrar si había ira o tristeza en él, tal vez ambas cosas. Mientras pensaba en cómo reaccionar, Hugo notó que tiraban hacia abajo de él.

—Hugo, querido... Quiero irme a casa. Llévame ya... —balbuceó Kornelia, apremiante como una niña pequeña.

El joven se agachó y, antes de dejarle un beso en el mentón, le susurró muy cerca del oído:

—Vuelve tú sola, te lo ruego. Esta noche brilla en el cielo una luna turca...

Se levantó y volvió a abarcar con los ojos toda la sala, ansioso. Pero Inés ya no estaba. Tomó a Aisha de la cintura y juntos se marcharon.

Al final no habían brindado. Ni por sus disculpas, ni por sus heridas.

***

Karl se revolvió inquieto entre las sábanas. No quería despertar, pero algo estaba perturbando su sueño espeso. Tal vez fuera la luz: podía notarla a través de los párpados cerrados. O ese martilleo constante en el cráneo... Abrió los ojos casi con dolor y le llevó unos segundos enfocar la imagen.

—Pero... ¿qué...?

—¡Buenos días, Sehlackman! —cantó Hugo, observándole fijamente a una distancia mucho más corta de la que Karl hubiera deseado.

—¿Qué pasa? —preguntó entre alarmado y conmocionado, con la voz aún áspera.

—Nada. Viena sigue respirando sin ti. Y yo he venido a vengarme por todas las veces que me has sacado de la cama.

—¿Qué hora es?

—Las diez.

Karl se tapó la cara con las mantas.

—¡Por Dios! ¡Hoy no entro de servicio hasta las tres!

—Es molesto, ¿verdad? Pero no te quejes, te he traído el periódico y *kipferln*. Ya le he dicho a frau Knopfl que nos prepare café.

Karl vivía en un piso diminuto en Karmeliter, una calle estrecha de Leopoldstadt, el distrito judío. Tenía por toda compañía un gato gordo y un ama vieja, de nombre frau Knopfl, que le planchaba las camisas y le servía la cena caliente. De seguro que aquella mujer, oronda y sonriente como una campesina tirolesa, tenía nombre de pila, pero Hugo no lo conocía.

—No puedo pensar en comer —refunfuñó Karl con el estómago en la garganta. Se sentía como si hubiera enterrado la boca en un cubo de arena, y por más que tragaba saliva no conseguía humedecerla.

Hugo se rió con malicia.

—Bienvenido al inquietante mundo de la resaca, querido Sehlackman. Yo que siempre pensé que tu cuerpo era incorruptible... Lo que no consiga una mujer... Pero hazme caso, soy un experto: te encontrarás mejor en cuanto comas un poco. Los *kipferln* están recién hechos, aún calientes, y tienen azúcar y semillas de amapola por encima.

A Karl le daban náuseas de sólo imaginarlo. No obstante, tras mucho esfuerzo, se levantó. Con movimientos lentos y torpes, se cubrió con un batín y se puso las lentes.

—Te espero en el salón —decidió Hugo—. No tardes. Yo sí tengo hambre.

Karl entró aún en bata y pijama y sin afeitar, aunque al menos se había peinado. En el salón, Hugo hojeaba el periódico junto a la ventana mientras frau Knopfl preparaba la mesa. Fidelio, el gato, ocupaba su esquina favorita en el sofá.

—Buenos días, herr Sehlackman —saludó el ama—. Por todos los cielos, ¡tiene un aspecto horrible! ¿Se encuentra bien?

Karl se pasó la mano por la barbilla áspera con aire contrito. Antes de que pudiera responder, el ama resolvió:

—Bajaré ahora mismo a la botica a por unas sales.

—Pero pida las milagrosas, frau. Esa cara no se arregla con unas sales corrientes —se mofó Hugo.

Frau Knopfl tenía el firme convencimiento de que en esta vida cualquier dolencia se solucionaba con sales. Karl no se molestó en llevarle la contraria, sabía que sería inútil. Se limitó a seguirla con la vista mientras salía de la habitación farfullando y con andares de tentetieso.

En la mesa humeaba una cafetera rebosante de café. Frau Knopfl había llevado además mantequilla y *powidl*, la mermelada de ciruelas que ella misma preparaba en cazuela de cobre. Karl sirvió un par de tazas con un poco de leche y de azúcar. Hugo dejó el periódico y se acercó; cogió un *kipferl*.

—¿Cómo es posible que tú no tengas resaca? —se admiró Karl con un punto de envidia—. Anoche bebiste y fumaste mucho más que yo.

—Claro que tengo resaca. —La manera en que comía el bollo con forma de media luna, mojándolo repetidamente en el café, no se correspondía con sus palabras—. Pero me he visto obligado a madrugar y a ocultarla bajo una apariencia de respetabilidad. Tenía sesión de terapia con el doctor Freud. Su consulta está cerca de aquí, en Berggasse.

Karl bebió un poco de café y se quedó mirando a su amigo por encima de la taza. Hugo permanecía pensativo, con el *kipferl* suspendido en el aire a pocos centímetros de su boca.

—Ese judío sabelotodo... —habló sin que Karl le animara a hacerlo—. Se sienta frente a mí con una libreta y, sin quitarse el puro de la boca, escucha durante una hora cómo le cuento las miserias de mi vida y mis aún más miserables sueños... —Hugo suspiró—. Resulta que soy un maldito neurótico.

Durante las sesiones había vuelto a recordar —ya fuera conscientemente o a través de la hipnosis— episodios que le había llevado toda una vida olvidar: las palizas, los gritos y la ira de su padre cuando era niño; la inacción sufrida y silenciosa de su madre ante los abusos; aquella vez que había descubierto a Magda practicando sexo como los perros con un pinche de la cocina, feo, gangoso y con los dientes podridos, que le amenazó con matarle si se iba de la lengua... Durante las sesiones hablaba de la carga de sus responsabilidades, del peso de su apellido ancestral como si todos sus antepasados desde el siglo XI se hubieran encaramado a su espalda, de esa sensación de llevar un yugo con el escudo familiar al cuello. Y también hablaba de su pesadilla, esa pesadilla recurrente en la que Kathe se desangraba en sus brazos mientras su madre y su hermana le miraban impasibles con una sonrisa en los labios y su padre le gritaba que se comportara como un Von Ebenthal. A veces no hablaba de nada en particular, y otras se enfadaba, gritaba, afirmaba estar perdiendo el tiempo y los nervios. En alguna ocasión había sufrido terribles ataques de claustrofobia en aquella habitación angosta y cerrada, y había sentido ganas de estrangular a Freud.

A lo largo de la terapia, el doctor había mencionado conceptos como angustia, inconsciente, desviación, libido, represión, perversión, crisis edípica, inseguridad, inmadurez, dolor, miedo... Y le había recetado sales de litio para cuando la melancolía se hacía insoportable...

—En mi opinión ese médico está obrando milagros en ti. Has cambiado.

Hugo miró a Karl como si acabara de darse cuenta de que aún estaba allí. No había escuchado bien sus palabras, de modo que, sin ánimo de seguir la conversación, se limitó a satisfacer una súbita necesidad de sincerarse.

—¿Sabes lo que es tener todas las noches la misma pesadilla? Todas y cada una de las noches... Hasta el punto de temer la hora de dormir y querer evitar el sueño por todos los medios... Sin embargo, hoy, por primera vez en mucho tiempo, no me he despertado en mitad de la noche gritando y empapado en sudor... Hoy no he soñado con Kathe...

Del mismo modo le había hablado ese día al doctor Freud. Además, le había dicho que había soñado con una mujer vestida de azul y oro, con ojos como piedras de ágata y cabellos del color del jarabe de arce. Aquella mujer le contemplaba a través de una cortina de humo. Su rostro reflejaba tristeza. Hugo le pedía que sonriera porque le gustaba su sonrisa, pero ella no le escuchaba. Entonces la mujer le tendió la mano y cuando él fue a tomársela ella se desvaneció, fundiéndose con el humo. Después apareció en una enorme sala solitaria; sólo había un piano en el centro. Hugo quería tocarlo, pero se desesperaba porque las teclas no se movían y sin embargo de sus cuerdas brotaba una música de Chopin, la misma línea melódica repitiéndose una y otra vez hasta que por fin había despertado. Aunque no lo había hecho angustiado, sino intentando atrapar en la memoria la imagen esquiva y borrosa de aquella mujer.

—Tal vez sea por el opio —opinó Karl sin demasiado convencimiento—. En cualquier caso, supongo que eso es bueno... ¿Qué te ha dicho ese psiquiatra?

—Nada. Se ha limitado a asentir mientras tomaba notas. Siempre lo hace. —Se encogió de hombros.

De pronto, el tono y el semblante de Hugo cambiaron: se volvieron más animados; recuperaron su habitual expresión burlona.

—¿Y tú, Sehlackman? ¿Has soñado con la bella Inés?

Karl se removió en su asiento. Visiblemente inquieto, dejó la taza de café sobre la mesa rehusando definitivamente desayunar. Deseaba levantarse y poner fin a la conversación, le dolía la cabeza como si le fuera a explotar.

—No. No recuerdo haber soñado con nada.

—Vamos, Sehlackman, no seas cínico. Anoche flirteabas con ella descaradamente y ella sólo tenía ojos para ti y tus manos de pianista.

Karl se miró las manos sin querer y le pareció oír la música de Chopin otra vez y volver a ver el rostro de Inés sobre el piano. Cerró los puños de inmediato.

—Eso no es cierto —renegó—. Es una mujer casada.

—No está casada —puntualizó Hugo.

—Para mí es lo mismo.

—¡Demonios, qué moral más estrecha tienes! —Hugo se desesperó—. Ella parecía estar loca por ti; ¡aprovecha la ocasión!

—Existe algo llamado respeto, ¿sabes, Hugo? Respeto y principios.

Éste hizo un gesto de desdén.

—¡Bah! Con tanto respeto y tantos principios no llegarás a ningún sitio. Si toda esa mandanga te impide divertirte una noche con una mujer que te lo está pidiendo a gritos, al menos búscate una novia, Sehlackman. Una buena chica que te cuide, te sirva y te dé muchos niños judíos.

—Yo no quiero una amante, ni una esclava, ni nadie con quien sólo compartir un lecho para procrear. Quiero una compañera a la que amar y respetar en condiciones de igualdad.

—«Como se amaban y respetaban mis padres», concluyó Karl mentalmente recordando la complicidad, la lealtad y la confianza mutua que sus progenitores siempre habían demostrado.

—¡Por todos los diablos, cuánta retórica!

—¿Qué sabrás tú de mí? —Se revolvió, displicente—. Ni tampoco creo que te interese...

Hugo se levantó y se le acercó.

—Sé lo que veo —afirmó, mirándole fijamente como si le amenazara—. Y veo un hombre bien parecido: con tu mentón cuadrado —le palmoteó la mandíbula—, y tus ojos azules. —Le bajó las lentes hasta la punta de la nariz de un golpe con el dedo índice—. Las mujeres adoran los ojos azules, sobre todo si van acompañados de un cabello negro como el tuyo. —Se lo alborotó—. Y esas lentes que te dan un aire intelectual. —Volvió a subírselas—. Y no olvidemos las manos de pianista... Seguro que muchas muchachas beben los vientos por los que pasa el inspector Sehlackman...

—Basta, Hugo. —Le apartó la mano—. Búscate tú una esposa, que buena falta te hace para sentar cabeza. Si yo fuera ese doctor... «no sé qué», ya te lo habría recomendado.

El rostro de Hugo se oscureció. Dio media vuelta y regresó a su sitio en el sillón.

—Yo no puedo buscármela. —Oscuro como su rostro fue su tono de voz—. Mi madre lo ha hecho por mí: una esclava con la que sólo compartir un lecho para procrear.

Karl se quedó sin réplica. Suspirando, se incorporó hacia delante.

—A veces me desconciertas, Hugo. No sé si has venido a desahogarte, a atacarme o a las dos cosas a un tiempo.

Sin contestar, Hugo sacó su pitillera, tomó un cigarrillo y lo encendió con una cerilla. El olor a tabaco y fósforo quemado asqueó ligeramente a Karl. Cuando su amigo se llevó el pitillo a la boca, se fijó en que le temblaban las manos. Fumó con cierta ansiedad contenida y, una vez que el tabaco hubo surtido sus efectos sedantes, dijo:

—¿Has pensado que tal vez... sólo sienta envidia de ti?

Karl respondió con una risa falsa y exagerada que cortó en seco después de notar una punzada de dolor en la sien.

—¿Envidia de mí? Yo anoche me fui solo y terriblemente enfermo a la cama. Tú, en cambio, seguramente te has despertado en brazos de una bella y voluptuosa bailarina.

—Sí... Soy un hombre mucho más afortunado que tú —concedió Hugo con amarga ironía—. No sé cómo no me he dado cuenta...

***

Le sacaron de la cama en mitad de la noche. Un par de agentes de la Guardia Imperial de Seguridad aguardaban firmes, perfectamente centrados en el marco de la puerta, con su gabán largo y su *pickelhaube*, el casco coronado por un pincho; la imagen, a esas horas de la madrugada, le pareció irreal como la de una litografía.

Por el camino le fueron informando de los pormenores del caso. Se aferraba a la posibilidad de que aquello fuera una pesadilla. Sin embargo, la realidad se hizo cruda y patente, le despabiló de una sacudida violenta, cuando llegó a la escena del crimen.

El cadáver se hallaba entre los matorrales, a unos cincuenta metros de la parte trasera de un local nocturno: un cabaret en la zona de Venecia en Viena, en el parque del Prater.

El agente Steiner lo contemplaba mientras el forense hacía los primeros análisis. Karl le saludó brevemente; también al doctor Haberda. Steiner era un buen agente, su hombre de confianza. Formaba parte del Institut der KK Polizeiagenten, la división de investigación criminal de la policía imperial, casi desde sus orígenes, hacía poco más de treinta años. Steiner, sin apartar la mirada del cuerpo, le abordó con un extraño comentario:

—Cuando inauguraron este sitio, ¿sabe lo que dijo Von Stejskal? —Se refería al complejo recreativo donde se hallaba el local, llamado Venedig in Wien, «Venecia en Viena», y a quien había sido jefe de la policía imperial hasta 1897. Karl negó con la cabeza—. «Por fin hay un lugar en Viena en el que podemos encontrar a todos los delincuentes.»

—De momento, aquí sólo veo una víctima... Deme el informe de situación.

—He ordenado delimitar la zona y comenzar la recogida de pruebas por cuadrantes. Fehéry ya ha tomado las primeras placas del cadáver y del escenario. Y se está interrogando a los testigos. El juez está avisado pero no creo que llegue antes de la primera hora de la mañana... si es que viene.

—¿Qué sabemos hasta el momento?

—Un mozo del local encontró el cuerpo cuando estaba sacando la basura, a eso del cierre, a las tres de la madrugada. Oyó a unos perros callejeros enredar en la maleza; estaban empezando a devorarlo. Al parecer es una de las bailarinas, la ha identificado por la ropa... El agente Katzler le interroga en este momento, pero el chaval está conmocionado, no creo que hoy pueda darnos mucha información.

Karl estudió el cadáver con detenimiento. Yacía en decúbito supino sobre un terreno arenoso que se había vuelto oscuro después de absorber la sangre que de él había manado. Le quedaban pocas prendas intactas, en cualquier caso, se apreciaba que eran corrientes; la falda estaba levantada hasta la cintura dejando al descubierto una ropa interior hecha jirones a cuchilladas; la blusa también estaba rota y mostraba un torso empapado en sangre aún fresca. A primera vista, tenía una incisión desde la zona púbica hasta el ombligo y le faltaban los pechos, las manos y los pies. También presentaba múltiples cuchilladas en el rostro, lo que lo volvía irreconocible. Lo más probable era que hubiese muerto degollada a causa de un corte profundo que recorría la base del cuello.

—Debería ver esto, inspector —aconsejó Steiner desplazándose apenas un metro a la izquierda del cadáver. Enfocó con la linterna hacia el suelo.

Sobre la tierra, Karl contempló una macabra composición presidida por una tela blanca, ya entonces tristemente familiar. Se agachó para apreciar los detalles más de cerca y comprobó que en ella volvía a estar estampada la cara de la víctima con sus propios restos de sangre, carne y cabello, y unos ojos enormes y grotescos pintados con trazos infantiles. Cuidadosamente colocados alrededor, según la disposición del cuerpo humano, estaban sus miembros seccionados: los pies, los pechos y las manos.

—Las similitudes con el crimen del puente de Ferdinand son obvias —observó Steiner haciendo referencia a la tela.

Karl tomó un poco de tierra y la frotó entre los dedos. Giró la cabeza hacia uno de los miembros de la Erkennungs Amt, la oficina de investigación criminal: junto a su enorme maletín para la recogida de muestras, hacía mediciones y anotaciones; de cuando en cuando rellenaba algún tubo. Lo observó trabajar durante unos segundos mientras trataba de ordenar ideas y pensamientos. Se puso en pie y se sacudió los pantalones.

—Esta vez tenemos que encontrar alguna huella. Debe de haber aunque sea una maldita huella —reflexionó.

Antes de que Steiner pudiera hacer algún comentario, se les acercó el doctor Haberda, quien ya había terminado su trabajo previo a la retirada del cadáver.

—Casi puedo asegurar que la muerte se ha producido por degollamiento —anunció mientras se quitaba los guantes—. El corte es tan profundo que ha seccionado la yugular y la carótida. Pero, como en el caso de la modelo, se aprecian señales de envenenamiento. Tendremos que esperar a las pruebas de laboratorio. De cualquier modo, la amputación de los miembros se realizó post mórtem. Y todo es relativamente reciente. A falta de más análisis, yo diría que el crimen ha tenido lugar hace unas seis horas como mucho.

Karl alzó la cabeza como si quisiera husmear en el aire el rastro fresco del asesino. Empezaba a amanecer y el sol entre las nubes aclaraba el horizonte con una luz rosada. El perfil de Viena se recortaba con cada vez mayor nitidez sobre el cielo. También con mayor nitidez se apreciaba el horror y la brutalidad del asesinato. Al fin y al cabo, si la noche todo lo cubre con un velo que atenúa la vileza, el día la hace más descarnada. Se fijó en la larga melena oscura de la víctima y en sus brazos pudo distinguir las florituras de un tatuaje de henna confundiéndose con la sangre reseca. De repente le asaltó una funesta intuición.

—Dígame, Steiner, ¿sabe el chico cómo se llamaba la mujer?

El agente consultó su libreta.

—Más o menos, señor. La muchacha bailaba en un espectáculo de danza oriental que ofrecía el local los jueves. Su nombre artístico era Aisha.

Veo su rostro. Lo veo mientras secciono el cuello de la bailarina con un corte preciso. Es ella.

Te voy a contar una cosa que nunca le he contado a nadie. Yo la quería. Ella era guapa. Aunque me encerrara en el cuarto al final del pasillo y yo tuviera mucho miedo porque estaba oscuro y oía ruidos extraños, la quería. Después de todo, apenas tenía diez años... Pero la quería porque ella venía y me tocaba, me tocaba por todo el cuerpo, se excitaba y yo aprendí a excitarme con ella. Otras veces me pegaba y me insultaba, me hacía mucho daño. También aprendí a excitarme con el dolor. Porque yo la quería y sólo deseaba que ella me quisiera. Ella era la única que me prestaba atención...

Pero un día se marchó. No me dijo que se iba, sólo desapareció. Y mi padre me llevó a ese lugar horrible donde me obligaban a rezar día y noche y me metían en una bañera de agua helada cada vez que me sorprendían tocándome. No puedes imaginarte cuánto sufrí, lo terrible que fue soportar aquella soledad, aquella hostilidad... Los odiaba a todos ellos, a mi padre también. Por su culpa enfermé. Aunque no me hubiera importado morir y dejar de ser el blanco del desprecio y la crueldad de todos.

Veo su rostro. Quiero abrazarla... Su cuello cuelga de una forma imposible y la sangre se derrama por todas partes. Siento la excitación... Sí... La siento como en el cuarto oscuro. Empiezo a tocarme y me sobreviene un orgasmo, intenso, casi doloroso. Como en el cuarto oscuro. Dios mío, no quisiera que me vieras ahora... No está bien tocarse...

La miro jadeante. No, no es ella. Ese rostro no es el suyo. No es el suyo. La rabia me invade. Lo acuchillo una y otra vez. Es la bailarina y la he matado. Yo la he matado. La he matado por ti. Ha sido tan fácil como la última vez. Ellas me conocen y no sospechan de mí. Pobres palomitas que no me tienen miedo. Son estúpidas; corruptas y estúpidas. Y si traspasan los límites de su tarima, las mataré a todas. Una detrás de otra las apartaré de mi camino. Yo evitaré la tentación y el sufrimiento. Porque ellas no traen más que sufrimiento.

He degollado a esa zorra para que deje de hacer el mal. Deberías haberte dado cuenta de que su baile es el del diablo. Sus pechos, sus manos y sus pies son los del diablo. Tengo que cortarlos. No hay tiempo pero tengo que hacerlo. Soy fuerte. El cuchillo está bien afilado.

Me falta su rostro. Pero ya sé cómo sacárselo, lo tengo todo preparado. La tela y un pincel. La estampo sobre su cara ensangrentada y termino de darle forma con pinceladas sueltas.

Ya no bailarás ni en el infierno… le susurro a la bailarina mientras coloco su rostro y sus miembros como una ofrenda. Es divertido.

***

Karl se encaminó furioso a casa de Hugo, resoplando ira y resentimiento por la nariz. Estaba dispuesto a ponerle las esposas a su amigo y a meterle a empujones en un calabozo inmundo, a llevarle ante un juez con una larga lista de cargos y a contemplarle morir con el cuello colgando de una soga; a matarle él mismo con sus propias manos si era necesario. Se sentía engañado, traicionado y culpable. Sobre todo culpable, cómplice involuntario de dos crímenes por dejar a un asesino en libertad. Y sólo la ira arrinconaba la culpa contra una esquina de su conciencia.

Pero la ira se desplomó a sus pies como una losa cuando el ayuda de cámara de Hugo le confirmó que su señor había permanecido toda la noche en casa. Todos y cada uno de los músculos de Karl perdieron su fuerza entonces y su capacidad de razonar quedó bloqueada una vez que la obcecación le hubo abandonado. Se bebió, una detrás de otra, dos copas de coñac sin apenas respirar, indolente al paso del alcohol por su garganta, y aguardó a que Hugo despertara para darle la noticia; aún vacío de sentimientos y emociones cual autómata de la ley y el orden.

En aquella ocasión Hugo ni siquiera le miró. Se dirigió pausadamente al escritorio, se tomó una dosis doble de sales de litio, se inclinó sobre la mesa y hundió la cabeza entre los brazos. Karl dio media vuelta y se marchó, abatido y hueco como el tronco de un árbol muerto.

El inspector Karl Sehlackman estaba totalmente convencido de que la ciencia es una herramienta imprescindible para el esclarecimiento de un crimen. Su padre había sido médico y tal vez parte de esa vocación científica corriera por las venas del policía. Recién ingresado en el Institut der KK Polizeiagenten, tuvo ocasión de asistir a unos cursos impartidos por Hans Gross sobre lo que el eminente profesor llamaba criminalística. Fue algo revelador. Desde aquel instante, el inspector se propuso que todas las investigaciones de los casos que se le asignaban contasen con los medios más avanzados para la detección y el análisis de las huellas del criminal; que se emplease la medicina forense, la dactiloscopia y la grafología, la antropología, la química, la biología e incluso la zoología para su resolución. Karl Sehlackman era de la opinión de que los indicios materiales tenían mucho más valor probatorio que las declaraciones de los testigos, y dichos indicios acababan por conducir inequívocamente a la identificación del criminal.

Sin embargo, ante los asesinatos de las modelos se sentía desconcertado por completo. Hasta el punto de que si hubiera sido una persona dada a creer en lo sobrenatural, estaría persuadido de que no había más explicación posible a las muertes que la intervención de alguna fuerza misteriosa. Tal era la ausencia de huellas e indicios a la que se enfrentaba. Tal era la mente brillante, calculadora y minuciosa que parecía haber tras ellos; alguien cuya inteligencia desafiaba a la suya.

Por otro lado, el inspector Sehlackman no sólo tuvo que enfrentarse a unos crímenes enrevesados, además lidiaba con otros frentes. Después del asesinato de la bailarina, la prensa, que había permanecido temporalmente aletargada, volvió a cebar sus titulares con ataques a la policía. Referencias a la criminalidad que aumentaba, a la inseguridad alarmante, a la inacción de las autoridades, al peligro acuciante para la sociedad decente y a la impunidad intolerable para los criminales llenaban las páginas de todos los periódicos, fuera cual fuese su línea editorial.

Las presiones desde las altas instancias no se hicieron esperar: la opinión pública necesitaba un culpable, alguien a quien detener, juzgar y condenar para aplacar sus miedos.

Así que Karl Sehlackman, apremiado por el juez y por el comisario, se lo dio. No porque en realidad lo tuviera, sino porque se había visto obligado a hacerlo. De hecho, el inspector tuvo en todo momento la sensación de que aquel pobre infeliz sólo había tenido la mala suerte de estar en el sitio equivocado en el momento equivocado.

Se llamaba Pavel Dubcek y era un carnicero judío, un inmigrante originario de Bohemia, que la noche del crimen había estado disfrutando del espectáculo de danza oriental. Según los testigos, Dubcek había intentado pagar a la bailarina para mantener con ella relaciones sexuales. Ante la negativa de la chica, la había insultado y algunos llegaban a afirmar que incluso había intentado agredirla. Por otro lado, aquel hombre era dueño de una carnicería cerca de La Maison des Mannequins, adonde las chicas iban a comprar de cuando en cuando; también Therese. El hecho de que fuera carnicero y tuviera acceso a todo tipo de conocimientos e instrumental para seccionar, degollar y amputar terminó de completar aquel cuadro de, para él, desgraciadas casualidades.

Cuando se produjo la detención de Pavel Dubcek, el comisario de la policía criminal se congratuló, también el inspector jefe de la Policía Real e Imperial; el juez y el ministro del Interior se felicitaron. Incluso el alcalde de Viena, Karl Lueger, aprovechó la circunstancia de que el detenido fuera judío para lanzar uno de sus habituales discursos de difamación antisemita.

Mientras, Karl intuía que Pavel Dubcek no era el culpable. Y, por desgracia, no fue la criminalística lo que le dio la razón con pruebas inequívocas, sino el tiempo, utilizando un doloroso pero irrefutable argumento: más asesinatos.

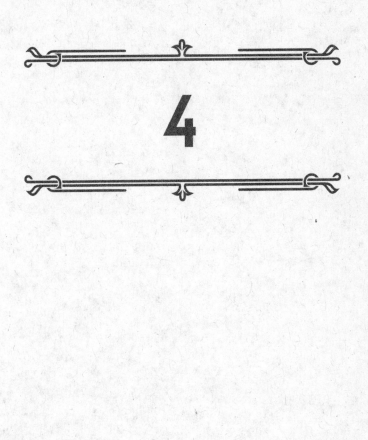

4

Viena, unos meses después

Sabía tan poco sobre Inés. Apenas conocía su nombre y el color de sus ojos. Sabía que le apasionaba la fotografía; era su manera de apresar un instante, un recuerdo, una sensación. Sabía que le gustaba Chopin... Y que tenía un pasado del que redimirse.

Sabiendo tan poco de ella, ¿cómo iba a encontrarla?

Escasos días después de hablar con Sophia, me presenté en casa de André Maret, el misterioso francés que en ocasiones se entrevistaba con Inés en La Maison des Mannequins. Antes de ir a visitarle consulté los archivos policiales. Estaba fichado desde 1902 por participar en una revuelta callejera: él y otros tantos habían irrumpido en el restaurante del Volksgarten profiriendo gritos de «Abajo los inútiles», «Abajo la monarquía», «Viva la revolución». Pasó un par de meses en la cárcel y se le incluyó en una lista de anarquistas, lo cual quería decir que apenas podía dar un paso sin que se supiera; el anarquismo en Viena está duramente perseguido. En 1903, Maret fundó junto con Georges Butaud el periódico revolucionario

Flambeau, pero la publicación estuvo sólo unos meses en circulación antes de que fuera clausurada. Desde entonces no se le conocía ninguna actividad subversiva.

André Maret vivía en Ottakring, un suburbio obrero con una elevada tasa de población inmigrante, en el que la delincuencia estaba a la orden del día. En aquella ocasión invité al joven agente Haider a acompañarme en la visita.

Franz Haider era sólo un muchacho recién salido de la academia, un novato. Y lo que resultaba peor: con pinta de novato a causa de su rostro aniñado y su cuerpo desgarbado de casi metro noventa; ni siquiera el uniforme le confería un aspecto más respetable. A veces se comportaba con más entusiasmo que reflexión y, como es natural, carecía de la pericia que otorga la experiencia. Sin embargo, era perseverante, concienzudo, observador, racional... Tenía las cualidades de un buen detective. Cuando le asigné el caso como mi ayudante, se leyó los informes desde la primera hasta la última palabra, varias veces, y se involucró completamente en él. Para un novato como Franz Haider aquella asignación fue una especie de reconocimiento, pues se trataba del caso más mediático y famoso de Viena.

Fui yo mismo quien le pedí al comisario un ayudante cuando admití que aquel asunto empezaba a desbordarme, y no precisamente por motivos profesionales. Necesitaba alguien que aportase una visión nueva y descontaminada de los hechos, una persona abierta y sin prejuicios, sin implicaciones emocionales. Y Franz Haider, con su conciencia aún limpia y su mente sana, era el candidato perfecto.

Atendiendo a las señas que me había dado Sophia, Haider y yo llegamos hasta el cartel de una pensión cochambrosa. Atravesamos un patio de manzana formado por casas medio en ruinas, con las fachadas desconchadas y ennegrecidas, e hileras de ropa vieja tendida en los balcones. El aire olía a repollo cocido y a cloaca. Tuvimos que sortear a unos pilluelos harapientos que jugaban a darle patadas a una lata entre gritos y alboroto. Haider no pudo resistirse a propinarle un puntapié al improvisado balón cuando pasó cerca de sus pies. La lata acabó incrustada en un montón de nieve gris que se arrinconaba en las esquinas en forma de masa pastosa.

Por fin alcanzamos el portal de la pensión, donde nos abordó un fuerte hedor a sudor y quien parecía ser la casera: una mujer fea y desagradable, de mirada agria y recelosa, que interponía un escobón de raíces entre nosotros, como si de un fusil se tratase, mientras yo le preguntaba por el señor Maret.

—Primer piso, segunda puerta a la izquierda —gruñó con desdén antes de perderse en el interior de la casa entre maldiciones.

Ascendimos por una escalera angosta y oscura. Los peldaños crujían como si se resintiesen con cada una de nuestras pisadas. El olor de aquel lugar era repugnante: ácido y rancio, podrido. La humedad y el frío sorteaban las fibras de mi ropa y me helaban los huesos. Acababa de llegar y ya estaba deseando marcharme. Haider sentía lo mismo.

—Bonito sitio para vivir... —opinó según miraba a su alrededor con el ceño y la boca fruncidos.

Llamé con los nudillos a la puerta que me había indicado la casera. Ante la falta de respuesta, insistí en repetidas ocasiones. Finalmente la puerta se entreabrió y, con cautela, asomó un rostro enjuto cubierto por una espesa barba y unos cabellos largos y desaliñados. Me fijé en sus ojos hundidos y su nariz aguileña, lo poco que asomaba entre tanto pelo.

—¿Señor André Maret?

—¿Quién le busca? —bufó con un marcado acento extranjero.

—Policía —respondí mostrándole mi tarjeta de identificación.

Entonces quiso cerrar la puerta con rapidez, pero yo ya había tenido la precaución de poner un pie entre la hoja y el marco.

Maret se metió hacia dentro.

—¡No he hecho hada! ¡No tienen nada contra mí!

—Tenemos que hacerle unas preguntas —le informé pacíficamente.

—¡No pienso responder a nada! *Je n'ai rien fait!* —repitió desde un rincón de la habitación como un animal acorralado.

—Sólo será un momento. No quisiéramos tener que llevarle detenido para interrogarle en la jefatura.

—¿Por qué? ¡No puede detenerme por nada!

—Por negarse a colaborar con la policía, por ejemplo.

Maret intentó protestar pero le sobrevino un violento ataque de tos. Finalmente cayó rendido en una silla. Dado su historial, entendía que nuestra presencia pudiera alarmarle, por lo que intenté mostrarme amistoso; después de todo, pretendía que colaborase, no me apetecía lidiar con un tipo esquivo y desconfiado.

Mientras yo me plantaba frente a él, en pie como muestra de dominio de la situación, Haider se colocó a su espalda; su papel era tomar nota de todo en silencio.

—Escuche, esto no tiene nada que ver con usted. Estamos investigando la desaparición de una mujer y creo que usted puede ayudarnos.

Maret alzó la cabeza.

—¿Qué mujer? —preguntó sin apenas aliento aún.

—Inés.

El francés negó vigorosamente con la cabeza. Se le veía muy agitado.

—*Non... Je... Je ne sais rien...* Yo no sé nada de ella.

—Pues trate de hacer memoria. Tenemos que encontrarla. Podría estar en peligro —mentí.

—¿En peligro...? —Pareció recapacitar.

Aún agitado, perdió la mirada a través de un ventanuco cuyos cristales estaban opacos a causa de la capa de mugre que los cubría. Se ajustó en torno al cuello la larga bufanda de lana que llevaba y que había empezado a resbalársele. Pese al frío, sólo se abrigaba con ella y una chaqueta fina de pana, con los codos y las solapas desgastados.

—Estaba muy nerviosa... La última vez que la vi... Muy nerviosa... Nos gritamos... Hacía tiempo que no me gritaba... *Elle était très énervé...* —comenzó a farfullar en francés.

Hice acopio de paciencia para reconducir la conversación.

—¿De qué se conocen usted e Inés?

Él fijó los ojos en mí mientras cientos de imágenes parecían desfilar por su memoria. Y sonrió. Pero su sonrisa fue extraña, inquietante.

—*Putain... C'est une histoire...* Es una historia muy, muy larga...

Miré a mi alrededor. Aquella habitación era sórdida, oscura y maloliente. La cama estaba deshecha, las sábanas, sucias, y había cacharros grasientos por todas partes. La mugre se disputaba la pared con restos de papel pintado. La ropa se acumulaba encima de las sillas; los papeles y los libros, en las esquinas; la basura, por todas partes. Olía a orín de gato. Hacía un frío insoportable. No era el mejor lugar para escuchar una larga historia.

Me quité el sombrero y busqué algo para poder sentarme. Haider ya había preparado su libreta.

—No se preocupe. No tengo prisa.

Maret rebuscó en los bolsillos del pantalón y sacó una colilla. Se la colocó entre los labios pero no la encendió.

—Ahora es una mujer sofisticada... *Une grande dame...* —añadió con desprecio—. Pero cuando yo la conocí sólo era una chiquilla flaca, hambrienta y asustada. Una putilla de Montmartre... Una sombra en el rincón más discreto de un sucio café... Por aquel entonces yo andaba buscando chicas que posasen para mis fotografías...

—¿Es usted fotógrafo?

—*Mais oui* —afirmó con una sonrisa amarga—. Y de los buenos... o, al menos, lo era. *Cent francs!* ¡Cien francos llegaron a pagar por una de mis fotografías! La prensa me las compraba, los burgueses ricos me contrataban para hacerles retratos a sus feas esposas, trabajaba para catálogos y carteles publicitarios... En cierta ocasión expuse en una galería de París... Y mire ahora... —Señaló con un gesto de barbilla la miseria que le rodeaba—. ¿Por dónde iba?

—Buscaba chicas que posasen para sus fotografías.

—*Ah, oui... Oui...* Las buenas modelos son caras, ¿sabe? Y más en París. No se encuentran por menos de seis o siete francos la hora si uno las quiere guapas de verdad. Las italianas y las españolas cotizan mucho más que el resto. Claro que... *quelles femmes!* —Hizo un elocuente gesto con las manos—. Yo buscaba una muy especial: *belle, mais oui*, pero con un aire de femme fatale, con hastío y desesperanza en el rostro... —Maret se interrumpió. Por un momento su semblante se transformó con la dulzura de un recuerdo—. Y allí estaba ella... La mirada perdida frente a un vaso vacío. Las sombras oscuras de sus párpados, los huesos de los pómulos marcados, las mejillas hundidas... Pero ese brillo intacto en sus ojos: el brillo de la vida, de la lucha, de la fuerza incombustible... Por todos los diablos, le hice las fotos más increíbles que he hecho nunca. *J'étais tombé amoureux d'elle!* De cada célula de su cuerpo poseído por el diablo... *Parce que non, monsieur...* Ella no es de este mundo...—concluyó de nuevo entre toses.

—¿Se prostituía con usted?

Maret me miró: sus ojos se habían encendido de furia.

—*Jamais!* Le pagué por modelo, no por puta. Luego nos convertimos en amantes... Aquéllos sí que fueron días felices. ¿Ha estado alguna vez en París? —Negué con la cabeza—. París es una mierda de ciudad si no se comparte con una mujer. Es una ciudad que en cada maldita esquina te recuerda lo miserable y desgraciado que eres si estás solo. *Mais, avec elle...* Recuerdo la habitación fría y oscura de la rue Norvins, justo encima de la *cordonnerie...* Esa pocilga se convertía en un palacio cuando ella la habitaba. *Elle...* Ella le daba luz, calor y color. ¡Le daba vida! No hubiera querido estar en otro lugar sin ella... Por aquel entonces los días eran perezosos y las noches largas. Tenía mi cámara y la tenía a ella. Tenía para tabaco y alcohol. Para que ella se comprase un bonito sombrero de plumas y lo luciese en Le lapin agile o en Le chat noir... A ella le encantaba el teatro de sombras de Le chat noir... Y en verano le gustaba ir a beber vino a los jardines del Moulin de la Galette... Teníamos muchos amigos, hacíamos tertulias inolvidables sobre arte, sobre filosofía... *sur l'amour.* Y ella... ¿Sabe? Ella... —empezó a susurrar como si alguien pudiera escuchar su secreto—. *Le diable m'emporte...* —Se reía para sí mismo—. ¡Ella posó para Pissarro y para Matisse! Fue la musa de los grandes... También estaban aquellos otros artistas más jóvenes. —Hizo memoria—. Sí, André... André Derain... y el español... *Comment s'appelle-t-il?...* ¡Picasso! *Oui*, Pablo Picasso. Todos se enamoraban de ella...

Aquellos nombres no me decían nada. Yo no sé mucho de arte. Pero por la forma en la que Maret se refería a ellos debían de ser pintores de gran prestigio, al menos en Francia.

—¿Qué ocurrió entonces? —le animé a continuar.

Su rostro se llenó de sombras de tristeza.

—Que la felicidad es ese instante que no se puede fotografiar... Ésa es la gran frustración del fotógrafo... —Tras decir aquello, posó en mí su mirada ausente y, al verme, despertó—: No todo era diversión y ocio... No todo consiste en la *bonne vie*... Yo siempre he sido un hombre de principios e ideales. Un día, mi amigo Max Luce me presentó a un tipo llamado Jean Grave.

Aquel nombre, en cambio, sí lo conocía. Había estudiado con interés el proceso judicial que tuvo lugar en Francia en 1884 contra el anarquismo y sus crímenes. Jean Grave fue uno de los condenados junto a otros veintinueve agitadores y criminales. Aquel proceso y las leyes que lo inspiraron sirvieron de ejemplo para otros países de Europa en su lucha contra la agitación social, la asociación delictiva y el terrorismo.

—Empecé a colaborar para su revista con algunas fotos... A veces se organizaban tómbolas para recaudar fondos; Luce, Pissarro y Matisse también participaban con sus obras. Bueno, todos estábamos en ello, creíamos en la causa. Aún creemos... Pero las cosas se complicaron... Ya sabe... Escribí un par de artículos... Mi nombre empezó a aparecer en los sitios equivocados... Y, en fin... Creí que lo mejor era salir de Francia por un tiempo. Por otro lado, había tenido contacto con las teorías de Émile Armand; Inés también lo había leído. Nos sedujeron sus ideas de que cada uno ha de ser dueño de sí mismo, ser libre de tomar sus propias decisiones, sin restricciones impuestas por derechos ni por deberes, sin las ataduras de la tradición, la religión, la sociedad, la moral... Conocimos las Milieux libres, las comunas, de Georges Butaud. Vivimos un tiempo en la comuna de Vaux. ¿Ha oído hablar de las comunas? —Maret, que no esperaba respuesta, explicó—:

Allí la solidaridad no viene impuesta por las fuerzas del Estado, sino que es una opción voluntaria y en la medida que cada individuo escoge. Es una forma de vida que regresa a las raíces del hombre, a la estructura social de las comunidades primitivas. Georges me contó su pretensión de extender las comunas por toda Europa y me propuso venir aquí, a Viena, para iniciar con él el proyecto...

Maret volvió a toser repetidamente. Se recompuso y se cerró la bufanda en torno al cuello.

—Pero las cosas no siempre salen como uno las planea... A veces la bomba te estalla en las manos mientras la estás manipulando... *Vous me comprenez, n'est pas?* —Sonrió maliciosamente. Resultaba que, con aquella pinta de revolucionario fracasado, iba a ser un guasón.

—Me hago una idea...

—Viena es para los vieneses... Oh, sí, también hay moldavos, croatas, búlgaros, húngaros, serbios... y decenas de nacionalidades más. Pero son emigrantes en su propio imperio y sólo comen de las migajas que tiran los vieneses más allá del Ring... *l'Empire autro-hongrois.* —Soltó una carcajada—. Bonito maquillaje para un cuerpo podrido...

Me temí que empezara a teorizar sobre formas de gobierno y modelos de Estado y que aquello se convirtiese en una diatriba contra el orden y la autoridad. Me temí que pretendiese provocarme para medirme; no quería tener que demostrarle hasta dónde podía llegar: no estaba allí para enfrentarme a un idealista insignificante. Traté de devolver la conversación a mi terreno.

—¿Qué ocurrió cuando llegaron a Viena?

Maret carraspeó y se removió incómodo en su silla.

—Busqué trabajo... Hice de todo un poco... Aquí, allá... Yo sólo sé hacer fotos... Y pensar en cómo cambiar las cosas...

Eso no suele gustar a la gente. Inés empezó a trabajar de modelo. Al principio hacía poca cosa. Pero ella sí que gustaba, ella le gusta a todo el mundo. Entonces posó para Max Kurzweil, para un cartel publicitario. A partir de ese momento su nombre corrió con más velocidad que la pólvora anarquista. Los mejores artistas se la disputaban. Y mientras ella salía de casa temprano y regresaba al anochecer con pintura en las manos y dinero en el bolso, yo leía una y otra vez los anuncios por palabras y me pudría esperándola... —murmuró con la mirada hundida en el suelo; después tosió con desgana, como si cada espasmo fuera doloroso—. En una ocasión tuve que... ausentarme por un tiempo.

—¿Ausentarse?

Me miró con recelo.

—Sí. Unas semanas... meses... *Je ne m'en souviens plus...* —Se mostraba evasivo.

Miré por encima del hombro de Maret al agente Haider; el joven asintió. Ambos sí que recordábamos ese apunte en la ficha policial del francés que recogía su paso por prisión, unos meses precisamente. No lo mencioné. No era él quien me interesaba.

—¿Qué fue de ella?

—¿De ella? —repitió con sorna—. ¡Oh, a ella le fue muy bien! *Très bien, mon ami!* Ella ya no me necesitaba, *au contraire!*... Cuando regresé, me la encontré sentada en mitad de la habitación, esperando, como si siempre hubiera estado allí. Vi la bolsa a su lado. Sus cosas recogidas... *Putain... C'est fini...* Fin de la historia.

Le temblaba la mano cuando por fin se decidió a encender el cigarrillo. Tras dar la primera calada, volvió a toser hasta que le lloraron los ojos.

Me dio la sensación de que Maret se estaba reservando

algún que otro detalle. Quizá, mintiendo por omisión. Por un momento me planteé indagar más: ¿por qué se había marchado Inés?, ¿se había enamorado de otro hombre?, ¿sólo era eso? Al final, decidí tomar un camino diferente.

—Sin embargo, parece que la historia no ha acabado del todo... Usted sigue visitándola.

—Ella colabora con la causa... —Se encogió de hombros—. Vinimos aquí a fundar una comuna, ¿recuerda? Hace falta dinero para eso... Y ella lo tiene.

—Pero dice que el otro día ella le gritó. Una de las chicas de La Maison lo oyó. ¿Por qué le gritaba?

—Eso no es asunto suyo...

Suspiré.

—Hasta ahora hemos mantenido una conversación amistosa, monsieur Maret. No me obligue a convertirla en un interrogatorio.

Maret bufó. Sabía que no tenía muchas opciones.

—Ella... Ella... —Empezó a gesticular con desesperación—. Estaba muy nerviosa, ya se lo he dicho. A veces... A veces, se enfada conmigo: con mi aspecto, con mi forma de vivir. «Te estás destrozando», me dice. ¿Destrozando? ¿Yo? ¡Ella sí que me ha destrozado! ¡Me dejó! ¡Cuando más la necesitaba! ¡Ahora estoy enfermo, no puedo trabajar! *Je ne peux rien faire!* Ella, en cambio... Lo tiene todo... ¡Pero yo la hice así! ¡Yo le enseñé todo lo que sabe! ¡A posar, a seducir con la mirada, con el cuerpo! ¡La hice aún más bella y deseable! ¿Y esas fotografías? ¿Dónde cree que aprendió a hacer esas fotografías? ¡De mí! —Se golpeó con tanta fuerza en el pecho que se provocó un nuevo ataque de tos. Tiró la colilla al suelo y la aplastó con el zapato—. *Merde alors...* Sólo era una putilla de Montmartre... —concluyó cuando recuperó el aliento.

No me anduve con rodeos.

—¿La chantajea?

Abrió los ojos como platos.

—*Merde, non!* No es necesario. ¡Ella cree en la causa! Ahí donde la ve, con esos aires de gran señora, tiene alma de anarquista. ¿Qué es si no esa Maison des Mannequins? Es una forma de comuna, un ensayo a pequeña escala de toda la filosofía que subyace al anarquismo: una sociedad sin jerarquías, sin autoridad, sin normas... Si no fuera porque se empeña en hacer de esas chicas lo que ella quiso ser y no pudo... Pero... ¿Chantajearla? ¡Por todos los diablos!... Si lo que le doy es lástima... —admitió asqueado consigo mismo.

—Pero usted sabe cosas de su pasado...

Maret meneó la cabeza con condescendencia.

—Cómo se nota que no la conoce... Inés no se avergüenza de su pasado. Cada uno de sus errores, cada uno de sus fracasos, cada una de sus miserias, son piedras con las que construye su monumento. Y, créame, acabará rematándolo en mármol y oro...

Me quedé observando durante unos instantes la figura encorvada, descuidada y marchita de André Maret. Me preguntaba qué sentía por Inés, si seguía amándola o, por el contrario, el rencor le hacía odiarla.

—¿Tiene idea de dónde puede estar? —le tanteé.

—¿Inés? No... Es una mujer impredecible. Tiene doble fondo, como los maletines de viaje... Y no creo que nadie tenga acceso a lo que oculta allí.

—Podría haber vuelto a París... —apunté para tirarle de la lengua.

—¿A París? No, no lo creo. Allí no dejó nada por lo que volver.

—¿Y su familia?

Maret me miró como si no me comprendiera. Finalmente cayó en la cuenta de mi error.

—Pero es que ella no es francesa, *mon ami*: es española.

Había anochecido cuando Haider y yo salimos de aquel agujero insalubre que era la habitación de Maret. El cielo despejado nos obsequiaba con estrellas titilantes y una helada poderosa. La brisa olía a frío. Escondimos la cara en el cuello de nuestros abrigos y cruzamos contraídos el patio raso y su helor desafiante.

Pensaba en la forma en que el francés se había encogido de hombros cuando le pregunté cómo una muchacha española había acabado en Pigalle.

—Creo que el francés no nos ha dicho toda la verdad. —Haider caldeó el silencio con su voz cubierta de lana, verbalizando mis propias sospechas.

—Yo también lo creo —coincidí sin frenar el paso, temeroso de convertirme en estatua de hielo si lo hacía—. Esto ha sido solamente una aproximación, tendremos que repetir nuestra visita al señor Maret. Pero antes rebusque bien en su ficha y fuera de ella; necesitamos algo con lo que acorralarle.

5

Viena, julio de 1904

La tarde se presentaba sofocante, con un calor pegajoso que se cernía sobre la ciudad mientras que nubes grises y pesadas de tormenta se enroscaban en torno al monte Kahlenberg. Hugo se vistió con una camisa fina de algodón y un traje claro de lino y se permitió el lujo de no ponerse ni chaleco ni corbata, tan sólo un pañuelo al cuello. Conduciendo su propio automóvil, se dirigió a Nussdorf. Nada más salir de la ciudad sintió el frescor de los bosques en la piel y esa ligereza en el aire que lo hacía más respirable.

Sujetaba el volante con firmeza y miraba cómo desaparecía la carretera bajo el capó del Daimler. ¿Acaso estaba nervioso? Era una tontería ponerse nervioso, sólo iba a hablar con Aldous Lupu, una entrevista de negocios. Había pensado cambiar la decoración de sus apartamentos y quería que Lupu pintase un par de murales en las paredes del comedor. No había motivo para estar nervioso. Puede que ella ni siquiera estuviese en casa. O puede que no quisiera dejarse ver. En realidad, lo más probable era que le huyera. Tras la muerte de Aisha...

Sin darse cuenta había acelerado; volvió a reducir la marcha. No debía pensar en eso. No debía obsesionarse con la muerte de Aisha. No quería darle vueltas en busca de una explicación porque se angustiaba y le había costado infinitas sesiones de terapia aplacar la angustia, infinitas dosis de sales de litio... No quería volver atrás.

Tenía que hablarlo con ella. Tenía que quitarse ese peso de encima. Al diablo Aldous Lupu y los murales. Tan sólo se trataba de una excusa.

Aparcó frente a la entrada de la casa. Se quitó el gabán, los guantes y las gafas de conducir y se puso un sombrero panamá. Bajó del automóvil y estiró los músculos entumecidos; aspiró profundamente el aire perfumado en un intento por tonificar sus nervios. Estaba sudando demasiado y no corría ni una brizna de brisa que le refrescase; buscó la sombra del porche y llamó a la puerta. Seguía secándose el sudor del cuello cuando una doncella abrió: herr Lupu le esperaba en su *atelier*. Hugo echó una mirada anhelante al interior fresco y sombrío de la casa; lamentó verse en la obligación de adentrarse en el jardín siguiendo las indicaciones que le había dado la criada para llegar al taller de Lupu.

Entre la maleza y a pleno sol la caminata se hizo pesada: el constante zumbido de los insectos a su alrededor incrementaba su sensación de calor; la piel pegajosa le picaba bajo la ropa; casi podía sentir el polvo crujiendo entre los dientes y secando sus labios. Sólo le aliviaba la visión brillante y cristalina de las aguas del Danubio a pocos metros del sendero.

Por fin descubrió el cobertizo entre la espesura, cual templo maya en mitad de la selva. Todos sus ventanales estaban abiertos al jardín; Hugo se asomó un poco.

—¿Herr Lupu?

—Pase, pase. —La voz llegaba de una esquina.

Hugo se quitó el sombrero y entró. El suelo de cemento estaba salpicado de manchas multicolores de pintura. Por todas partes había lienzos y caballetes: colgados, apoyados, tumbados... Unas cuantas mesas se repartían aquí y allá rebosantes de utensilios: pinceles y brochas, tubos y botes, paletas y espátulas, lápices, trapos... El olor penetrante del barniz y el disolvente le picó en la nariz.

Al fondo, una cortina de gasa blanca colgaba del techo hasta el suelo y hacía que la luz se derramase suavemente por todo el espacio. Junto a la cortina, Hugo adivinó a Lupu tras un caballete y un lienzo. Lo que jamás podría haberse imaginado era lo que había frente a él.

Por un momento se quedó paralizado ante la visión de aquella mujer semidesnuda. Estaba sentada de espaldas a él y una seda cruda bordada en flores negras se deslizaba por uno de sus hombros hasta perderse debajo de sus glúteos. Se recreó brevemente en la línea que los insinuaba... Subió por la onda sinuosa de su columna, vértebra a vértebra, se detuvo en la curva de su cintura y de su pecho, en el saliente de sus omóplatos y en el cabello enroscado en la nuca... Hubiera reconocido ese cabello en cualquier parte: era del color del jarabe de arce.

—Adelante, adelante. No se quede ahí —ordenó Lupu. Su modelo ni se movió.

—Disculpe. Yo no sabía...

—Ah, sí, mataba el rato pintando... Pero entre, póngase cómodo. Hace una tarde infernal.

Hugo se dio cuenta de que sudaba copiosamente. Se desanudó el pañuelo y se lo pasó por el cuello y la cara.

—Tome algo fresco. Sírvase usted mismo —le invitó Aldous, señalando una mesa junto al ventanal. Sobre ella había una gran fuente de fresas y albaricoques, también una jarra de limonada tan fría que la humedad condensaba en el cristal.

Hugo se fue derecho a la limonada. Se sirvió un vaso hasta el borde y lo bebió prácticamente de un sorbo sin casi darse tiempo de apreciar el perfume a hierbabuena que desprendía.

—Quítese la chaqueta. Aquí no es necesario guardar el protocolo de la Corte. —Lupu se rió sin apartar la vista ni el pincel del lienzo.

El pintor no mentía. No había más que ver la túnica corta y manchada de pintura que llevaba, las sandalias griegas de sus pies o su melena encrespada recogida en una coleta. Con aquella chaqueta de lino, el único que estaba fuera de lugar era él. Se la quitó y de inmediato se sintió aliviado. También se remangó las mangas de la camisa y se sirvió otro vaso de limonada.

—Sólo será un momento y enseguida estoy con usted. Quería aprovechar el atardecer. Hay una luz preciosa, filtrada por la calima; todos los tonos adquieren un brillo dorado. ¿Se ha dado cuenta?

—Me temo que no... No tengo demasiada sensibilidad para esas cosas.

—Ah, la sensibilidad es una cualidad esquiva. Yo tampoco la poseo en este momento... Por más que me esfuerzo no soy capaz de llevar al lienzo la imagen que tengo en la cabeza —se lamentó el pintor mientras probaba una nueva mezcla de óleos en la paleta.

Hugo no podía evitar mirar de soslayo a Inés. Seguía inmóvil, aparentemente ajena a lo que sucedía a su alrededor.

Entonces Lupu levantó la cabeza. Posó los ojos en Hugo y se llevó la punta del pincel a la boca, pensativo. El joven tuvo la sensación de que el artista estaba recortando su silueta con un bisturí.

—Se me está ocurriendo algo... Sí... Sí... Puede funcionar... —divagó—. ¿Usted posaría para mí? —espetó.

—¿Yo? —Hugo no pudo evitar mostrar su sorpresa—. Bueno... yo no sé... No creo que yo...

—Es que no logro captar en ella la sensación de abandono, de aislamiento... No logro que la imagen conmueva y transmita desolación. Es una figura solitaria, sí, pero... ¡falta algo!

Lupu gesticulaba exageradamente con las manos; se mostraba contrariado de verdad.

—Ya. — Hugo sonrió nervioso—. Pero yo no creo que pueda ayudarle... Nunca he... he...

—¡Claro que sí! —objetó vivamente. Cuando se levantó del taburete y se le acercó, Hugo empezó a temerse una encerrona de la que le sería difícil salir airoso—. ¡Es sencillo! Sólo tiene... ¿Me permite? —preguntó llevando las manos hacia los botones de su camisa—. Sólo tiene que quitarse la camisa.

Estupefacto, Hugo comprobó cómo le desabrochaba un par de ellos. Antes de que pudiera resistirse, el pintor le animó con un gesto a seguir él mismo para después empujarle hacia el lugar en el que posaba Inés.

—Colóquese ahí... —Lo situó a espaldas de ella. —Sólo será un momento... Sí... A ver la luz... No, un poco más allá... Eso es...

Hugo apenas había terminado de desabrocharse cuando Lupu le quitó la camisa; los tirantes le cayeron a los lados del pantalón. El pintor le miró satisfecho: su piel desnuda y cubierta de sudor brillaba a la luz del sol, con el aspecto terso y suave de la cera caliente. Tenía un tronco atlético y bien formado; ya lo había supuesto. Se alejó un poco.

—Abrácela.

Hugo no podía creer lo que estaba oyendo.

—¿Cómo?

—¡No, espere! Quítese antes los zapatos y los calcetines; rompen la armonía del conjunto.

El joven sacudió la cabeza, anonadado. Aquella situación resultaba grotesca, pero no sabía cómo resolverla. Miró a Inés: había vuelto ligeramente el rostro y le sonreía; adivinó cierto brillo burlón en sus ojos. Y se sintió retado. Comenzó a desatarse los zapatos.

—Bien, bien, bien —se entusiasmaba Lupu por momentos—. Fantástico... Mucho mejor sin zapatos. Ahora sí: abrácela.

—Pero... necesitaría asearme. Vengo conduciendo y...

—Nada, nada, no es necesario. Usted sólo abrácela —insistió mientras apartaba el lienzo sobre el que estaba pintando y colocaba en su lugar un enorme bloc de papel granulado para dibujar.

Inés regresó a su posición original. Hugo se aproximó con reparo y posó las manos en su cintura, apenas rozándola.

—No, no, no, no —corrigió Lupu, saliendo de nuevo del parapeto de su caballete—. Arrodíllese detrás de ella y rodéela con los brazos... Así. Justo... Pose las manos en su vientre... Recógete el pelo, Ina. —Le tendió un pasador de carey que había recuperado de entre las miles de cosas que rondaban por allí.

Ella se enroscó la melena en un rápido movimiento, la alzó hasta la coronilla y la sujetó con el broche. Algunos mechones se deslizaron por detrás de sus orejas y le rozaron los hombros.

—Pose la mejilla izquierda en su espalda... —indicó Lupu a Hugo—. Eso... Un poco más arriba, sobre el omóplato derecho.

Justo en el momento en el que Hugo creyó que enloquecería a causa de las órdenes de Lupu y de la tensión, Inés pegó los labios a su oreja y murmuró:

—Relájese, alteza, o acabará agotándose pronto. —Sus palabras le hicieron cosquillas.

—¡No, que no se relaje! —gritó Lupu. Hugo se admiró del fino oído del pintor—. Así está perfecto. Me gusta esa tensión en sus músculos, parecen dibujados uno a uno sobre la piel. Tú, Ina, debes ignorarle, posar como si él no estuviera ahí. Y usted debe desearla... Eso es justo lo que quiero: la desesperación y la ausencia, el anhelo y la indiferencia, la ansiedad por lo inalcanzable... Magnífico.

El pintor se concentró en el papel. Ensimismado y ausente, lo rectificaba con trazos ágiles de cera. Parecía haber desaparecido detrás de él.

Hugo se entregó a la situación. Empezó a sentir bajo los dedos la piel de Inés: cálida, suave y húmeda... Dorada. Podía rozar la piel dorada de Inés con los labios. Percibió su pulso, asombrosamente pausado; igual que el vaivén de su respiración tranquila a la altura del vientre, allí donde había posado las manos. Y trató de controlar el ritmo de la suya propia: estando pecho con espalda, ella lo notaría agitado, casi ahogado. Poco a poco, de forma casi imperceptible, descargó parte de su peso en la espalda de la mujer: notó la presión creciente de su cuerpo, una sensación ligeramente pegajosa... Hacía calor, el calor provenía de dentro. Comenzó a excitarse... No, no debía excitarse...

Suspiró... Olía a flores y a aceite de almendras... Volvió a suspirar... Un suspiro profundo. Se llenó de su aroma.

Cerró los ojos. Intentó respirar a la vez que ella, concentrarse en esa cadencia como en la repetición de un mantra. El silencio absoluto era su aliado. Sólo se oían sonidos aislados:

el vuelo de un moscardón que cruzaba de ventana a ventana, el lápiz de cera grasienta deslizándose con agilidad sobre el papel rugoso, el canto de un pájaro... los latidos de su corazón... los latidos del de ella.

—¡Por Dios, Aldous! —Al oír la voz de su tía Kornelia, Hugo se sobresaltó como un chiquillo pillado en una travesura—. ¿No te das cuenta de que estás metiendo la salchicha en la boca del perro?

Los tres se volvieron hacia la baronesa.

—De acuerdo: es un símil del todo indecoroso e inapropiado... Ha sido lo primero que me ha venido a la mente.

La magia de aquel instante se deshizo, el éxtasis se desvaneció y la escena se descompuso: Aldous dejó las ceras a un lado, Inés se cubrió su desnudez y Hugo se puso la camisa rápidamente.

—¡Kornelia, nunca interrumpas así a un artista! ¡Has ahuyentado mi inspiración!

La baronesa alzó la barbilla e hizo un gesto de desdén con la mano.

—¡Bah! Créeme que te he hecho un favor, querido Aldous. A veces tu tolerancia raya la ingenuidad.

Hugo se acercó a saludar a su tía con un beso en las mejillas.

—No imaginaba que te encontraría aquí —le susurró la baronesa cuando lo tuvo cerca.

Su sobrino sonrió con picardía.

—Ni yo a ti tampoco.

—Eso puedo suponerlo... En cualquier caso, me alegra comprobar que Inés y tú habéis hecho las paces... estrechamente.

Antes de que Hugo tuviera que explicarse, Inés recibió a su amiga con un saludo afectuoso y un vaso de limonada.

—Gracias, querida. Afortunadamente, tú tienes los modales de los que estos dos carecen.

Aldous refunfuñó mientras limpiaba unos pinceles.

—No zumbes como un abejorro y enséñame lo que estabas dibujando. —Kornelia se acercó al pintor.

—¡Olvídalo! —De un rápido movimiento cerró el bloc—. No lo verás hasta que esté terminado. Y, después de tu interrupción, tal vez nunca lo acabe. Ambos tendrían que volver a posar para mí.

Kornelia se encogió de hombros y dio un sorbo de la limonada.

—Así sea... Tú verás... Lo cierto es que tengo que reconocer que te has buscado un buen modelo —admitió mirando a Hugo—. Yo ya lo pinté una vez y también estaba medio desnudo... Aunque era sólo un bebé.

Aldous se rió; el enfado se había ido con la misma velocidad que había llegado. Sin rencor, él y Kornelia se enfrascaron junto a la bandeja de fruta en una conversación plagada de anécdotas sobre el retrato de bebés.

Hugo miró a su alrededor. Inés se había marchado. No lo pensó demasiado cuando salió al jardín con la esperanza de encontrarla. Siguió por el sendero hacia la casa, escrutando con la vista cuanto le rodeaba con la ansiedad de un cazador. Aquella mujer no podía haberse evaporado de semejante manera.

Por fin la divisó: al final de una pradera, junto al río. Sentada sobre la hierba, contemplaba la corriente bajando con calma. Inconscientemente, aceleró el paso, como si de un momento a otro ella pudiera volver a desaparecer.

Trató de acercarse con tranquilidad, de disimular la agitación que le había producido la carrera. Intentó templar la voz antes de hablar.

—¿Se ha marchado porque vuelve a estar enfadada conmigo?

Ella se volvió lentamente y levantó la cabeza para mirarle.

—Aunque a usted le parezca imposible, no todo lo que sucede es por su causa, alteza. —Devolvió la vista a sus pies metidos en el agua y chapoteó con suavidad—. Tenía calor y quería refrescarme un poco.

Hugo también dirigió la mirada a sus pies desnudos. El agua le salpicaba hasta las rodillas, que asomaban entre el yukata que Inés vestía y resbalaba en hileras brillantes por su piel tersa y bronceada. Los bordes mojados de la tela floreada se le pegaban a las piernas.

—¿Por qué tengo la sensación de que cuando me trata de alteza se está burlando de mí?

Inés sonrió sin mirarle.

—Porque tal vez lo haga... Pero me gusta llamarle alteza, es una dignidad que le sienta bien.

Pocas mujeres en su vida habían logrado dejarle sin habla. Sin embargo, en aquel instante, se encontraba allí de pie, como un pasmarote, pensando en cómo continuar la conversación para no tener que marcharse.

—Venga... Meta usted también los pies en el agua. Le refrescará...

Aquellas palabras se le antojaron como una invitación al paraíso. Se alegró de no haberse vuelto a poner los zapatos. Rápidamente, se remangó los pantalones y se sentó junto a ella. Deslizó los pies en el río: el agua estaba fría y tonificó todo su cuerpo. Se sintió bien, como hacía mucho tiempo que no se sentía. El Danubio borboteaba a sus pies, el sol de la tarde calentaba sus mejillas, la brisa levantaba el rumor de las hojas del sauce y, a su lado, volvía a oler a flores y a aceite de almendras. Cerró los ojos. Podría haberse pasado horas así...

Mas, cuando uno tiene algo que confesar, el silencio acaba por causar desasosiego.

—He venido porque hay demasiadas conversaciones pendientes entre nosotros —comenzó Hugo a decir mientras arrancaba nerviosamente briznas de hierba—. Y han sucedido muchas cosas que nos afectan a los dos, que nos unen a la vez que nos convierten en enemigos. Está Therese y está Aisha. Y estoy yo, en el centro de todas las sospechas, también de las suyas.

—No tiene por qué explicarse...

—¡Sí! ¡Sí, porque no quiero que usted piense que soy un asesino!

Inés se encaró con él:

—¿Y lo es?

—¡No! —respondió anonadado ante tan poco remilgo.

—Entonces ¿por qué me da una excusa que yo no le he pedido? ¿A qué viene este alegato?

Hugo empezaba a desquiciarse, a perder el control de sí mismo.

—¿Por qué me lo pone tan difícil? Ya sé que no empecé bien con usted, que fui un grosero y un impertinente. Ya sé que me desprecia por lo que soy y por cómo me comporto, por todo lo que se dice de mí. Sé que opina que embauqué a sus chicas...

—No eran mis chicas —objetó Inés con gravedad, cortando el aire con sus palabras afiladas—. Ellas eran dueñas y responsables de sus actos, de su propia dignidad. Allá ellas si se vendían a la mejor sonrisa. No hay nada más que yo pueda decirle.

Inés fue tajante. Hugo captó el mensaje y desistió de sus buenas intenciones.

—Entiendo... —Sacó los pies del agua y se levantó—. Supongo que aquí acaban nuestras conversaciones pendientes. Lamento haberla molestado.

Dio media vuelta.

—Cuando ha llegado estaba pensando en Aisha... —La voz pausada de Inés detuvo su marcha cabizbaja—. ¿Sabe cuál era su verdadero nombre? Fatma Mourad. Era de una aldea de Anatolia, a orillas del Mar Negro. Cuando nació, su padre, que tenía cinco hijas y no sabía qué hacer con ellas, arregló su matrimonio con un hombre mucho mayor. Al cumplir los catorce años se casaron. Fatma era su segunda esposa, una niña a la que le gustaba jugar, divertirse y coquetear con otros muchachos. Aprovechando esta debilidad, la primera esposa de su marido la acusó de adulterio. En aquella comunidad se aplicaba la sharia, la ley islámica, según la cual las mujeres adúlteras son condenadas a muerte por lapidación. Al ser sólo una falacia, no pudo demostrarse que Fatma había cometido adulterio. Sin embargo, su esposo, no contento con ello, quiso desfigurarle la cara con ácido. Fatma logró escapar... Con apenas quince años emprendió un penoso viaje, lleno de abusos y miseria, que la condujo por media Asia y media Europa hasta llegar aquí, donde ha encontrado de igual modo una muerte horrible. Tarde o temprano el destino, ese que llevamos marcado a fuego desde el momento en que nacemos, sale a nuestro encuentro... ¿Qué podemos hacer nosotros para evitarlo?

De pie, a su espalda, Hugo no podía ver el rostro de Inés, tan sólo los destellos de su cabello de cobre a la luz intermitente de un sol velado por las nubes.

—A veces pienso que... parte de lo que ha sucedido es culpa mía. Algún error he cometido para que esas chicas encontrasen tan trágico final. No lo sé... Yo quería cambiar las cosas, inculcarles un sentimiento de autoestima y dignidad pero... Tengo que admitirlo: nadie es modelo por vocación. Cuando una mujer posa desnuda frente a un hombre, lo hace por hambre, por necesidad, por frivolidad, por ambición... pero nunca por vocación. No se detiene a pensar en cómo contribuye a la belleza del arte, a la expresión del artista, al mensaje de la obra... ¿Sería lo mismo la Gioconda con otra modelo?, ¿o la Venus de Botticelli, la joven de la perla, la dama del unicornio, la Beata Beatrix?, ¿o tantos otros retratos de mujer?... ¿Qué importa eso? A ellas no les importa. Solamente están vendiendo su cuerpo porque ya no les queda otra cosa que vender. Y eso las hace vulnerables, las deja a merced de los deseos del artista, las convierte en mendigas de dinero y de cariño... Ya lo dijo usted: Rossetti afirmaba que todas las modelos eran unas putas. Y lo peor es que no le faltaba razón... Para la sociedad, cuando una mujer abandona su sitio, ese refugio que el hombre ha creado para ella como si fuera una mascota, se convierte en una puta... Las mismas mujeres estamos persuadidas de ello y es evidente que yo no puedo hacer nada por cambiarlo... Hay tantas formas de hacer daño y someter a una mujer. La violencia física es sólo la más evidente... Créame, sé de lo que hablo... Yo tenía que haberles enseñado a estar prevenidas.

Inés regresó al silencio salpicado de naturaleza: el fluir del agua y el trino de las aves, un trueno tras las montañas. Hugo se arrodilló junto a ella.

—No debe culparse por nada. Hay cosas que no pueden evitarse por más que lo deseemos... Y la culpa no alivia el dolor... Yo también sé de lo que hablo. —Las palabras de Hugo se enredaron en un nudo en su garganta.

Otro trueno, cada vez más cercano, volvió a hacer temblar el cielo. Unos nubarrones negros se habían comido la tarde con su oscuridad y las primeras gotas de lluvia salpicaron sus cabezas. Apenas unas cuantas gotas que, casi inmediatamente, devinieron en un fuerte aguacero. Hugo se levantó y tendió la mano a Inés para ayudarla a incorporarse. Retuvo aquella mano en la suya y permanecieron en pie, frente a frente, bajo la cortina de agua que barría el paisaje y licuaba las siluetas como si fueran de pintura. La lluvia les resbalaba por las mejillas y les goteaba en la barbilla, les obligaba a entornar los ojos y a cerrar los labios. La ropa se les pegaba al cuerpo y marcaba sus contornos. Hugo admiró de cerca su belleza al agua como la de una acuarela; sus instintos se despertaron y sintió deseos de abrazarla, de volver a juntar su cuerpo al de ella, piel con piel. La deseó, tal y como Aldous le había pedido...

Se acercó tan sólo un paso y llevó los labios cerca de su oreja para hacerse oír sobre la tormenta.

—Therese no quería mendigar cariño ni fortuna. Sólo deseaba enamorarse y ser fotógrafa, como usted. Y Aisha... Pasamos la noche juntos, hicimos el amor... A la mañana siguiente me dijo que aquello no había significado nada y que no volveríamos a vernos. Le aseguro que era una mujer con mucha dignidad. Las dos lo eran. Creo que la consiguieron gracias a usted.

—¿Por qué me cuenta todo esto?

—Porque quiero que se sienta mejor.

Por fin Inés sonrió: una sonrisa en un rostro triste, una sonrisa extraña en su cara surcada de gotas de lluvia como lágrimas.

—A veces me cuesta comprenderle...

—No es fácil comprender a alguien que ha perdido la cordura. Me basta con que crea en mi inocencia.

—No todo lo que sucede es por su causa, alteza. Ya se lo había dicho.

Antes de que Hugo pudiera responder, Inés dio media vuelta y corrió hacia la casa. Hugo la observó mientras se alejaba: el estómago enroscado y la respiración entrecortada. ¡Maldita sea! ¿Qué había querido decir con eso?

La baronesa Von Zeska era muy aficionada a las excentricidades. Por eso su amigo Sandro de Behr le había regalado el juego más extravagante del otro lado del Atlántico: un tablero de güija. El tablero de güija servía para comunicarse con los espíritus y aquello podía resultar verdaderamente divertido.

Ambos disfrutaron como niños pensando en el espectáculo que iban a organizar a cuenta del nuevo juego. Contratarían a una médium... Aunque no hacía falta que fuera necesariamente una médium, bastaría con una mujer de aspecto estrambótico a la que pondrían un nombre igual de estrambótico. Invitarían a sus amigos íntimos a una reunión, por supuesto nocturna, pero no les revelarían la sorpresa hasta el momento preciso. Sandro incluso decidió que se pondría un fular morado para la ocasión, pues el morado siempre le había parecido un color muy esotérico. Lo que más tiempo y discusiones les llevó fue decidir a qué espíritus invocarían; ninguno de los dos quería contactar con antepasados que bien muertos estaban. Pero entonces se les ocurrió algo...

A última hora se le había acumulado el trabajo y Karl Sehlackman llegaba tarde a casa de la baronesa Von Zeska. Hacía un par de días que había recibido una invitación a participar de una «experiencia excitante y misteriosa» y lo cierto era que le picaba la curiosidad por averiguar de qué se trataba.

Kurt, el mayordomo de la baronesa, le condujo al salón, donde ya aguardaban el resto de los invitados: Hugo von Ebenthal, Magda von Lützow, Alexander de Behr y una pintoresca mujer a la que no había visto en su vida. Apenas había terminado de saludar a todo el mundo cuando se incorporó Inés a la fiesta.

—¿Dónde está Aldous, querida?

—Te ruega le disculpes, Kornelia, pero no se encuentra bien y se ha quedado en casa. Por eso me he retrasado: antes de salir, quería asegurarme de que estaba descansando.

—Oh, cuánto lo lamento... Espero que se recupere pronto... Bien, pues ahora que estamos todos, creo que ya podemos empezar —anunció la baronesa, cual maestro de ceremonias.

—¿A qué viene tanto misterio? —intervino Hugo—. ¿Qué ocurrencia habéis tenido esta vez?

—Ahora mismo lo averiguaréis. Pero, antes de nada, permitid que os presente a madame Iorga.

Todos se volvieron hacia la mujer desconocida. Se trataba de una cincuentona bajita y rechoncha que iba exageradamente maquillada y alhajada con largos collares de cuentas y grandes pendientes de aro.

—Madame Iorga es médium.

Un murmullo corrió entre los invitados. Entretanto, Kornelia, presa de cierta excitación casi infantil, se acercó a un biombo que ocultaba una esquina del salón y, con ayuda de Sandro, lo retiró.

—Esta noche, queridos amigos, vamos a invocar a un espíritu —proclamó.

Debatiéndose entre el estupor y la incredulidad, el grupo se aproximó a una mesa que Kornelia mostraba con afectación. Sobre ella había un extraño tablero de madera en cuyas esquinas aparecían grabados en negro los dibujos de unas lunas y unas estrellas, y en el centro, el abecedario, los números del uno al cero y las palabras «YES», «NO» y «GOODBYE».

—¿Qué es esto? —quiso saber Magda; en su voz había cierto tono de desprecio.

—Un tablero de güija —respondió Sandro—. Lo usaremos para comunicarnos con los no vivos.

—¡Solemne tontería! —espetó.

—Yo ya he jugado a esto —comentó Hugo—. En Nueva York. Allí está muy de moda entre la alta sociedad. Pero es un invento inútil. Un engaño para críos.

—No seas aguafiestas, Hugo —le riñó Kornelia.

—Yo no voy a participar —habló Inés con el gesto grave y alejándose un paso de la mesa—. No se debe jugar con estas cosas.

—Oh, vamos, querida. ¡Será divertido! —Kornelia la tomó del brazo y le susurró—: No te lo tomes tan en serio; es sólo para pasar un buen rato. Ni siquiera la médium es de verdad, no es más que una actriz. Pero su aspecto es intrigante, ¿no es cierto? —le confesó en un susurro mientras la llevaba hacia su asiento—. Bueno, ¿qué? ¿Empezamos?

Se hizo un silencio breve.

—Sí —decidió Hugo—. ¿Por qué no? Al menos nos reiremos un rato.

Magda refunfuñó algo ininteligible por lo bajo, pero finalmente accedió. Karl, también. No podía negar que le picaba la curiosidad por ver en qué consistía aquello.

—¡Magnífico! Por favor, madame Iorga, tome asiento. Yo me colocaré a su lado y alternaremos damas y caballeros.

Sandro cubrió el otro flanco de la médium. Junto a él, con el gesto todavía torcido, se sentó Magda. Hugo se colocó a la izquierda de su tía, al otro lado tenía la silla vacía de Inés, quien aguardaba aún en pie tras ella sin decidirse a ocuparla. Karl tomó asiento en el único sitio que quedaba libre, entre Magda e Inés. Todos miraron a la joven y con aquellas miradas posadas sobre ella, se sintió apremiada. Hugo se levantó, le retiró la silla y puso la mano en su espalda para empujarla suavemente.

—No se preocupe. Es sólo un juego.

Con todos sus invitados por fin sentados en torno a la güija, la baronesa empezó a encender las velas que había dispuestas alrededor, también unos quemadores de incienso. Después apagó las luces y ella misma tomó asiento.

El ambiente se llenó de un aroma exótico y picante. A la luz de las velas, las sombras temblaban por toda la sala y el rostro de los reunidos adquiría formas extrañas. Todo resultaba perturbador, incluso, espectral, aunque tal vez fuera sólo una sugestión de los presentes.

Madame Iorga alzó las manos al cielo con un tintineo de pulseras; las mangas de su túnica flotaron vaporosas. Con un fuerte acento de erres marcadas empezó a declamar.

—Guardemos unos segundos de silencio. Antes de nada, cada uno de nosotros tiene que contactar con la fuente de su energía interior para luego aunarla, junto a la de los demás, en una común. Vamos a cogernos de las manos y a formar un círculo energético.

Al hacerlo, tanto Hugo como Karl notaron que las manos de Inés estaban frías.

—Cierren los ojos e inspiren, llenando los pulmones, tres veces. Espiren lentamente...

Alentados por las inspiraciones guturales de madame Iorga, las respiraciones de los siete sonaron con fuerza al unísono.

—Ahora, visualicen en su mente una burbuja dorada que flota en el centro de la mesa. Gira despacio sobre su eje y..., poco a poco..., va aumentando de tamaño... Crece, crece..., se hace cada vez mayor... Se acerca a nosotros... Nos envuelve... Nos acoge en su luz... Estamos dentro de la burbuja... Juntos en su energía, en nuestra energía... Y sigue creciendo..., hasta abarcar toda la sala... Ahora, nos une y nos protege... Concéntrense en la energía...

Permanecieron unos minutos sosteniéndose las manos y en silencio absoluto. Hugo, que desde el primer momento se había tomado aquello en broma, no deseaba concentrarse en otra cosa que no fuera la mano de Inés, fría y suave, en la suya. Hizo grandes esfuerzos por no estrecharla en exceso.

—Pueden abrir los ojos —indicó finalmente madame Iorga mientras soltaba las manos de sus compañeros; los demás la imitaron en cadena.

En el centro del tablero había un vaso de cristal colocado boca abajo. La médium les pidió que pusieran el dedo índice sobre él.

—Basta con colocarlo encima, sin presionar ni moverlo... Deben dejarse llevar.

La mujer volvió a inspirar profundamente y a soltar el aire de forma lenta y sonora. Levantó un poco la cabeza y cerró los ojos.

—¿Hay alguien ahí? —Su voz retumbó en la sala. La llama de la vela sobre la mesa tembló con su aliento.

No hubo más que silencio.

—¿Hay alguien ahí? —repitió.

Silencio.

—Espíritu... Si estás con nosotros, te rogamos que te manifiestes...

Silencio.

—¿Estás ahí?

Silencio. Pero entonces el vaso se movió ligeramente. Todos pudieron notarlo bajo los dedos. Inés y Magda ahogaron un grito. También Sandro.

—Dinos, espíritu, ¿estás ahí?

Poco a poco, el vaso se desplazó sobre el tablero hasta la esquina superior izquierda, se detuvo en la palabra «YES» unos instantes y volvió al centro de la güija.

—Dios mío... Esto es increíble... —murmuró Kornelia con la vista clavada en el vaso como todos los demás.

—¡No puede ser! —exclamó Magda—. Alguien lo está moviendo...

—¡Silencio! —conminó madame Iorga—. Mantengan la calma, por favor. Hemos contactado. —Volvió a cerrar los ojos—. Espíritu... ¿deseas comunicarte con nosotros?

De nuevo el vaso se desplazó hasta el «YES» y regresó al centro.

Karl se sorprendió a sí mismo conteniendo la respiración. ¿Cómo era aquello posible? Tenía la sensación de que el vaso se movía solo, pero eso era absurdo.

—¿Cuál... es tu nombre?

El vaso permaneció inmóvil.

—¿Deseas decirnos tu nombre? —insistió madame Iorga.

El vaso se dirigió hacia al abecedario, dispuesto en dos filas de trece letras cada una. Empezó a marcar: T... H... E... R... E... S... E...

Inés, que había ido palideciendo con cada letra, hizo ademán de levantarse.

—Basta. Detengan esto —rogó con un nudo en la garganta.

Hugo la sujetó del brazo con su mano libre.

—Tranquila... —le dijo con suavidad—. Debería dejarlo si así lo desea —añadió dirigiéndose a los demás.

—No. Por favor, querida... —pidió Sandro—. Debemos continuar... Todos.

La joven accedió de mala gana. Su dedo temblaba sobre el vaso.

Madame Iorga volvió a tomar las riendas de la sesión.

—Therese... ¿De qué forma hallaste la muerte?

De nuevo sobre el abecedario, el vaso fue señalado las letras: S... C... H... R... E... C... K... L... I... C... H... *Schrecklich*. Horrible.

La respiración de Inés sonaba acelerada.

—¿Fuiste asesinada?

El vaso se situó sobre el «YES».

Antes de que el vaso hubiera regresado al centro, Kornelia, a viva voz y excitada, se precipitó a preguntar:

—¿Quién te asesinó?

En ese momento el vaso comenzó a moverse a toda velocidad sobre el tablero. Giraba sobre sí mismo, iba de un lado a otro en diagonal, estaba descontrolado. Tuvieron que soltarlo. Al hacerlo, la puerta y la ventana de la sala se abrieron de un golpe, con gran estruendo. Una fuerte corriente de aire apagó las velas y la sala quedó a oscuras. Las mujeres gritaron. Inés gritó aún más.

—¡La luz! ¡Enciendan la luz! —exclamó Sandro.

Karl ya se había levantado y corría hacia el interruptor, justo en la entrada. Lo accionó rápidamente. Los congregados estaban en pie, todos menos Inés. En sus rostros se reflejaba el desconcierto y el espanto. Madame Iorga parecía en trance. Magda, a punto de desmayarse. Kornelia se llevaba las manos al pecho y Sandro se tapaba la boca con su fular morado. Hugo miró a Inés.

—¡Dios mío, está sangrando! —exclamó al ver una mancha roja sobre sus labios.

Karl se acercó con unas pocas zancadas y se arrodilló junto a ella. Hugo le imitó y los demás hicieron corro a su alrededor.

—¿Se encuentra bien?

Ella asintió sin poder pronunciar palabra. Estaba más asustada que dolorida y se llevaba la mano a los labios para limpiar la sangre. Hugo le tendió su pañuelo y de inmediato fue a servirle un poco de agua de la jarra que había en una mesita cercana.

—Pero ¿qué ha sucedido? —preguntó Magda, nerviosa.

—No... no lo sé —admitió Inés—. Cuando se apagó la luz, algo me golpeó en la boca...

Karl echó un rápido vistazo a su alrededor. No tardó en encontrar lo que estaba buscando.

—Ha sido esto —anunció recogiendo de la alfombra el vaso que habían usado para la güija.

Magda comenzó a santiguarse repetidamente.

—¡Dios mío! ¡Esto es cosa del diablo! ¡Que Dios nos perdone a todos!

—Cállate, Magda, no te pongas histérica —la recriminó Hugo, quien llegaba con el agua.

Le tendió el vaso a Inés y la muchacha bebió un poco; el líquido se tiñó de rojo.

—¿Me permite? —Hugo le cogió el pañuelo, lo empapó en agua y se lo pasó por los labios.

Karl aprovechó para examinar la herida.

—Dios mío... —balbució Kornelia—. ¿Hará falta llamar al médico?

—Parece un corte superficial. Creo que con el botiquín podré curarlo.

—Pediré que lo traigan.

—No... No será necesario. Tengo que marcharme —anunció Inés poniéndose en pie.

—Querida, no puedes irte así. Espera al menos a que Karl te cure.

—No... Ya..., ya casi no sangra. —Recuperó el pañuelo de manos de Hugo y se lo puso sobre el corte—. Pronto parará. De verdad, tengo que irme.

—La acompañaré a su casa —se ofreció Hugo.

—No, no hace falta. Se lo agradezco de cualquier modo... Llamaré... a un coche.

Había cogido su capa y su bolso y se alejaba hacia la puerta. Parecía aturdida.

—Pero, querida...

—Lo siento, Kornelia... Te aseguro que tengo que irme... Aldous, Aldous no se encuentra bien, ya lo sabes... Buenas noches.

Desapareció por el pasillo. En la sala pudieron oírse sus pasos ligeros, como si corriera. Los demás se miraron estupefactos, sin saber qué decir. Aquel comportamiento les resultaba tan inusual. Claro que todo en la noche había sido tan extraño...

Entonces Hugo se encaminó decidido hacia la puerta.

—¿Qué haces? —se inquietó Kornelia ante tal arrebato.

—Voy a buscarla.

—Pero ¿qué...?

Antes de que pudiera protestar, su sobrino había desaparecido también por el pasillo.

Karl resolvió hacerse con lo que quedaba de la situación.

—Está bien, ¿qué ha pasado aquí?

—Oh, Karl, querido... ¡Lo siento! ¡Lo siento muchísimo! Esto iba a ser algo divertido... ¡Un juego! ¿Verdad, Sandro?... Pero se nos ha ido de las manos...

—Explícate, Kornelia —ordenó con seriedad.

Ella se acercó a Sandro y le tomó del brazo para hacer causa común; después de todo, aquella brillante idea había sido cosa de los dos.

—Habíamos montado un pequeño espectáculo, eso es todo. Ni siquiera madame Iorga es una médium de verdad, sino una actriz.

La miraron. La mujer se encogió de hombros y sonrió con complicidad.

—Aunque muy buena. Eso no hay quien se lo quite, madame —opinó Sandro.

—Las puertas y la ventana estaban preparadas para abrirse —continuó Kornelia—. Un criado se encargaría de ello cuando me oyera a mí decir lo de: «¿Quién te asesinó?». En esta sala se forma mucha corriente si se abre la ventana del pasillo, y las velas estaban colocadas en el sitio adecuado para que las apagase.

—Pero ¿y el vaso? ¿Lo movías tú, tía? —preguntó Magda.

—Sandro y yo, sí. Aunque no con los dedos, se hubiera notado. Habíamos montado un circuito electromagnético debajo de la mesa y lo accionábamos con la otra mano. ¿Ves? —le mostró la baronesa a Karl, agachada bajo el tablero.

El inspector comprobó que efectivamente así era. Tuvo que reconocer lo ingenioso del invento.

—Pero nosotros no le tiramos el vaso —afirmó Sandro.

—¿Y por qué íbamos a hacerlo, por Dios? Además, no hubiéramos podido —añadió Kornelia—. El circuito puede mover el vaso por encima del tablero, pero en ningún caso levantarlo y lanzarlo. ¡No sé cómo ha podido pasar!

Karl cogió el vaso y, girándolo entre las manos, lo examinó detenidamente.

—Pues alguna explicación tiene que haber... —concluyó.

En aquel momento el inspector no logró averiguar quién había lanzado el vaso a la cara de Inés durante el juego de la güija. A pesar de que Kornelia estuviera completamente segura de que, con independencia de su bien orquestada función, habían conseguido invocar sin querer al espíritu de Therese, Karl creía harto improbable que la muchacha regresara del más allá para comunicarse con ellos y que todo se había tratado de una pantomima de mal gusto que había terminado de forma accidentada... Aunque el vaso no se había lanzado por accidente, de eso estaba seguro. Alguien de los que allí estaban reunidos en torno a la mesa tuvo que hacerlo. Pero ¿quién?... Y ¿con qué intención? ¿La de señalar al culpable o precisamente todo lo contrario?

A la luz de lo que sucedió después, el inspector Sehlackman llegó al convencimiento de que había sido la propia Inés con la intención de autolesionarse.

***

Cuando Hugo llegó a la calle, Inés acababa de partir en un coche de caballos. De inmediato pidió otro y ordenó al cochero que fuera tras ellos.

Se recostó en el asiento de la cabina y se preguntó qué demonios hacía siguiéndola. Llegarían hasta la puerta de su casa y entonces ¿qué?...

Salieron a la Ringstrasse pero en vez de tomar la dirección a Nussdorf, el coche continuó hacia el sur, en sentido opuesto. En un principio Hugo pensó que tal vez se dirigía a su residencia de invierno en Wieden. Sin embargo, comprobó a través de las ventanas cómo pasaban de largo y cruzaban Margareten y sus feos bloques de viviendas como colmenas, hasta llegar a Meidling. Allí se adentraron en las callejuelas que había entre el cementerio local y las vías del ferrocarril. Inquieto, intentaba adivinar qué se le podía haber perdido a Inés en un lugar tan lúgubre como aquél a semejantes horas de la noche.

Pudo divisar como el carruaje de la joven se detenía frente a una vivienda. Indicó al cochero que parase a una manzana, se apeó y pagó el viaje. En la distancia tomó perspectiva de aquel lugar. Era oscuro, solitario e inhóspito. Apenas había cuatro casas destartaladas frente a los muros del cementerio; las vías del tren corrían tras un parapeto a su espalda. Las casas estaban muy viejas; con los tejados hundidos, las fachadas descascarilladas y las contraventanas colgando, parecían a punto de ceder a la ruina. Y, sin embargo, Inés había entrado en una de ellas.

Cruzó la carretera polvorienta y se acercó con cautela a la vivienda. Todo estaba en silencio. Empujó el portalón de madera, que cedió fácilmente con un crujido. Tras él se encontró un pequeño patio. Lo escudriñó con la mirada pero apenas si podía distinguir nada en esa oscuridad casi negra salvo la luz que se veía a través de unos ventanucos en el piso superior. Entonces se sobresaltó: un gato había cruzado velozmente a sus pies desapareciendo después entre unos cubos de basura. Por lo demás, allí no había nadie. Miró la escalera que se abría a su derecha y decidió subir por ella. De repente, cuando puso el pie en el primer peldaño, alguien se abalanzó sobre él y lo tiró al suelo.

Inés apenas se había quitado la capa y los guantes cuando oyó exclamaciones y barullo en la escalera. Se volvió alarmada: entre golpes y trompicones, Vladimir y Goran entraban en la habitación.

—¡Mire lo que hemos encontrado, fräulein Inés! Estaba husmeando por el patio. ¡Pregunta por usted, el rufián!

Llegaban jadeantes, intentando sujetar a un hombre que se retorcía como una lagartija y profería toda clase de maldiciones. Entonces alzó la cabeza. Inés abrió la boca de asombro al reconocer al príncipe Von Ebenthal. Despeinado, congestionado, con la camisa por fuera del chaleco y el pantalón, la pajarita torcida y la chaqueta del frac arrugada y cayéndole por los hombros... Pero sí, era él. No pudo evitar sonreír.

—¡Por todos los diablos! ¡Diga a estos salvajes que me suelten!

Pero Inés no atendió la solicitud a la primera. Aquello resultaba divertido.

—¿Qué forma de hablar a fräulein es ésa, majadero? ¡*Brase* visto! —exclamó Goran.

—Está bien, podéis soltarle —concedió ella al fin, sin perder la sonrisa—. Es un... amigo.

Goran y Vladimir obedecieron al instante. Hugo se alejó de ellos con un movimiento brusco que denotaba desprecio.

—Disculpe usted, fräulein Inés. No lo sabíamos... Parecía *talmente* un maleante.

Goran se acercó a Hugo y quiso ayudarle a ponerse la chaqueta.

—Lo siento, señoría... ¿Cómo íbamos a pensar que...?

—Sí, sí. No se... preocupe —le disculpó, más por quitárselo de encima que otra cosa, y continuó recomponiéndose la figura.

—Muchas gracias, chicos. Podéis marcharos. Estaré bien.

—Nos quedaremos abajo para lo que necesite, fräulein.

Gorra en mano, los dos hombres hicieron una leve reverencia y se fueron por la escalera. Inés se volvió hacia Hugo.

—Pero ¿se puede saber qué hace aquí?

Inés le miraba con una sonrisa burlona y los ojos chispeantes. Estaba disfrutando con todo aquello.

—Eso mismo podría preguntarle yo —espetó enojado—. ¿Quiénes eran esos dos?

—Son vecinos del lugar. Están convencidos de que tienen que protegerme. Como fieles perros guardianes.

—Pues se toman su trabajo muy en serio —refunfuñó, sacudiéndose el polvo del frac.

Ella suspiró y se encogió de hombros.

—En fin... Ya que está aquí, coja unos cuantos troncos y sígame.

Hugo no daba crédito a lo que acaba de escuchar.

—¿Cómo ha dicho?

Inés puso los ojos en blanco.

—¿Ve esa pila de troncos? —Le señaló a su derecha—. Coja unos cuantos y sígame.

Sin dar tiempo a la réplica, se adentró en el pasillo. Rápidamente, Hugo se hizo con algunos trozos de madera y fue tras ella.

Entraron en una habitación. Un sitio espantoso, atestado de gente y miseria. Había una anciana y muchos niños que se arremolinaron en torno a las piernas de Inés en cuanto la vieron llegar. Hugo trató de contarlos: uno, dos, tres, cuatro, cinco, seis, siete. Siete niños en total, todos muy pequeños, que hablaban, reían, gritaban y saltaban a la vez. Se sintió ligeramente aturdido a causa del ruido y el calor, del ambiente a humanidad reconcentrada que se respiraba.

Entonces notó que le tiraban de los pantalones. Bajó la vista: una niña sucia y harapienta se agarraba a ellos y le miraba con sus enormes ojos azules. Hugo se agachó. La pequeña le mostró un puño cerrado; lo abrió lentamente y en el centro de su palma brilló un trozo de vidrio verde con los bordes desgastados.

Hugo fingió sorpresa:

—¡Qué magnífico tesoro! Guárdalo bien —le susurró mientras volvía a cerrarle la mano con el cristal.

—Le presento a la familia Vuckovic —le dijo Inés desde las alturas.

Él se levantó.

—¿Todos estos niños son hermanos? —exclamó asombrado.

—Éstos, más el bebé que acaba de nacer hoy por la mañana y el pequeño Marko, que está enfermo. Están acostados con su madre detrás de las cortinas. Por cierto, espero que haya pasado el sarampión.

Hugo sonrió.

—Cuando tenía ocho años. Y casi me mata.

Ella le devolvió la sonrisa.

—Los Vuckovic llegaron a Viena hace un año. Son serbios. El padre trabaja barriendo las calles en el turno de noche. La anciana es la abuela materna, está ciega y no habla una palabra de alemán.

Hugo echó un vistazo a la mujer: estaba sentada en un rincón, inmóvil y ensimismada.

Después repasó con la vista la habitación: era pequeña y miserable. Se fijó en que apenas había sitio para una cocina de leña, una mesa, dos bancos, una alacena y... lo que quiera que hubiese detrás de las cortinas, que se imaginó no sería mucho.

—¿Y viven todos aquí? ¿Doce personas?

—Así es. Y a duras penas les llega para pagar el alquiler. Como le he dicho, otro de los niños está enfermo y esta mañana ha nacido la criatura número nueve, así que la madre no puede ocuparse de la familia. Ya se imaginará que hay mucho trabajo por hacer aquí...

Hugo dejó los troncos en el suelo. Se quitó la chaqueta del frac, el chaleco y la pajarita. Se remangó la camisa. Estiró los brazos y se encogió de hombros.

—Pues ya que estoy aquí...

El rostro de Inés se iluminó con la sonrisa más bonita que Hugo había visto nunca.

En verdad que había mucho que hacer. Lavar y tender la ropa, limpiar la casa, encender el fuego, preparar la cena, poner la mesa, dar las medicinas a Marko... Inés había llevado un enorme bolsón de viaje del que sacó Aspirina para la fiebre y jarabe de Heroína para la tos, medicamentos demasiado caros para que los Vuckovic pudieran pagarlos. También fruta y verdura, pan, un pedazo de jamón, pañales para el bebé y pastillas de menta para la anciana. Se había anudado un delantal encima del vestido de noche y resultaba asombroso verla disponer con eficacia de todas las tareas.

En un momento dado, se metió detrás de las cortinas, donde estaban los colchones en los que dormía la familia. Salió al poco con el bebé en brazos.

—Cójalo. —Se lo tendió a Hugo—. Tengo que asear a la madre.

Hugo dio un paso atrás, aterrado.

—No, no, no... Yo no sé... hacer eso. —Se parapetaba tras sus propias manos.

—No tema: no se rompen fácilmente —aseguró Inés, dejándoselo en los brazos. Después desapareció tras las cortinas.

El joven se puso tenso, como si sujetara una bomba de relojería. Miró a la criatura: estaba arrugada y tenía los ojos hinchados. Parecía un viejo pequeño. Era bastante feo, la verdad. Él siempre había pensado que los bebés eran algo bonito, pero... Lo palpó con los dedos: estaba blandito; se acoplaba bien a sus brazos y daba calor... Un calor agradable. Lo estrechó un poco y se relajó... El pequeño miraba sin fijar la vista, sus ojos acerados se movían de un lado a otro. ¿Qué se suponía que debía hacer entonces? ¿Sólo sujetarlo? Hugo sonrió. Parecía sencillo.

En ese momento el rostro del bebé se contrajo y empezó a gemir.

—No, por Dios, no llores...

Miró nerviosamente a su alrededor en busca de ayuda pero no la encontró. El gemido del bebé se iba convirtiendo en llanto. Sin pensarlo, le metió el nudillo de su dedo meñique en la boca. El pequeño empezó a succionar y se calmó.

—Vaya... —Hugo estaba admirado y satisfecho consigo mismo. Comenzó a balancearse de un lado a otro.

Inés salió de detrás de las cortinas y se asomó por encima de su hombro.

—¿Cómo se le ha ocurrido eso?

—No lo sé... Pero funciona.

Ella asintió con asombro.

—Déjemelo. Lo llevaré con su madre.

Hugo se apartó un poco.

—Schsss... Espere un segundo —susurró—. Está a punto de dormirse.

Hugo no sabía lo duro y complicado que podía llegar a ser preparar la cena para tantas personas. En realidad, ni siquiera sabía lo que significaba preparar la cena para uno. Jamás se hubiera imaginado la cantidad de zanahorias, patatas, guisantes, judías y muchas otras verduras más que había que pelar y cortar; el calor que hacía junto al fuego o lo que pesaban las ollas llenas de comida.

Cuando finalmente todo estuvo listo y la mesa puesta, se dispuso a servir la sopa a aquellas siete bocas hambrientas e impacientes mientras Inés daba de comer a un pequeño de un año sentado en sus rodillas.

—Tenga cuidado, alteza, no vaya a derramarla. —Otra vez empleaba ese tono burlón que tanto le gustaba.

—¿Es un príncipe? —preguntó la pequeña de los grandes ojos azules, aún más grandes entonces de lo mucho que los abría con arrobo.

Hugo estaba a punto de negarlo cuando oyó a Inés que decía a su espalda:

—Claro que sí. Un auténtico príncipe azul, recién salido de un cuento de hadas.

Hugo se volvió hacia ella para protestar, pero entonces comprobó que todos los niños le miraban atónitos y la pequeña de los ojos azules sonreía de oreja a oreja.

—Aunque hasta ayer mismo era una rana —añadió Inés.

—¿Una rana? —corearon los niños.

—Eso: ¿una rana? —abundó Hugo, fingiendo sentirse ofendido.

—Sí, una rana verde, viscosa y muy fea. — La joven gesticulaba como si actuara; parecía una auténtica cuentacuentos—. Una bruja malvada lo había hechizado por... —se quedó pensativa—, por ser desagradable con las demás personas del reino.

Una exclamación de asombro recorrió el grupo.

—¡Y usted lo besó para romper el hechizo! —apuntó un niño pecoso. Se oyeron risillas y murmullos—. Pero él la mordió en la boca con sus dientes de rana, por eso tiene una herida.

Tanto Inés como Hugo soltaron varias carcajadas a cuenta de semejante ocurrencia.

—Oh, no —negó Inés. Y añadió con gesto de tristeza forzada—: A este pobre príncipe nunca lo ha besado nadie.

Hugo escuchaba anonadado la historia. Sin embargo, se lo estaba pasando demasiado bien para quejarse. De modo que nunca le había besado nadie...

—Tal vez quieras hacerlo tú. ¿Le darías un beso al príncipe rana? —le propuso Inés a la niña que había a su lado.

La pequeña enrojeció y se metió la cuchara en la boca dejando claras sus intenciones.

—Pero, entonces, ¿cómo se rompió el hechizo? —insistieron curiosos los pequeños.

Inés se tomó un tiempo para pensar mientras daba una cucharada de sopa al niño que tenía en los brazos.

—Bueno... Un mago lo hizo. Uno muy sabio, con largas barbas blancas. Pero puso una condición: sólo le devolvería al príncipe su forma humana si él prometía comportarse como una persona amable y bondadosa, y si... repartía pirulís a los niños que esta noche se acaben toda la cena.

Los niños cantaron un sonoro «¡Bien!».

—¿Pirulís? Yo no tengo pirulís —protestó Hugo entre dientes.

—Claro que sí, alteza. ¿Es que no os acordáis? Los guardasteis en mi bolso.

—¡Ah, sí, claro! ¡Ahora recuerdo! Pues que así sea: habrá pirulís para todos los niños buenos que se acaben la cena. Y, además, debéis saber... —los niños le miraban boquiabiertos—, ... que este príncipe, al que por cierto no han besado nunca y que de ahora en adelante siempre será una persona amable y bondadosa —sonrió burlonamente a Inés—, ha venido desde muy lejos a estas tierras en busca de una bella princesa poseedora del más fabuloso tesoro que se haya visto nunca jamás.

—¿Quién es?, ¿quién es?

Hugo se dirigió sigilosamente hacia donde estaba la niña de los grandes ojos azules.

—Decidme, mi bella señora, ¿aún conserváis vuestra joya?

La pequeña rebuscó en los bolsillos de su mandil. Al rato mostró el pedacito de vidrio en su mano regordeta.

—¡Ajá! ¡Qué fantástica maravilla! Os ruego me concedáis este baile para celebrarlo, gentil dama.

Sin esperar respuesta, Hugo alzó a la niña en volandas y, sosteniéndola en brazos, bailó con ella por toda la habitación mientras tarareaba unos compases de *Cuentos de los Bosques de Viena*.

Los niños aplaudieron, rieron y se comieron toda la cena.

Terminaron la noche sentados sobre unas cajas de fruta, al fresco, la calma y el silencio del patio. La luna llena coloreaba de blanco las siluetas, pulía los adoquines y dibujaba trazos de plata en sus rostros fatigados.

Hugo suspiró al tiempo que estiraba las piernas y recostaba la espalda en la pared. Hubiera dado su reino por un cigarrillo, pero se había dejado la pitillera en casa de su tía.

—Señor... Estoy agotado...

—Sí, yo también —reconoció Inés imitándole—. Además de sucia, sudorosa y oliendo a sopa de verduras...

Hugo estuvo a punto de responder con un piropo. Uno de esos que a él le brotaban con tanta naturalidad. Pero no se atrevió; no con ella.

—No se apure, no lo noto. Yo también huelo a sopa de verduras y estoy mucho más sucio y sudoroso que usted.

—Ha sido una noche muy ajetreada...

—Por cierto, ¿cómo va esa mordedura de rana? —preguntó con tono guasón. Le gustó oír la risa de ella inmediatamente después.

—Bien... No había vuelto a acordarme. —Se rozó la herida con la punta de los dedos—. Y eso que me tira cuando me río.

—Pues se ha reído muchas veces esta noche. Más de lo que yo la haya visto hacerlo jamás.

—Sí... Es cierto.

Silencio. Algo incómodo. Aunque no tanto como Hugo se hubiera esperado.

—¿Por qué me siguió?

¿Hacía ella aquella pregunta sólo para romper el silencio? Hugo se encogió de hombros antes de contestar con cierta indiferencia:

—Porque se había llevado mi pañuelo.

Inés suspiró.

—¿Habla usted alguna vez en serio?

La observó largamente, hasta casi hacerla sentir incómoda.

—Alguna vez lo he intentado, ¿ya no se acuerda? Pero usted me ha dejado claro que ninguno de los dos queremos hablar en serio, ¿no es cierto? No somos esa clase de personas. La ironía es un buen sitio para esconderse, uno de los múltiples sustitutos del silencio, tan ingrato por todo lo que deja al descubierto.

La joven agachó la cabeza.

—Ninguno de los dos queremos hablar de lo que ha ocurrido esta noche en casa de mi tía o de tantas otras cosas que tendríamos que hablar... —insistió Hugo.

—Aún tengo su pañuelo —cortó ella, dándole la razón—. Se lo devolveré cuando esté limpio.

Hugo suspiró descorazonado. Había vuelto a caer en plena incursión por territorio enemigo.

—Quédeselo. Guárdelo como la prenda de un príncipe rana al que nunca ha besado nadie.

—Lo siento... Me temo que no se me da muy bien improvisar cuentos —admitió con una sonrisa.

—Al contrario. Le aseguro que su cuento tiene mucho más de real de lo que parece. Pero tampoco queremos hablar de eso. —Agitó la mano con indiferencia mal disimulada.

Inés se ocultó de nuevo en el silencio. Pero Hugo no estaba dispuesto a perderla allí.

—¿Hace esto muy a menudo?

—¿Contar cuentos? —Del silencio a la ironía.

—Entre otras cosas..., sí.

Debió de percibir el desaliento de Hugo porque, con la vista fija en los adoquines brillantes, su tono se volvió grave.

—No todo lo que debería, considerando la cantidad de gente que pasa hambre y necesidad; que está sola, que no tiene adónde acudir... En esta maravillosa ciudad, el salario de muchas personas no pasa de las cuarenta coronas al día y una cama para dormir en una habitación compartida cuesta veinte o treinta coronas cada noche. Con el resto, apenas se puede pagar el tranvía y una cena sencilla. Eso, quien tiene un salario.

Inés alzó la vista al cielo sin estrellas. Cuando parecía haber terminado su discurso o quizá cuando comprobó que Hugo no tenía nada que añadir, volvió a hablar como si lo hiciera para sí:

—Es duro llegar a Viena en busca de una vida mejor y acabar rebuscando en la basura para comer o hacinándose en una *Wärmestube* para dormir.

—Wärmestube?

Hugo se arrepintió de haber hecho aquella pregunta; la mirada de Inés era como un castigo a su ignorancia reprobable.

—Son agujeros —respondió ella al fin—. Habitaciones

subterráneas con un banco corrido y un lugar para hacer fuego; el único refugio para mucha gente las frías noches de invierno. Eso también forma parte de la gloriosa Viena Imperial, alteza. A veces, desde la altura de nuestros palacios de oro, no podemos verlo, pero la miseria, la injusticia, la exclusión... están ahí, pudriendo los cimientos de nuestros pedestales y, algún día, todo se desmoronará porque nos negamos a admitirlo y a ponerle remedio.

De pronto Hugo se sintió injustamente juzgado por insolidario y cómplice de la miseria. Hubiera querido alegar algo en su defensa, pero no encontraba argumentos. Por fortuna el tren pasó por detrás de la casa haciendo que todo vibrase con su estruendo metálico; no era momento de alzar la voz en favor de nada ni de nadie. Tras su marcha, el silencio se tornó aún más absoluto y la conversación anterior parecía olvidada. Contempló el perfil de Inés, sereno y plateado a la luz de la luna.

Inés... ¿Quién era aquella mujer? Vanidosa, superficial, hedonista, libertina. Inés la de los grandes salones, la de las fiestas, las recepciones, los bailes. Aquélla no era Inés. Inés del arte y de los artistas. Tampoco. Inés era de todos...

Pero aquella noche, Inés a la luz de la luna era sólo suya. Sucia y despeinada. Más hermosa que nunca en un lugar remoto y desconocido de su existencia. Un santuario al que sólo él había accedido como un explorador avezado.

—Gracias... —Las palabras brotaron de forma inconsciente al hilo de sus pensamientos.

Las cejas de la muchacha se arquearon en un gesto de sorpresa:

—¿Por qué?

«Por haberme permitido entrar en su santuario...»

—Por haberme permitido compartir esto con usted...

Ella volvió a reír. Hugo se anotaba cada risa suya como un trofeo.

—Estaba segura de que saldría corriendo a la primera oportunidad.

—Bueno... Soy egocéntrico, caprichoso, desagradable... Pero no me negará que sé bailar muy bien el vals.

Hugo esperó a que Inés coloreara de nuevo el silencio con su risa. Pero el silencio permaneció en blanco y negro.

—Somos lo que somos, no lo que aparentamos ser —sentenció ella, en cambio, solemnemente.

«Somos lo que somos...» Tanto tiempo había malgastado Hugo intentando olvidar lo que era que ya apenas se reconocía. ¿Cómo iban a reconocerle los demás? ¿Cómo iba a hacerlo Inés? «A veces me cuesta comprenderle», le había confesado ella. Tal vez había llegado el momento de abandonar la trinchera de la impostura y salir al campo de batalla a pecho descubierto. Sin dudas y sin recelos. Sin miedo.

—Todos nuestros encuentros siempre acaban a medias... Todas nuestras confesiones... Nuestros intentos de hablar en serio... Mencionamos heridas, sentimientos de culpa y corduras perdidas... Pero, asustados, escondemos la mano y jamás hablamos de nosotros... Le he pedido que no me odie, que no me tema, que confíe en mí... ¿Con qué derecho puedo hacerlo, escondido tras una máscara de sonrisa de escayola? No, esta conversación no la dejaré a medias.

Inés escuchaba expectante y desconcertada, con los ojos como piedras preciosas abiertos de par en par y brillantes.

—Sé que lo ha leído en la prensa. —Hugo continuó sin poder mirarla a la cara—. Que todo el mundo le ha hablado de ello... No sé lo que piensa al respecto ni tampoco pretendo formar su opinión. Dios..., es imposible no creer que pueda ser un asesino. —Bufó con amargura—. Nada puedo hacer para cambiar eso. Sólo... Sólo quiero contarle lo que sucedió —declaró lentamente.

Entonces, sin necesidad de mayor explicación, ella adivinó de inmediato a qué se refería. Y no le pareció extraño, como si ese impulso fuera la consecuencia natural de aquel momento de intimidad, algo que tarde o temprano acabaría cayendo por su propio peso como una fruta madura. Asintió.

Hugo suspiró y su suspiro retumbó en el patio.

—Maldita sea... Necesitaría una copa, quizá más...

Inés alargó el brazo y le tendió la mano. A Hugo le costó creerlo: pensó que las sombras y la ansiedad jugaban una mala pasada a su vista. Pero no: allí estaba su palma blanca y abierta, aguardando. Hugo la tomó y ella entrelazó los dedos con los suyos temblorosos a causa de la abstinencia y la ansiedad.

—Pruebe a desahogarse sobrio. Después se sentirá mucho mejor —murmuró con la voz suave como un bálsamo.

Y Hugo comenzó a contar lo que pocas veces había contado:

—Se llamaba Katharina. Kathe... Era dulce, divertida, tierna; bella como una puesta de sol... Le gustaba la tarta de chocolate, la mañana de Navidad y el olor de la canela... Siempre lloraba al final de las óperas... —El recuerdo le provocó una sonrisa—. Y yo estaba locamente enamorado de ella... No sé cómo sucedió, de qué forma fue calando en mí como una bruma fina, pero un día descubrí angustiado que no concebía la vida sin Kathe. Inquieto por una dependencia que cuestionaba mi fuerza y mi integridad...

El joven, que de pronto parecía haber envejecido al cincel de las sombras, sacudió la cabeza.

—Lo siento... Me estoy desviando... —Se recompuso y continuó el relato—: Le pedí que se casara conmigo. ¡Dios

Santo, menudo escándalo se armó! El pecado de Kathe era ser la hija de un hombre corriente, alguien que trabajaba para vivir. «¿Quién es esa mujer?», me gritó mi padre. «¡No es nadie! ¡No tiene nombre, ni nobleza! ¡No tiene categoría! ¡Es sólo una zorrita cazafortunas!» Mi madre enfermó de los nervios; se metió en la cama y se negó a verme. Mi hermana me despreció... aunque no sé si tanto como yo a ella, no sé si tanto como solemos despreciarnos... Sólo Kornelia parecía comprenderme y, no obstante, me advirtió: «El amor no es para la gente como nosotros, Hugo. Más vale que lo asumas». No iba a asumirlo. Le contesté que yo no era como ellos, que no quería serlo, que iba a huir con Kathe para vivir con ella la vida de la gente normal. Y así lo planeé. Nos iríamos a Inglaterra, a empezar desde cero, a amarnos para siempre. Kathe y yo...

Hugo se sintió agotado de repente. Triste y agotado.

—A amarnos para siempre... —repitió.

Inés se contagió de aquella melancolía. Casi deseó que la historia concluyera allí, que nunca llegara a su trágico final, ese que ella ya conocía.

—Era primavera porque recuerdo que le compré un ramo de lilas, y la vendedora de flores sólo las tenía en primavera. Habíamos quedado en encontrarnos en una *Gasthaus* a las afueras de Viena, donde había alquilado una habitación dando un nombre falso. De camino allí, el automóvil sufrió una avería y se me hizo tarde... Demasiado tarde. Cuando entré en la habitación... —Hugo no pudo seguir hablando. Se le había cerrado la garganta.

Inés le estrechó la mano.

—No tiene por qué continuar. No hace falta que diga nada más... —murmuró conmocionada.

Pero Hugo no la escuchaba. Para entonces estaba muy lejos de aquel lugar.

—Dios mío... Había sangre por todas partes. En el suelo, en la cama. Allí estaba Kathe... Tumbada... muerta en mitad de un charco negro. Abierta... de arriba abajo. Irreconocible... Grité su nombre, cogí sus manos y caí de rodillas junto a ella, llorando de desesperación.

Hugo tomó aire. Clavó la vista en el suelo y su rostro se cubrió de sombras. Su voz aún temblaba cuando volvió a hablar.

—Llegó la policía... Yo no quería que me llevaran de allí, no quería separarme de ella. No daba razón de nada, tan sólo repetía su nombre una y otra vez... Karl Sehlackman lo sabe muy bien... Él me pasó el brazo por los hombros y me sacó de aquel lugar... —Se detuvo, pensativo—. Es curioso... Toda la escena es tan confusa en mi memoria... Sin embargo, recuerdo bien el rostro consternado de Karl... Él fue el único al que pude abrazar; el único que me dio consuelo... Días después tuvo que arrestarme. Todo apuntaba a que había matado a Kathe: sólo yo sabía dónde nos habíamos citado, había huellas mías por todas partes, también en el cuchillo que encontraron junto a su cuerpo... Debí de cogerlo... no lo recuerdo... Nadie podía haber entrado en la habitación a no ser que Kathe le hubiera abierto la puerta. Y ella no le habría abierto a un desconocido... Mi nombre apareció en todos los periódicos: se me condenaba aun antes de ser juzgado. Y la deshonra cayó sobre el apellido Von Ebenthal. Entonces mi padre decidió intervenir, desplegar los largos tentáculos de sus títulos, sus cargos y su influencia. Le rogué que no lo hiciera porque yo sólo deseaba morir y la horca haría el trabajo por mí. Pero mi padre no pensaba en mí, pensaba en el apellido Von Ebenthal, en restaurar el honor que yo había mancillado. Utilizó su influencia sobre Sehlackman, sobre los jueces, sobre el fiscal... probablemente sobre el emperador. No sé lo que hizo, no lo quiero saber. Pero me absolvieron por falta de pruebas. Mi padre no se alegró... Me dejó bien claro su desprecio en un sermón que terminó con una invitación a marcharme lejos de Viena, cuanto más lejos mejor, para que mi nombre se borrara de la memoria de la gente... Y me recordó lo agradecido que debería estarle por haberme salvado la vida... Una vida desgraciada y amargada, una vida para soñar cada noche con el cuerpo de Kathe abierto en canal, para despreciarme por no haber podido hacer nada, para preguntarme todos los días por qué ella y no yo, quién la mató, con qué razón... Para que todo el mundo siga pensando que fui yo y los horrores pasados me acechen permanentemente...

Hugo cesó el relato y, como si acabara de despertar, tomó conciencia de su entorno: de la noche y el patio, de la luna llena. De Inés.

Ella permanecía en silencio, no sabía qué decir, tampoco las palabras hubieran salido jamás de unas cuerdas vocales tensas como el acero.

A Hugo no le importó, no esperaba palabras. No esperaba nada; el alivio habría de llegar del interior. Había expulsado todo el veneno, purgado el alma. Sin embargo, aún le amargaba la boca, y notaba el leve latido del dolor en un punto indefinido.

—Mi padre reniega de mí. Pero yo no soy como ellos. No soy como ellos... No —reiteró obsesivamente para sacudirse los restos de angustia, pegajosos como hilos de telaraña. Apretaba con fuerza desmedida la mano de Inés. Le faltaba el aire y le temblaba el pulso. Se sentía al borde de una crisis, de esas que sólo podían calmarse con sales de litio o con alcohol—. No soy como ellos... No sé cómo soy...

Ella le apartó el cabello de la frente sudorosa con una caricia. Y la caricia se prolongó por sus mejillas y su mentón. La mirada de Inés suplía las palabras, las drogas y el alcohol. Hugo cerró los ojos, se recostó en la pared y aspiró profundamente. Volvió a estrecharle la mano.

En silencio, le dio las gracias por no decir nada; por estar ahí... en silencio.

6

Viena, unos meses después

Una mañana especialmente fría y húmeda, una mañana especialmente gris en el cielo y en mi ánimo, me encontré en mi despacho de la Polizeidirektion un mensaje de Sophia. Sophia, la del rostro triste y los ojos como zafiros delineados en negro... Su recuerdo me arrancó una sonrisa intempestiva en aquel cubículo polvoriento de chupatintas. Acerqué instintivamente el sobre a la nariz buscando su rastro en el papel; pero el papel sólo huele a papel... Y yo ya había olvidado el perfume de Sophia aquella vez en el salón de La Maison des Mannequins.

«He recordado algo que quizá pueda serle de ayuda en su investigación. Si no recibo aviso de lo contrario, me gustaría que nos encontrásemos en el café Frauenhuber a las seis.»

Unas pocas líneas tan frías como la mañana, tan sobrias como el rostro de Sofía. Y, sin embargo, vi pasar cada minuto en el reloj de la pared, cada pequeño recorrido de la aguja larga, una y otra vez, hasta el momento de la cita.

Llegué pronto. El local estaba atestado de gente, en su

mayoría hombres, que, entre humo de tabaco y estruendo de conversaciones, pasaban la tarde bebiendo, comentando la prensa y jugando al billar. Me senté a una mesa pequeña de un rincón apartado, la única que quedaba libre, y pedí un café corto y solo. Cogí un periódico, pero no lo leí; ya había leído la prensa del día y las noticias, por lo general malas, me recordaban al trabajo. Clavé la vista en la puerta y, entre trago y trago amargo, esperé. Sophia se retrasó el tiempo suficiente como para que llegase a pensar que no se presentaría y la decepción cundiese poco a poco en mi ánimo.

Entonces la vi pasar a través del ventanal. Llevaba un sombrerito de fieltro, un abrigo de lana y un manguito de piel. Empujó la puerta y muchas miradas se volvieron hacia ella; las ignoró mientras oteaba la sala hasta que me localizó y vino a mi encuentro. Nos saludamos como los dos perfectos desconocidos que éramos e iniciamos una conversación trivial probablemente sobre el tiempo. No quise ser yo quien le preguntara qué información tenía para mí porque eso significaría que la cita habría terminado. Aunque aquél era un intento absurdo de retrasar lo inevitable: ella había venido sólo para eso.

—Puede que le parezca una tontería pero... —dijo en un momento dado mientras jugueteaba con su taza de café; parecía dudar de lo oportuno de todo aquello—. A su manera, Inés es una mujer excéntrica. Le gusta pasear por el Stadtpark; eso no tiene nada de raro, claro... Pero allí conoce a un hombre, un mendigo. Suele detenerse a hablar con él, durante largo tiempo. Lo sé porque los he visto... No me malinterprete, no es que ella quiera mantenerlo en secreto, pero tampoco lo comenta. Es así siempre... —meditó en voz alta—. Toda su vida transcurre tras un escaparate. Parece visible, sí, pero está protegida por un grueso cristal que impide participar de ella.

—Es sorprendente que dedique su tiempo a hablar con un mendigo. —Reconduje la conversación.

Sophia asintió.

—Y con cierta frecuencia. Por lo general a la hora del almuerzo. Anuncia: «Me voy a dar un paseo por el parque», y no es raro verla sentada en un banco con ese hombre; forman una curiosa pareja... Sin embargo, ella parece sentirse a gusto cuando está con él. La primera vez que los vi me sentí como si la hubiera descubierto haciendo algo censurable. Pero Inés se limitó a saludarme con un gesto y me sonrió con orgullo como si estuviera con el mismísimo emperador. En cambio, yo la había juzgado y me había sentido avergonzada por ella... Qué tonta fui...

—Todos tenemos prejuicios... Y más si las personas nos obligan a contemplarlas a través de un escaparate. —Hice aquella observación para disculparla y, sin embargo, creo que ella la tomó de otro modo, pues me miró con recelo. Volví al interrogatorio aséptico—: ¿Conoce el nombre de ese mendigo o cómo podría localizarlo?

—No, no sé cómo se llama, pero no le será difícil dar con él. Merodea por el Stadtpark, especialmente en los alrededores del estanque; es un hombre mayor, grande y fuerte, con una barba canosa muy poblada, que arrastra un carrito lleno de bártulos y lleva puesto en todo momento un mandil de cuero.

—Desde luego, no parece un personaje que pase desapercibido.

Sophia metió la cucharilla en la taza de café y removió lo poco que quedaba al fondo.

—Ojalá lo encuentre y le dé alguna pista del paradero de Inés... Empiezo a estar preocupada.

Me hubiera gustado ofrecerle cualquier argumento de peso

que ahuyentase su preocupación, pero no lo tenía. Cuanto más tiempo pasaba más se diluía en la nada el rastro de Inés.

—Usted me dijo que creía que Inés había huido... ¿Adónde van las personas que huyen? —Hice aquella pregunta mirando sin pretenderlo a su dedo anular con dos alianzas gemelas.

Al darse cuenta, ella ocultó la mano bajo la mesa.

—A un lugar donde puedan olvidar... —murmuró al cabo sin mirarme—. Aunque los recuerdos no entienden de fronteras... Y empezar a vivir desde cero no es fácil, sobre todo para una mujer. La sociedad nos admite esposas, monjas o prostitutas, no existe otro camino para nosotras. No se nos ofrecen la formación ni las oportunidades para guiar nuestro destino con dignidad fuera del amparo y la tutela de los hombres. De modo que huir se convierte en un largo viaje a ninguna parte, cargando con el peso de la deshonra...

Busqué sus ojos, hundidos en el poso del café:

—¿Todavía hablamos de Inés? —me atreví a insinuar. Y creo que mi insinuación la espantó como una palmada espanta una bandada de palomas.

—Tengo que marcharme, es tarde —anunció poniéndose en pie.

Sin pensarlo dos veces, me ofrecí a acompañarla. Sophia dudó.

—No es necesario... Vivo cerca.

Pero su duda no hizo sino alentar mi esperanza.

—Entonces daremos un paseo. Hace una buena noche para caminar.

Sophia miró por la ventana a la calle oscura, fría y cubierta de nieve. No hizo falta que objetara nada a mi absurda observación.

—Al menos ahora no nieva —insistí encogiéndome de hombros.

Y por fin le arranqué una sonrisa a su rostro triste.

Caminamos lentamente y con cuidado para no resbalar sobre las aceras heladas. Sin rozarnos. Sin hablar. En el silencio de las calles solitarias, se podía oír el crujido de la nieve bajo nuestros zapatos. Clavábamos la vista en el suelo como si de ello dependiera nuestro equilibrio.

Me preguntaba qué hacía yo paseando junto a una mujer que, no siendo esposa ni monja, en cierto modo, acababa de confesarse prostituta; una mujer que cobraba por exponer públicamente su cuerpo desnudo. Hugo tenía razón: yo era entonces un hombre de moral estrecha... y, probablemente, de corazón de piedra. Sólo recuerdo haberme enamorado una vez y tampoco estoy seguro de que fuera amor lo que sentí en aquel momento. Tenía catorce años y se llamaba Ángela. Junto a la fuente del patio de la escuela, le confesé mis sentimientos y le robé un beso en la mejilla. Ella me abofeteó primero y se rió de mí después. Supongo que aquel primer enamoramiento dejó en mí una huella de dolor y humillación que aún no había desaparecido. Quizá por eso me preguntaba si realmente existiría ese sentimiento que sublima el espíritu y otorga plenitud. Si el amor existiría o no sería más que un convencionalismo que sostiene el orden social, alimenta al individuo de falsas ilusiones y favorece la necesaria procreación de la especie. No dejaba de preguntarme si habría amor más allá del impulso sexual; ese que, por otro lado, se nos enseña a reprimir desde la infancia.

En absoluto era yo un experto en cuestiones sexuales, al contrario, había de reconocer que mi experiencia en ese campo siempre ha sido muy reducida. No obstante, si del amor dudaba, del impulso sexual tenía una total certeza: lo experimentaba en numerosas ocasiones y lo acallaba como podía. Al menos no me engañaba a mí mismo y me reconocía torpe, inexperto y pacato en la materia. La primera vez que mantuve relaciones sexuales —o más bien la primera vez que las mantuvieron conmigo— fue relativamente tarde: acababa de graduarme en el Institut der KK Polizeiagenten y mis compañeros decidieron celebrarlo contratando a una prostituta. Me emborracharon lo justo y me encerraron con ella en una habitación: me dejé hacer hasta que me desvanecí entre sus piernas cubiertas de vello. Desde entonces sólo acudía a los prostíbulos por motivos estrictamente profesionales: para cerrarlos, multarlos o detener a alguien. Pero no me gustaba pagar por el sexo, conocía demasiado bien la sórdida realidad del negocio y las prostitutas me daban lástima cuando no aprensión. Lo más perverso que hacía era repasar con los muchachos el archivo del material pornográfico incautado, fotos de chicas desnudas en actitudes procaces que nos soltaban la lengua y nos ponían a tono; era la carpeta más sobada de todo el departamento... Pero con las mujeres de verdad, las damas de carne y hueso, ejercía el autocontrol y me mostraba frío e indiferente. Puede que fuera una forma de protección... o, sencillamente, miedo.

Por eso me sentí incómodo y desconcertado, avergonzado como un pecador, la primera vez que me excité con la sola mirada de Inés. Incluso meses después, el recuerdo de su rostro ahumado por el opio me hacía hervir la sangre y no podía tocar a Chopin sin que me temblara el pulso...

—Hemos llegado...

Casi no me di cuenta de que Sophia se había detenido ante un portal; tanto había descendido al pozo de mis pensamientos. La miré ausente, lejos de allí, y antes de que pudiera terminar de preguntarme otra vez qué hacía paseando con una mujer que se había confesado prostituta, me acerqué a ella y sujeté su rostro entre mis manos enguantadas: lo contemplé a la luz anaranjada de las farolas, rabioso de no poder sentir el tacto de su piel a través de los guantes. Era tan bella.

La besé. Aguardé inconscientemente el instante de la bofetada. Pero no llegó. Y me recreé en su beso cálido hasta que quise separarme para mirarla a los ojos, para asegurarme de que era real.

Ella me sonrió y su sonrisa me hizo cosquillas en el estómago.

—Hace una noche demasiado fría para pasarla solo... Suba a casa conmigo.

Aquel éxtasis fue un veneno altamente tóxico en alguien que, como yo, no estaba acostumbrado al placer carnal. Quedé exhausto y conmocionado sobre el colchón, enredado en la ropa de cama y los cabellos de Sophia, jadeante y sudoroso, sin apenas fuerzas para moverme; enfermo... de una dulce enfermedad de la que no me hubiera importado morir. Sólo deseaba abrazarla, con ansiedad, como si soltarla significara precipitarse a un abismo infinito. El mundo podría haberse acabado en ese preciso instante.

Sophia se acurrucó bajo mi brazo y suspiró. Su aliento refrescó mi pecho y cosquilleó mis pezones. Me mordí el labio inferior y contuve la respiración.

—Me pregunto qué hace un hombre respetable como tú en la cama de una mujer como yo.

—Y yo me pregunto por qué soy tan afortunado... Dios debe de amarme mucho...

Sophia alzó el rostro y me miró con sus ojos azules y tristes. La besé en la frente.

—¿Por qué te sientes tan desgraciada?

Con un roce de sábanas de lino, ella volvió a esconderse entre mi pecho y mi brazo.

—¿Aún crees en el Dios de tus padres?

Aquella pregunta me pilló por sorpresa. No pude evitar pensar en mi pene circuncidado; ella lo había tenido entre las manos.

—Sí... —respondí tibiamente.

—Yo también creo en Dios. El Dios de los cristianos es el mismo que el Dios de los judíos... Le rezaba por las mañanas y por las noches. Iba a la iglesia los domingos. Cumplía con los sacramentos y los mandamientos. Pero debí de ofenderle de una manera horrible porque me castigó... Y ahora le odio... Sería mejor dejar de creer en Él, pero no puedo: necesito alguien en quien descargar mi ira, a quien culpar de mi desgracia, a quien preguntarle ¿por qué?, todas las noches, y maldecir su Nombre... Creo que el diablo se ha apoderado de mí...

—¿El diablo? El diablo está en sitios mucho más horribles, créeme. Yo le he visto la cara varias veces...

Busqué su mano derecha, que descansaba en mi cintura, y dejé un beso entre sus dedos, allí donde estaban las dos alianzas.

—¿Qué ocurrió?

Sophia tardó unos segundos en responder. Pensé que no lo haría.

—Estábamos en el patio. Solíamos salir allí las tardes de sol. Yo bordaba... Antes me gustaba mucho bordar... Lo hacía bien. Bordaba ajuares para novias y para sacristías... Markus cuidaba las plantas. Teníamos unos pocos parterres junto al muro, con rosas trepadoras, camelias y gardenias. Nuestra casa era tan bonita... Pequeña pero acogedora... Estaba en un pueblecito a las afueras de Klagenfurt... —Sophia movió la cabeza con pesar—. Fue sólo un segundo, apenas un segundo, en el que no alcé la vista. Estaba jugando a mi lado con su caballito de cartón... Pero en ese instante en que no lo miraba, se escabulló por la verja entreabierta. Acto seguido lo vi en mitad de la carretera y, después, el coche de caballos a toda velocidad. Me quedé paralizada por el horror. Grité... Alerté a Markus, que salió corriendo. Intentó alcanzarle. El cochero intentó frenar pero ya era tarde y los caballos se desbocaron... Markus se abalanzó sobre el niño...

Noté que Sophia se ponía tensa, que se alteraba su respiración. Yo también estaba tenso.

—Los caballos les pasaron por encima... A los dos... Y allí estaba yo: en pie sin hacer nada, viendo cómo mi marido y mi hijo morían aplastados... Markus le abrazaba... le envolvía con su cuerpo... pero no pudo salvarle.

Instintivamente, estreché a Sophia entre mis brazos. Ella no movió ni un solo músculo. Cuando al cabo de unos segundos volvió a hablar, su voz ya no sonó quebrada.

—Ahora muestro mi cuerpo desnudo a los hombres... Gano un buen dinero con ello... Y ofendo a Dios... No me importa: es mi venganza... Una medicina amarga que ni siquiera alivia el dolor.

No supe decirle las palabras adecuadas. ¿Cuáles eran?... A mí no se me daban bien esas cosas. Sólo la acaricié, deslicé mis manos con ternura sobre sus cabellos y sus mejillas, sobre su espalda, una y otra vez, como si el lenguaje de las caricias pudiera suplir mi falta de elocuencia. La acaricié durante largo tiempo y en silencio, en la penumbra de su estancia azul y gris. La acaricié hasta que por su respiración noté que dormía.

Y velé su sueño. El recuerdo de su cuerpo moviéndose sobre el mío aún me ardía en la piel y me impedía descansar. Como me lo impedía su trágica historia. Por ella le pregunté a mi Dios, al suyo... No obtuve respuesta.

7

Viena, agosto de 1904

Milos se alegró al comprobar que su banco favorito estaba libre. No le gustaba que otras personas se sentaran en él y le miraran con recelo cuando se acercaba. Ellas podían escoger otros bancos más expuestos a la vista de la gente porque no tenían nada de que avergonzarse. Pero Milos prefería aquel rincón oculto tras los setos y a la sombra de los sauces desde el que podía contemplar el estanque y la vereda sin casi ser visto.

Soltó en el suelo su carro de trastos, se sentó con esfuerzo en el banco y estiró las piernas. Últimamente le dolían las rodillas y se le inflamaban los pies. Se estaba haciendo mayor. Se quitó su viejo Sajkaca, el único recuerdo de su amada Serbia, y dejó que la brisa le refrescara la frente sudorosa.

Al cabo de un rato, sacó del bolsillo los restos de un mendrugo de pan y lo desmigó en el suelo. Esperó. Sólo unos segundos. Pronto aparecieron los gorriones a picotear las migas; ya no se sintió tan solo. Hablaba con ellos, les ponía nombre según su tamaño y el color de sus plumas, o según fueran más vivos o más torpes a la hora de hacerse con la comida. Y espantaba las palomas que querían robarles el pan. No le gustaban las palomas; eran gordas, feas y sucias. Le recordaban demasiado a sí mismo... ¿Dónde había guardado la botella? Necesitaba la maldita botella... La palpó en el talego que colgaba de su delantal. La cogió y dio un trago de aquello. No sabía qué era pero tenía alcohol, seguro...

—No bebas eso, Milos. Acabará por matarte...

El hombre levantó la vista. Por la voz ya había intuido que se trataba de ella pero, al verla, se le llenó el corazón de alegría.

—Mi ángel... Has venido...

Inés le quitó suavemente la botella y se la cambió por un paquete envuelto en papel de estraza y atado con un cordel.

—Y te he traído una pipa nueva. También tabaco.

El viejo apretó el paquete contra su pecho. Y sonrió, procurando mantener la boca cerrada para ocultar sus dientes estropeados.

La joven se sentó a su lado. El mendigo se sintió algo incómodo, siempre le ocurría al principio: le incomodaba saberse sucio y maloliente y que eso a ella pudiera repugnarle. Pero la muchacha jamás mostraba la más mínima aprensión hacia él y una vez que Milos se aseguraba de ello, empezaba a relajarse.

—¿No quieres abrirlo?

Durante unos segundos Milos manipuló el paquete torpemente. Por fin descubrió una bonita pipa de madera y hueso artísticamente labrados y una lata de tabaco irlandés Peterson. Los admiró un buen rato, los palpó con cuidado como si temiera que pudieran romperse. Inés asistía maravillada a aquellas muestras de ilusión casi infantil en un hombre al que ya no le quedaba ilusión alguna. Entonces sintió en las mejillas el roce tímido de la mano áspera y trémula del viejo, como muestra silenciosa de gratitud.

—Eres muy hermosa, mi ángel. Tan hermosa por dentro como por fuera... Te he echado de menos...

—Hace semanas que no venía a verte, lo sé... Han sido unos días... —No encontraba la palabra que mejor los definía. Optó por la primera que le vino a la cabeza—: Difíciles.

Milos buscó sus ojos y encontró en ellos un brillo inusual. Sin embargo, también percibió las sombras oscuras que endurecían su rostro.

—¿Estás bien?

Inés torció la boca en lo que hubiera querido que fuera una sonrisa y se escabulló devolviéndole la pregunta.

—Lo que yo quiero saber es cómo estás tú.

El viejo se encogió de hombros.

—No me puedo quejar. Tengo mi banco preferido, pan para los gorriones, todo un jardín con flores para mí y aún queda mucho para el invierno. Además, me han regalado una pipa nueva, y tabaco.

Inés posó su mano en la de Milos y notó bajo los dedos el eccema y las pústulas de su piel enferma. La estrechó suavemente.

¿Cómo era posible que alguien a quien la vida había maltratado con ensañamiento tuviera aún ganas de sonreír y estar agradecido... por nada? Milos era una persona excepcional y por eso ella buscaba su compañía: porque su actitud constituía una lección de ánimo, optimismo y coraje vital. Porque al lado de Milos sus preocupaciones se volvían insignificantes. Y porque tenía cariño al viejo mendigo.

El viejo y desgraciado mendigo... Su historia triste le encogía el corazón y a la vez le llenaba de ternura. Milos había sido herrero, un oficio con una tradición de varias generaciones en su familia. Había heredado de su padre un próspero taller de forja en Belgrado, en el que daba empleo a cuatro aprendices.

Se había casado joven con una bella muchacha, primogénita del curtidor del barrio. Había tenido una hija tan hermosa como su madre. Y había vivido un par de años de plena felicidad. Pero la felicidad es un estado caprichoso que lo mismo que viene se va... Milos siempre decía que su suerte cambió el día en que le abandonó su mujer: se marchó con un vendedor ambulante de tónicos medicinales, un charlatán que la habría embaucado con a saber qué promesas. Ni siquiera había tenido el valor de decírselo a la cara. Se había enterado por la vecina: ella le dio la noticia mientras le ponía en los brazos a su hija de dos años, desde entonces, su única familia. Tuvo que hacer malabarismos para llevar el taller y cuidar solo a la niña. No obstante, incluso en esa situación adversa, acabó por reencontrar la felicidad: en el trabajo intenso, que anestesiaba sus recuerdos, y en el abrazo de su pequeña al llegar a casa, que colmaba su alma de gozo. Aunque tampoco aquel retazo de dicha duró para siempre. Un día tuvo que abandonar precipitadamente el taller; le habían avisado de que la niña se había hecho una brecha al caerse del columpio de la escuela. Cerró la herrería a toda prisa; no tuvo tiempo de apagar la fragua. Era mediodía y, aunque todos sus aprendices estaban en el descanso para el almuerzo, pronto regresarían para seguir con el trabajo. O eso creía él. No todos sus aprendices habían salido: uno de ellos dormía la siesta en la trastienda. Una chispa saltó de las brasas y prendió un saco de yesca. A partir de ahí, todo el taller ardió como una antorcha inmensa. El infortunado aprendiz que se había quedado dentro intentó salir, pero encontró la puerta cerrada a cal y canto y pereció devorado por las llamas. Milos fue juzgado por homicidio imprudente y condenado a diez años de prisión y a la inhabilitación permanente para ejercer su oficio. Le quitaron a su pequeña para meterla en un hospicio y le trasladaron al penal de Josefstadt, en Viena. Cuando cumplió la pena, se encontró sin raíces, sin trabajo, sin familia y sin más opción que la de vagabundear por las calles de una ciudad desconocida con su delantal de herrero y su gorro serbio, cada vez más encorvado y deteriorado.

En opinión de Inés, Milos era la prueba de que si Dios existía, sólo era el Dios de algunos, pues a otros les había dado definitivamente la espalda. Y en estas circunstancias, lo más sensato era dudar de la existencia de una deidad que impartía una justicia aleatoria e incomprensible. A Inés todo le resultaba más sencillo sin tener que contar con la existencia de un Dios incomprensible.

El mendigo había respetado pacientemente el silencio impuesto por la muchacha. La había dejado deambular en paz por los recodos de su mente, porque sabía que eso era lo que ella solía hacer cuando callaba. Y aunque se había interesado por ella, sabía que, como la mayoría de las veces, Inés no hablaría de sí misma; sólo lo haría cuando sintiera la necesidad de ello.

Decidió abordarla con otra pregunta:

—¿Cómo está Lizzie?

Por fin el rostro de la muchacha se iluminó de alegría.

—Muy bien, crece cada día más bella e inteligente. Tendrías que verla...

Milos asintió con la vista puesta en sus gorriones y el alma encogida de melancolía.

—Déjame que te prepare la pipa —se ofreció Inés.

El mendigo se la tendió sin dejar de mirar al suelo. Mientras, la muchacha abrió la lata de tabaco, extrajo un pellizco de hojas y lo introdujo en la cazoleta con una suave presión. El aroma del tabaco acarició la nariz de Milos y anticipó el placer de fumar. Inés volvió a rellenar la cazoleta dos veces más. Encendió un fósforo, lo aproximó apenas al tabaco y aspiró varias veces por la boquilla hasta asegurarse de que la pipa había prendido. Se la tendió.

El viejo se recostó en el respaldo del banco. Tras una profunda calada de la mezcla fuerte y aromática en su flamante pipa nueva, se sintió mucho mejor.

—¿La enseñarás a posar? —le preguntó a Inés haciendo referencia a Lizzie.

La joven sacudió la cabeza.

—Ya no estoy segura de que eso sea lo mejor para ella... Tiene demasiado talento para desperdiciarlo posando.

Milos la miró con la pipa suspendida en los labios.

—¿Acaso tú no lo tienes? Te sobra talento para muchas cosas y, además, inspiras el arte con tu cuerpo y con tu rostro, con el excepcional don de tu belleza.

Inés no reaccionó a las palabras de Milos. Miraba el estanque a lo lejos: los patos y los cisnes nadaban en grupo y los niños empujaban sus barquitos de juguete en la orilla bajo la mirada atenta de sus niñeras; sus gritos de regocijo llegaban amortiguados por la distancia.

—Así pensaba yo... —admitió al fin—. Pero sólo soy una mujer perdida, que un día se cayó al mar y que, cuando estaba a punto de morir ahogada, se agarró a la única tabla que le permitía flotar... Seamos francos: el arte es de los artistas; las modelos sólo prestamos nuestro cuerpo desnudo. La historia jamás atestiguará si nosotras influimos en el arte, sólo somos malas mujeres y como tales se nos recordará: depravadas y furcias.

Milos nunca había percibido tanto desánimo y desilusión en su joven amiga.

—¿Qué te ocurre, mi ángel? ¿Qué te preocupa? Sabes que puedes hablar conmigo...

Ella se revolvió en el asiento y suspiró.

—Ay, Milos... Mi mundo se derrumba y no sé qué hacer...

El viejo se entristeció.

—Mucho me temo que yo no te sería de ayuda en ese caso... Mi mundo se derrumbó hace mucho tiempo y ya me ves: no fui capaz de reconstruirlo. Pero tú... Tú estás acostumbrada a caer y a levantarte tantas veces como sea necesario, reforzada con cada golpe que te da la vida.

—Pero ahora es diferente. Ahora..., tengo miedo. Ahora está en juego el corazón. Y la última vez que puse el corazón en juego... Bueno... Temo que alguien salga herido, yo la primera.

Así que de eso se trataba: un asunto del corazón. De ahí ese brillo en sus ojos: la débil señal de una dicha contenida.

La brisa agitó la hierba y las hojas del sauce, alborotó ligeramente la barba blanca de Milos y erizó la piel desnuda de los brazos de Inés. O quizá no fuera la brisa lo que le había puesto los pelos de punta...

—Sólo te diré una cosa, mi ángel: deja que el corazón te guíe. Vivir con el corazón amordazado... no es vivir.

***

Palacio Ebenthal, septiembre de 1904

El día que falleció su padre hacía mucho calor. Hugo no comprendía por qué a pesar del cielo gris, la lluvia fina y el viento fuerte hacía tanto calor. No comprendía por qué todo el mundo se quejaba de frío, por qué las mujeres se cubrían con chales y los hombres se frotaban las manos junto a las chimeneas apagadas, cuando él se sentía sofocado.

Hugo sudaba, su ropa pesaba toneladas y se le pegaba a la

piel; el cuello almidonado de la camisa le cortaba la respiración. Buscaba la corriente de las ventanas abiertas, la humedad de la lluvia en la cara, pero todo era en vano: hacía mucho calor.

Y probablemente el calor pudriría antes de tiempo el cadáver de su padre si no se apresuraban a meterlo bajo tierra. Casi podía ver cómo se derretía cual muñeco de cera mientras lo velaba en aquel panteón claustrofóbico, cómo su rostro se deformaba en una mueca espantosa.

Se pasaba una y otra vez el pañuelo ya empapado de sudor por la frente y creía sentir la mirada reprobatoria de su madre porque no eran lágrimas lo que ese pañuelo secaba. Hugo no lloraba. No tenía ganas de llorar. Tenía calor. Magda lloraba. También su marido... Dios, lo hubiera estrangulado. Y a Magda la hubiera abofeteado. Hubiera gritado a su madre. Hubiera cerrado la tapa del ataúd y hubiera escapado de allí, a ocultarse en su habitación como un crío enrabietado.

Príncipe Von Ebenthal. Alteza. Las náuseas se le enroscaban en la garganta. Su padre podía llevarse a la tumba los títulos, el palacio, la fortuna... las cadenas que le había puesto al cuello desde el día en que nació. «Compórtate como un Von Ebenthal», le gritaba desde el féretro. Maldito viejo...

Hugo volvió a secarse el sudor de la frente con el pañuelo empapado. El día que falleció su padre hacía mucho calor.

Hugo se enfadó muchísimo cuando la vio entre la gente. Apretó la mandíbula y los puños con rabia. ¿Por qué estaba allí?

Ella no era de ese mundo; no podía estar ahí. Ella pertenecía a sus sueños, a sus fantasías, al paraíso... Ella era demasiado hermosa para aquel lugar tétrico y angustioso: su celda particular, su muerte en vida.

Intentó concentrarse en el responso, en la tierra negra sobre el ataúd de su padre, en el foso que se lo tragaba. Pero no podía, sus ojos la buscaban constantemente. «Márchate. Vete de aquí antes de que la sombra de los Von Ebenthal te envuelva con su abrazo maldito. Tú no eres de este mundo oscuro; eres la luz.»

Concluido el sepelio, Inés se le acercó.

—¿Qué hace usted aquí?

Hugo no hubiera querido abordarla de manera tan brusca, pero le dominaron la rabia y la ansiedad, sus propios pensamientos perturbados.

Inés titubeó. Más que ofendida por una pregunta impertinente, parecía no tener clara la respuesta a una buena pregunta.

—Aldous está en Cracovia. Él hubiera deseado presentar sus respetos a la familia. He venido en su nombre.

¿Eso era todo? Aldous y su familia. ¿Y ellos? ¿En qué lugar quedaban ellos?

—Lo siento... —Inés inclinó la cabeza y se marchó.

Hugo también lo sentía. Sentía que el viento helado de aquellas malditas tierras de los Von Ebenthal los hubiera transformado en dos completos desconocidos.

—Estas mujerzuelas venidas a más no comprenden dónde están los límites de su escasa dignidad.

Reconoció la voz de Magda a su espalda; el sabor amargo de su veneno le era tristemente familiar.

—¿Quién era?

—La furcia de un pintor de Viena, madre. Su cuerpo desnudo se exhibe por toda la ciudad. No sé a qué ha venido...

—Me disgusta que esa clase de gente pise mi casa —aseguró la princesa viuda con aire ausente.

Hugo se volvió furioso, dispuesto a recordarle a su madre que aquella casa ya no le pertenecía a ella, sino a él. Pero al verla anciana, abatida por el duelo y casi ausente, se apiadó de ella. No así de Magda, en quien descargó toda su ira:

—Realmente eres muy necia si te crees en condiciones de dar lecciones de moral. ¿De verdad quieres que hablemos de cuerpos desnudos fuera de lugar, querida hermana?

Magda palideció levemente. Pero una arpía de su categoría no tarda en recuperarse.

—No empieces con tus desvaríos, Hugo. Te descalificas a ti mismo y das la razón a aquellos que piensan que no estás en tus cabales. Deberías recordar quién eres y dónde está tu lugar, sobre todo ahora que nuestro padre ha muerto.

No era una guerra dialéctica y de ingenio lo que quería con Magda. Simplemente deseaba matarla, apretar su blanco cuello hasta que dejase de respirar y la arrogancia despiadada desapareciese de su rostro. Aquella fantasía se inflaba como un gas dentro de las paredes de su cuerpo, le ardía en las entrañas, le quemaba los pulmones, le arañaba la garganta y le apretaba las sienes. Se sintió aturdido. Miró a su familia, compacta frente a él como un pelotón de ejecución; ni siquiera Kornelia parecía estar de su lado. La silueta imponente del palacio Ebenthal los abrazaba al tiempo que caía implacable sobre él. Y todo se volvía borroso y comenzaba a girar a su alrededor. La voz de su padre parecía escapar de la tumba: «Compórtate como un Von Ebenthal, compórtate como un Von Ebenthal, compórtate como un Von Ebenthal...».

—¡No! —gritó—. ¡Yo no soy uno de vosotros! ¡Nunca lo he sido!

Hugo salió corriendo. Sorteó pleitesías y reverencias, los sepulcros de sus antepasados, la tierra removida de sus blasones y llegó hasta la verja del camposanto. Inés estaba a punto de subirse a un carruaje. La abordó, jadeante, sin apenas poder hablar.

—¡Ven conmigo! ¡Marchémonos de este lugar!

Ella lo observó escamada: tenía el rostro congestionado y sudoroso, los ojos muy abiertos. Parecía trastornado. Le tomó de las manos; estaban frías y crispadas.

—¿Qué sucede?

Su voz era aterciopelada, una caricia que templó sus nervios. Hugo tragó saliva y recuperó el ritmo de la respiración. Apretó las manos de Inés con desesperación.

—Yo no soy como ellos... Y tú has venido... Estás aquí... No quiero que te vayas. Ven conmigo...

Nada de aquello tenía sentido. Todo era una locura. Pero también lo había sido presentarse en el entierro de su padre. Ambos habían perdido la cabeza.

—Pero... ¿por qué?

Por un momento la cordura asomó a la expresión de Hugo.

—No lo sé... Sólo sé que te necesito.

Viajaron en automóvil desde Ebenthal en dirección noroeste. Sin equipaje. Sin prejuicios. Hugo conducía. Le gustaba conducir. Adoraba la sensación de libertad que experimentaba al volante. Sólo entonces su vida parecía seguir la dirección que él mismo encauzaba con sus manos. Nadie intervenía para desviarla a su antojo.

Inés, a su lado, guardaba silencio. Quizá el viento en la cara y el ruido del motor la disuadían de hablar. Tal vez había decidido simplemente callar. De cuando en cuando, Hugo giraba un poco la cabeza para mirarla: admiraba su belleza devastadora y se preguntaba qué reflexiones escondería aquel gesto inmutable. Hubiera dado un mundo por saber lo que pensaba, si compartía con él la ilusión y la zozobra, esa sensación que se expandía en su pecho y aceleraba los latidos de su corazón. Un mundo por los pensamientos de Inés.

Bordearon la cuenca del río Kamp: tejados rojos y fachadas encaladas, iglesias y castillos sobre las colinas, viñedos, huertos, puentes de madera y molinos. El paso fugaz del automóvil era un ruidoso acontecimiento en las vidas tranquilas de aquellos lugares.

Poco después de atravesar Gars am Kamp y las ruinas de su fortaleza medieval, se adentraron en un espeso bosque de abetos y abedules, de piedras de granito cubiertas de musgo mullido y alfombras de helechos. La carretera se volvió estrecha y sinuosa, un camino de tierra robado al bosque desde el que apenas se vislumbraba el cielo entre las ramas pobladas de los árboles, como si la espesura se lo tragara. Cuando salieron a un claro, de nuevo se encontraron con el río. Su cauce se había ensanchado hasta formar un pequeño lago en el que remansaba la corriente. El camino terminaba junto a una cabaña de piedra que pujaba por respirar frente al avance de la maleza. Hugo detuvo el automóvil.

El motor apagado dejó paso a los sonidos del bosque: el fluir del agua, la brisa entre las hojas, el trino de los pájaros, el zumbido de los insectos... la respiración de Inés. Ni una palabra.

Hugo bajó del automóvil, lo rodeó y abrió la puerta de su acompañante. Le tendió la mano.

—Mi trocito de paraíso —anunció.

Inés miró la casa: tosca, vieja y pequeña. Idílica en aquel paisaje de hadas y duendes. Sobre el tejado crecía la hierba, los líquenes anidaban en las grietas de la piedra, la puerta y las contraventanas de madera parecían no encajar bien en sus huecos, un farol de hierro oxidado pendía sobre la entrada; la acogida resultaba extrañamente cálida.

Hugo la llevó hasta allí de la mano. Movió una losa del suelo y descubrió una llave enorme. Con ella abrió la puerta, que no chirrió contra todo pronóstico. Se adentró en la oscuridad y empezó a abrir ventanas y contraventanas. La luz penetró a raudales y pintó la estancia de colores, los colores que traía del bosque.

—Es una cabaña de leñadores. Antes había una explotación maderera aquí cerca, pero la cerraron y los trabajadores se marcharon. La he comprado hace pocos meses, cuando llegué de América. Buscaba una especie de retiro espiritual, lejos de Viena... lejos de todo.

Inés le escuchaba impasible desde el quicio de la puerta. Muda. Hugo la contempló a través de un velo de luz y polvo: semejaba una aparición mágica e irreal. No hubiera sabido decir si se sentía incómoda, asustada o sólo expectante. Él empezaba a ponerse nervioso. Deambuló por la pequeña planta de la casa, hablando sin parar para mitigar su silencio.

—Aún no he tenido tiempo de arreglarla del todo. He traído estos sillones para sentarme a leer frente a la chimenea. Y he conservado casi todo lo demás: la gran mesa de madera para comer; también las banquetas... me gusta su aspecto rústico. La cocina de leña funciona perfectamente y no he querido deshacerme de la vajilla y las tazas blancas de metal, quedan bien, ahí colgadas de la alacena, con sus desconchones en el esmalte. Yo no entiendo mucho de estas cosas, sólo quiero un sitio cómodo, sencillo y acogedor... Un lugar diferente...

Se volvió para encontrar de nuevo su mirada, pero ya no estaba allí. Hugo salió a buscarla. La luz del atardecer le golpeó en los ojos y le encogió las pupilas. Se hizo una visera con las manos. Entre parpadeos la localizó: estaba de espaldas, mirando al río. Su silueta oscura se recortaba sobre el agua refulgente en un poderoso contraluz y el sol cuajaba de diamantes su cabello de melaza. Halos, destellos, reflejos, rayos y brillos la envolvían; la escena entera era una explosión de luz. E Inés parecía nacer de ella.

—Si supiera pintar te retrataría justo en este momento. Para hacerlo eterno, para que nunca se desvaneciese... Ahora entiendo el anhelo del artista por atraparte en sus lienzos... por comprenderte.

Hugo vaciló antes de continuar hablando. La inacción de Inés le hacía dudar de la realidad de todo aquello.

¿Cuánto tiempo tardó ella en volverse? Una eternidad... Finalmente lo hizo. Mostró todo el esplendor de una belleza luminosa. El sol encendía su rostro: los ojos, las mejillas, la boca.

—¿Qué estoy haciendo aquí? —murmuró como si en realidad no se dirigiera a Hugo.

Él se acercó en unos pocos pasos lentos. Insectos diminutos, como chispas, revoloteaban a su alrededor. Se oía el trino indefinido de los pájaros. El río fluía como una cinta de plata. Inés le contemplaba, inmóvil como una foto fija en una escena animada; los brazos le colgaban a los lados del cuerpo. Él tomó sus manos de entre los pliegues de la falda. Y las retuvo unos segundos.

—Me he enamorado de ti... —se decidió al fin a confesar.

Ella le miró con ternura; quizá fuera también compasión. Alzó un brazo y le acarició el cabello, enterró sus dedos largos en él. Descendió hasta la mejilla y dejó allí la palma abierta, en el borde de la muñeca sintió el roce de la respiración agitada del joven. Acercó el rostro y le besó la boca. Antes de que Hugo pudiera saborear la miel que Inés dejaba en sus labios, ella se apartó.

—No sabes lo que estás diciendo...

Hugo volvió a buscar su boca, a besarla con ansiedad.

—Sí... sí lo sé —dijo con la voz entrecortada, intentando no perder el contacto con su piel.

La abrazó y se dejó caer con ella sobre la hierba.

—Te quiero, Inés... Te quiero —se oyó Hugo decir, con la mente demasiado embotada como para pensar.

Su voz sonaba como los suspiros. Estaba agotado, exhausto de placer, sintiendo aún la erección entre las piernas.

Alrededor la naturaleza mantenía la rutina, ajena a su éxtasis. La hierba le picaba en la espalda y el sol le calentaba la piel. Una abeja zumbó cerca de su oído hasta que se posó sobre una pequeña flor malva.

Inés incorporó la cabeza, dobló el codo y la apoyó sobre la mano. Le miró con ese desenfado que parecía no haberla abandonado.

—No deberías...

—Si el amor fuera sensato, no sería amor.

—No me conoces...

—Dime quién eres.

La joven volvió a recostarse en la hierba. Tumbada boca arriba veía las nubes acariciar el cielo y la punta de los árboles acariciar las nubes, como si no existiera perspectiva y todo estuviera en un único plano, como si, pese a hallarse en espacios distantes, cielo, nubes y árboles pudieran tocarse.

—Una puta... Una modelo... Una mujer que no te conviene. No entiendo por qué me amas, alteza.

—Si el amor pudiera explicarse, no sería amor.

—Basta ya. —Le apartó de un suave empujón—. Deja de darme lecciones sobre el amor.

Rodó sobre la hierba y le dio la espalda. Hugo admiró la curva de sus hombros, su columna, su cintura, sus caderas, sus glúteos y sus piernas. ¿Y ella no se explicaba por qué la quería?, se dijo con sorna. Hundió el rostro en su cabello decorado de briznas verdes y con dulzura la obligó a volverse para besarla otra vez; notó en la boca cómo ella sonreía. Con los dedos recorrió su cuerpo desde la base del cuello: la clavícula, los pechos, el vientre, el ombligo... Era su forma de dibujarla: al tacto, con los párpados cerrados.

—Me gusta tu piel dorada... Es justo como la pintan, con polvo de oro en el pincel... Siempre me he preguntado por qué una mujer decide posar desnuda.

Inés suspiró.

—Es sencillo: por hambre o por ambición.

—¿Por ambición?

—Para progresar socialmente, para acceder a círculos que de otra forma serían inalcanzables, para aprender... Los hombres pueden ir a las escuelas, las mujeres tenemos que entrar de otra forma en los talleres del artista. Hace tiempo conocí a la modelo preferida de Édouard Manet. Victorine se hizo famosa por un cuadro en el que aparecía completamente desnuda rodeada de dos hombres completamente vestidos. Toda una provocación. Cuando yo la conocí ya no era modelo, sino pintora: exponía en el Salón, la exhibición que anualmente empezó organizando la Academia de Bellas Artes de París y de la que ahora se encarga la Sociedad de Artistas Franceses, a la que ella pertenece. Victorine me dijo: «Siempre quise ser pintora, y no me ha importado que me llamen puta porque desnudarme era para mí la única forma de conseguirlo; a las mujeres no se nos permite pagar nuestra formación de otra manera, así de cínica es esta sociedad: nos obliga a hacer lo que nos censura».

—¿Y tú? ¿Por qué empezaste a posar?

—Por hambre... Cuando un hombre me dijo que posar era

más digno que prostituirse. Irónicamente, el mismo hombre que acabó pisoteando mi dignidad...

Inés cerró los ojos y se acurrucó junto a Hugo, lejos del alcance de su mirada inquisidora.

—No te duermas. Cuéntame más —le apremió él.

—¿Más? ¿Para qué? Ya ves que no te he mentido, alteza: fui puta antes que modelo. No quieras saber más. Sólo soy una mujer que no te conviene. —Arrastró la voz, perezosa y somnolienta.

Viena, unos meses después

E l cianuro hubiera sido una buena pista. Pero, como otras, acabó en un callejón sin salida...

A menudo, cuando la investigación se quedaba atascada, cuando creía que ya no me quedaban asideros a los que agarrarme para trepar el muro que se alzaba ante mí, repasaba obsesivamente todos los informes, las pruebas y la documentación que había ido engrosando la carpeta del caso. Buscaba algún detalle que se me hubiera pasado por alto, alguna conexión imposible, alguna idea disparatada para, al menos, tener algo sobre lo que seguir trabajando.

Aquella tarde, después de regresar a la comisaría tras la búsqueda de nuevo infructuosa del mendigo en el Stadtpark, volví a hacerlo. Era una forma extraña de aplacar mi ansiedad: el tacto de los papeles manoseados y de los bordes desgastados de las carpetas tranquilizaba mi conciencia.

Repasé uno por uno los informes del forense. Tras el asesinato de Therese, el resto de las modelos fueron asesinadas siguiendo el mismo patrón: envenenamiento previo con cianuro y degollamiento como causa de la muerte. Un curioso patrón que únicamente podía responder a un motivo, como había apuntado el forense: el asesino no sólo quería matar —algo que hubiera logrado fácilmente con la dosis de veneno suministrada—, quería ensañarse con sus víctimas.

El ensañamiento, el placer de causar daño, parecía su objetivo principal. El ensañamiento puro y simple como único objetivo y meta final, pues el doctor Haberda confirmó, caso tras caso, que no había habido agresión sexual. Aunque sí que se mostraba un encono obsesivo con los órganos propiamente femeninos: matriz, pecho, vagina... el rostro mismo. Todos ellos aparecían mutilados y desfigurados.

¿Qué perfil de criminal se corresponde con el de alguien que para poder ensañarse con su víctima se asegura previamente de que ésta no opone resistencia? Alguien que no tiene la suficiente fuerza para reducirla. Sólo dos tipos de perfiles encajan con esa teoría: un hombre débil... o una mujer.

Y los busqué entre los clientes de droguerías y boticas de toda la ciudad, pero no hallé nada sospechoso.

Seguía pensando en aquella fatalidad maldita que me abocaba a estar perdido tomase el camino que tomase, cuando el agente Haider asomó su cara de colegial por la puerta entreabierta.

—He estudiado a fondo los informes sobre André Maret, como me pidió —anunció para después interrumpirse.

Aquella pausa dramática que no venía a cuento y un destello de triunfo en sus pupilas lo delataron: quería sorprenderme con grandes noticias. Pero yo no estaba de humor para seguirle el juego.

—Suéltelo de una vez, Haider. No espere al redoble de tambor.

—¿Recuerda que el señor Maret fue detenido gracias a un soplo sobre sus actividades subversivas?

Asentí brevemente.

Haider se acercó a mi mesa y dejó sobre la tabla de madera un formulario de denuncia ya cumplimentado.

—Adivine quién delató a André Maret...

De forma automática, mis ojos se dirigieron al espacio reservado al nombre del denunciante. Allí estaba, claramente escrito con letra picuda: Inés.

A orillas del río Kamp, septiembre de 1904

Se despertó con un cosquilleo en la cara. Era una mosca, que alzó el vuelo tras recibir un manotazo lento y desganado. Entonces sintió el frío del relente en la piel. Cuando recordó dónde se hallaba se incorporó. Inés no estaba allí. Ya no estaba a su lado. Miró a su alrededor, inquieto: no la vio. Se vistió precipitadamente, apenas la camisa y el pantalón, y se fue hacia la casa.

Nada más asomarse por la puerta abierta la encontró. La sangre volvió a circularle por las venas y le hormiguearon las extremidades a causa del alivio.

Estaba trasteando en la cocina. Sólo se cubría con las enaguas, un fino algodón blanco rematado de encaje que transparentaba las formas de su cuerpo al contraluz. Intentando aparentar una calma que aún no había recobrado del todo, se acercó a ella y la abrazó por la espalda. La besó en la nuca.

—Creí que te habías ido.

Ella sonrió.

—¿Irme? No hubiera podido aunque quisiera. Me lo has

puesto muy difícil trayéndome a este lugar perdido. Además... ¿por qué iba a querer irme?

Hugo le retiró la melena hacia un lado del hombro y volvió a besarla. Se dio cuenta de que tenía las manos dentro de una masa pegajosa.

—¿Qué haces?

—Pan —respondió como si fuera normal que hiciera pan—. He rebuscado en tus armarios. No hay mucho pero he encontrado lo justo para prepararlo. Aunque tendrá que ser ácimo, porque no tengo levadura.

Él se rió.

—¿Sabes hacer pan?

—Claro que sí —afirmó mientras trabajaba con un mimo casi sensual los ingredientes en el cuenco—. Nací entre agua y harina, entre aromas de masa recién cocida a las seis de la mañana... Mi padre era panadero.

—Ahora entiendo por qué razón siento deseos de morderte a todas horas —bromeó Hugo, hundiendo la boca en el cuello de la joven.

Indefensa, con las manos atrapadas en la masa, Inés se retorció al notar las cosquillas.

—Háblame más de ti —le pidió otra vez sin dejar de mordisquearla.

—No... No quiero estropear este momento.

Hugo hundió las manos en la masa para agarrar las de Inés. Notó el tacto suave y templado de la harina y el agua.

—No tienes escapatoria —le susurró entre mordiscos al oído.

Ella se volvió rápidamente y colocó las manos pringosas totalmente abiertas sobre su pecho.

—¿Estás seguro? —observó con picardía mientras le embadurnaba de masa el torso desnudo.

Hugo también sacó las manos de la masa y la agarró por las nalgas para atraerla hacia él.

—Te torturaré hasta que me lo cuentes todo. Te haré el amor hasta dejarte sin aliento, hasta que me pidas piedad... —la amenazó entre dientes.

Sin arredrarse, Inés le bajó el pantalón y descubrió su pene erecto. Comenzó a masajearlo con la masa untuosa. Hugo puso los ojos en blanco de placer.

—No olvides, alteza, que soy una profesional... —Su voz era sensual—. No me doblegarás fácilmente...

—¿Dónde aprendiste a hacer esto? —consiguió preguntar Hugo con la voz entrecortada.

—En París... Los franceses son unos maestros en cuestiones de amor...

—Señor... —jadeó—. Esto no es amor...

Inés le empujó contra la mesa y le obligó a tumbarse encima del tablero. Le besó en los labios, abriéndose camino con la lengua hasta el fondo de su boca. Se separó cuando más excitado estaba él para mirarle con lujuria.

—De momento... he descubierto que eres francesa... —logró articular Hugo.

—Casi... Una puta francesa... Pero la hija del panadero es española... Una muchacha cristiana, casta e ingenua, de Madrid —reveló mientras se movía como una serpiente sobre el cuerpo de Hugo, frotando contra él sus pechos entre restos de masa, clavándole la pelvis debajo del ombligo.

—Déjame entrar ya... o explotaré...

—Pero si no te he contado casi nada de mí... ¿Ya tienes suficiente?

Volvió a sujetarle el pene y se lo metió en la boca.

Hugo exhaló un suspiro ronco. Apretó los labios. El sudor le resbalaba por la frente. Cada caricia de los labios de Inés le producía un espasmo. El roce de su lengua le volvía loco. No quería vaciarse... no todavía. Miles de preguntas sobre ella se amontonaban desordenadas en su cabeza. No quería preguntar nada, no quería que ella tuviera que liberarle para responder. Pero si no lo hacía, eyacularía sin remedio en su boca.

—¿Qué ocurrió entre la muchacha española y la puta francesa...? —Apenas se reconocía la voz.

Ella alzó la cabeza. Ya no sonreía cuando le miró. Se sentó a horcajadas encima de él, pelvis sobre pelvis. La inacción aumentaba la tensión de Hugo hasta hacerse insoportable. Inés tardaba demasiado tiempo en contestar.

—Un hombre. ¿Qué si no?

Con un brusco movimiento Inés se dejó penetrar. Y Hugo gritó.

10

Viena, unos meses después

Decidí hacerle otra visita a monsieur Maret, a pesar de lo mucho que odiara adentrarme en la inmundicia de su vida: en aquel rincón cochambroso de ambiente hediondo, suelos sucios y paredes desconchadas; de miseria y enfermedad; de fealdad sublime.

Aquella mujer desagradable, la casera, estaba sentada en un escalón de la portería con la escoba entre las piernas, una postura muy poco decente. Fumaba tabaco de picadura y no parecía estar del todo sobria. Pasé rápidamente junto a ella, deseando ignorar su presencia, y murmuré desganado el nombre de Maret; no quería entretenerme con esa mujer en caso de que conservara lucidez suficiente como para pedirme razón de mi destino.

Había ascendido apenas un par de peldaños de la escalera retorcida cuando su voz etílica resonó en la cavidad del portal.

—El francés no está.

Me volví.

—¿Ha salido?

Ella sonrió de medio lado como si mi pregunta resultara graciosa. Su dentadura era un cuadro de vanos y sarro, negro y amarillo.

—Sí... *p'a* siempre. Con los pies por delante...

—¿Ha fallecido?

—No... todavía. Pero poco le queda a ese *desgraciao*.

—¿Qué quiere decir?

Dio una calada al cigarro, tosió, sorbió y se limpió la nariz con la manga. Me miró después queriendo parecer astuta.

—Pues depende de lo que usted quiera que yo le diga... Ya me entiende. —Y para asegurarse de que efectivamente le entendía se frotó el índice contra el pulgar en un gesto elocuente.

Suspiré. Siempre la misma historia. Todo aquello se me hacía tan enojoso...

En contra de todos mis instintos, me acerqué a ella; olía a demonios.

—Quiero que me lo diga todo... Ya me entiende —concluí, poniéndole la identificación de policía frente a los ojos.

La mujer torció el gesto y maldijo con una palabra demasiado sucia incluso para ella. Se le había truncado el juego. A regañadientes, empezó a hablar:

—Llevaba semanas sin pagarme el alquiler. No se levantaba del catre y tosía como un condenado perro. Nadie en la maldita casa podía pegar ojo, y una tiene que velar por la satisfacción de todos sus inquilinos, ¿sabe? —Se atrancó en la palabra satisfacción, demasiado complicada para su lengua de trapo—. Así que llamé a los curas. Ellos se lo llevaron.

—¿Adónde?

—Al hospital, supongo. Aún estaba demasiado caliente para tirarlo al foso. —Soltó una risotada estridente que enseguida cortó en seco para hurgarse los dientes con las uñas negras. Me sorprendí a mí mismo preguntándome si lo que pretendía era quitarse la suciedad de los dientes con las uñas o, por el contrario, la de las uñas con los dientes—. Francés del diablo... ¡Cuatro semanas sin pagar el alquiler y una habitación llena de mierda!, ¡eso es todo lo que ha dejado! Hasta hoy he estado limpiando esa pocilga y mire todo lo que tengo aún que llevar al vertedero. La gente es guarra de verdad...

Miré la pila de trastos, cajas y sacos que se acumulaba en una esquina de la portería. No desentonaba con el ambiente de cochambre generalizada, quizá por eso no había reparado antes en ella.

—Le echaré un vistazo a eso.

La casera se encogió de hombros.

—Usted mismo... Oiga, ¿no tendrá al menos un cigarrillo? —preguntó a voces según me alejaba.

Iba a decirle que no cuando reparé en algo. Vestía el mismo traje que aquella vez que había ido a buscar a Hugo al burdel. Tal vez siguieran en el bolsillo los cigarrillos que le había llevado. Palpé el interior de la chaqueta y saqué un paquete arrugado con un par de pitillos. Se lo lancé; no estuvo bien lanzárselo, aquella mujer no era un animal aunque lo pareciera, pero me pudo la repulsión que me causaba su presencia. Ella lo atrapó en el aire con pasmosa habilidad.

—Ha tenido suerte... —murmuré hastiado antes de enfrentarme a los despojos de André Maret.

Suspiré ante la pila de objetos viejos y polvorientos. ¿Qué estaba buscando? ¿Qué pretendía encontrar entre toda aquella basura? Sería bonito decir que me guiaba el sexto sentido, el olfato policial, pero en realidad era la desesperación la que me movía como a una marioneta; no había otra explicación, porque, en buena lógica, aquella búsqueda no tenía mucho sentido y yo nunca he gozado de olfato policial.

Sea como fuere, me agaché y empecé a hurgar en aquello con la misma aprensión que si metiese la mano en una herida supurante: algo de ropa vieja, unos zapatos agujereados, una maleta inservible llena de libros en francés, montones de papeles amarillentos, una máquina de escribir rota, botes vacíos de tinta, algunas fotos sin interés, placas de vidrio, papeles barnizados, películas de celuloide... Había una caja de madera con compartimentos en la que encontré una colección de frascos de cristal ambarino. Todos estaban etiquetados y rotulados a mano: nitrato de plata, bromuro de potasio, cloruro de sodio, shellac, albúmina, éter... Este último estaba casi vacío; eché un vistazo a la casera con su aire de ebriedad y supe de inmediato qué había estado inhalando toda la mañana. De pronto recordé algo:

—¿Y la máquina fotográfica? —le pregunté.

Ella levantó la vista del cigarrillo que acababa de darle y que acariciaba con devoción entre los dedos; me miró con sus ojos enajenados, azules y vidriosos. Al principio parecía asustada pero intentó recomponerse.

—No sé nada de una máquina... —murmuró apartando la mirada.

Hubiera podido acorralarla hasta que confesara, pero me apiadé de ella; a su manera, se había cobrado las cuatro semanas de alquiler que Maret le debía.

Seguí examinando las etiquetas de los frascos: ácidos, barnices, sales... Y entonces topé con uno especial:

—Cianuro... —murmuré.

Cianuro en el equipo de un fotógrafo, claro. Abrí el frasco con precaución y comprobé que aún contenía las sales blancas. Me lo metí en el bolsillo.

Estaba a punto de marcharme cuando vi una pequeña caja de caudales asomando entre una pila de mantas comidas por las polillas. La saqué. Estaba algo oxidada y tenía restos de polvo y suciedad incrustada. La cerradura había sido forzada y si alguna vez había contenido algo de valor, ya se le había dado buen —o mal— uso. Sólo conservaba unos recortes de prensa viejos. Pero aquello me llamó la atención: ¿por qué guardar recortes de prensa en una caja de caudales?

Los saqué y los desdoblé. Alguien lo había hecho muchas veces antes que yo, pues el papel estaba desgastado y los dobleces muy marcados, la tinta había empezado a borrarse y era más gris que negra. Estaban fechados hacía seis años, en abril de 1899, y procedían de las páginas de sucesos de tres periódicos franceses: *Le Petit Journal*, *Le Figaro* y l'*Aurore*. Mi francés del bachiller no es muy bueno, pero resultó suficiente para saber que todos ellos recogían la misma noticia sobre un asesinato ocurrido en un hostal de un suburbio de París. La víctima, un joven aristócrata español llamado Arturo Fernández de Rojas, había aparecido en su habitación con unas tijeras clavadas en el estómago y, en el momento de la crónica, la policía no había encontrado al asesino.

Volví a doblarlos con cuidado y me los llevé al bolsillo junto al bote de cianuro. Deseé que Maret no estuviera muerto pues intuía que tendría muchas cosas interesantes que contarme.

11

A orillas del río Kamp, septiembre de 1904

Inés tenía los ojos cerrados y la cara manchada de harina, su cabello se esparcía por el suelo como si se hubiera derramado un tarro de miel. Parecía dormida, pero Hugo sabía que no dormía. Le chupó un pezón, luego el otro. Ella gimió. Él continuó acariciándole el pecho.

—La hija del panadero, la puta francesa, la modelo más admirada de Viena y, entre medias, varios hombres...

Por fin Inés abrió los ojos.

—No tantos... —replicó.

Hugo levantó una ceja.

—Muy pocos realmente importantes —añadió entonces.

—¿Y dónde están las heridas?

Inés bufó impaciente y se tapó los ojos con un brazo.

—¿Por qué no puedes dejar mis heridas en paz? Llevo toda la vida intentando cerrarlas, echando tierra sobre el pasado. No quiero abrir ahora el foso, hay cosas que nunca deben desenterrarse.

—Pero yo desenterré mi pasado para ti.

—Yo no te pedí que lo hicieras. Ni me imaginé que habría que equilibrar la balanza; de haberlo sabido, no te hubiera dejado decir ni una palabra.

Hugo se puso en pie de repente. Inés retiró el brazo y le miró.

—¿Estás enfadado?

—Estoy decepcionado... Creí que confiabas en mí.

Ella se incorporó sobre los codos. Un haz luminoso cargado de motas de polvo que entraba por la ventana le llenó el rostro de luz; sin embargo, su expresión era sombría.

—No es cuestión de confianza, alteza... Sino de vergüenza y remordimiento. No me obligues a pasar por el mal rato de revivir mi pasado para ti.

Durante un breve instante Hugo se debatió entre la curiosidad y la piedad. Ganó esta última. Él mejor que nadie sabía lo que podía sentir Inés y se dio cuenta de que sería cruel seguir insistiendo. A veces el pasado es un tumor tan doloroso de sufrir como de extirpar.

—Voy a darme un baño en el río... Y a ver si pesco algo. Ese pan necesitará acompañamiento.

12

Viena, unos meses después

Antes de ir al hospital a visitar a Maret, me pasé por mi despacho de Elisabeth Promenade. Quería hablar por conferencia telefónica con el inspector Cassen, de la Prefectura de Policía de París, con quien había trabado cierta amistad a raíz del caso de Franzisca y Heinrich Klein, una pareja de asesinos que habían huido de Viena a la capital de Francia y a quienes pudimos arrestar gracias a la colaboración de la policía francesa.

Le pregunté por el asesinato de Arturo Fernández de Rojas.

—Ah, sí, claro —me respondió al otro lado de la línea, entre permanentes cortes e interferencias. A pesar de la precariedad de la comunicación, pude detectar su tono de satisfacción: se congratulaba a sí mismo de serme útil—. Aún estaba vivo cuando llegamos, pero las tijeras habían alcanzado el hígado y no pudo hacerse nada por él. Se armó cierto revuelo con ese caso. Hubo presiones de arriba, ya sabe de lo que le hablo. Resultó que el chico era hijo de un importante funcionario del gobierno español, el marqués de Vereda. Solía viajar con frecuencia a París, de hecho, tenía su propio apartamento en la lujosa avenue Matignon. Sin embargo, meses antes, había alquilado con nombre falso esa habitación de mala muerte en La Chapelle. La noche del crimen la camarera le vio llegar ebrio (realmente fue el alcohol lo que hizo que la lesión resultase fatal) y los vecinos de otras habitaciones afirmaron haberle oído gritar y maldecir en español. ¿Con quién? No lo sabemos. El dueño del hostal aseguraba que vivía una mujer allí, pero no encontramos rastro de ella, ni prendas ni objetos femeninos en la habitación. Averiguamos que el señor Fernández de Rojas era un jugador empedernido: dados, ruleta, naipes... incluso peleas de perros, y que no había tenido muy buena fortuna en los días previos. Fue sencillo cargarle el asesinato a un acreedor enfurecido que luego se habría volatilizado.

Me despedí del inspector Cassen agradeciéndole su información y corté la llamada con un hormigueo de satisfacción y ansiedad en el estómago. Me recliné en mi asiento. Por fin había llegado a un punto en el que una serie de pedazos dispersos y lejanos parecían atraerse con fuerza magnética para encajar por sí solos y Maret podría ser el imán al que se dirigían.

El motivo, los medios y la oportunidad. Maret los reunía todos. El francés era un hombre despechado y abandonado, lo cual había probablemente derivado a un odio hacia Inés y su entorno, un deseo de destruir todo lo que tuviera que ver con ella e incluso su misma persona. Se trataba además de un hombre enfermo y débil (puede que con antecedentes criminales que estuviesen relacionados con los misteriosos recortes de prensa) que se había servido del cianuro, el cual estaba acostumbrado a manejar por su profesión, para cometer los asesinatos. La oportunidad se la habían servido en bandeja.

Tuve que contener una repentina acometida de gozo, incluso alivio, ante semejante escenario. Tal vez había una posibilidad, una feliz posibilidad, de que Inés no fuera la asesina. Aquello hizo que sonriera por primera vez en mucho tiempo.

13

A orillas del río Kamp, septiembre de 1904

Cenaron junto al fuego, con la puerta y las ventanas abiertas para dejar correr el aire mentolado del bosque. Pan ácimo, truchas asadas y moras y grosellas silvestres. Después de la cena, Hugo colocó una hamaca entre dos árboles y abrió una botella de vino. Bebieron en tazas de metal esmaltado, bajo las estrellas, donde la brisa húmeda les refrescaba las mejillas arreboladas.

—Parece que sólo quedáramos nosotros en el mundo... —observó Inés—. Y los grillos —añadió jocosamente al percatarse de su canto salido de la noche.

—Ojalá fuera así... En cuanto salga de este lugar volveré a perder la cordura.

La jovialidad desapareció del semblante de Hugo, una tensión repentina había endurecido su rostro.

—Ahí fuera todo es una locura... Pero no tenemos por qué pensar en eso —se resistió Inés.

Hugo bebió una taza entera de vino. La botella se agotaba justo ahora que él empezaba a necesitarla: no contenía suficiente consuelo una sola botella de vino. Se recostó en la hamaca y suspiró.

Inés admitió finalmente que la magia se había desvanecido.

—¿Qué te sucede?

—Voy a casarme... —anunció con hastío—. Pobre muchacha... Le va a salir muy caro convertirse en princesa. Ninguna mujer se casaría conmigo por propia voluntad. Soy un neurótico despreciable. Ese príncipe convertido en rana por ser desagradable con los demás. ¿Recuerdas? No era sólo un cuento...

En un primer momento Inés sonrió. Pero Hugo no pretendía ser gracioso. Lo supo por la forma en que contraía el gesto, como si el vino estuviera envenenado.

Inés bebió y le besó. El sabor del vino se intensificó al juntar sus labios.

—Pero la rana volvía a ser príncipe después de un beso...

—No era así el cuento —objetó él taciturno.

—Acabo de cambiar el final. Después de todo, el cuento es mío... Y yo sé que este príncipe ha cambiado —afirmó acariciándole las mejillas.

—No... —Fruncía el ceño—. No sé si he cambiado... Tú me haces cambiar... Pero estoy enfermo, Inés, y cuando salga de aquí, sin ti, seré el hombre más infeliz del mundo y me volveré loco de nuevo...

De repente Inés abandonó la hamaca y se alejó unos cuantos pasos.

—¿Qué ocurre? —preguntó Hugo desconcertado.

—No me hagas esto... —murmuró ella.

Hugo también se puso en pie y se le acercó. La obligó a volverse.

—¿Qué? ¿Amarte?

—Hacerme responsable de tu cordura y de tu felicidad... ¡Yo no puedo hacer nada!

—¡Dime lo que sientes! ¡Es todo lo que pido!

—¿Para qué? ¡Tú vas a casarte y yo estoy con otro hombre! ¿Qué deseas, Hugo? ¿Convertirme en tu querida? Todos los hombres de tu posición lo hacen: se casan con las buenas mujeres y se acuestan con las perdidas. Justo lo que soy yo: una mujer perdida que no es esposa de nadie. ¿Eso es lo que quieres de mí, Hugo, que acceda a ser tu amante? Tal vez ya no esté dispuesta a vender mi cuerpo a nadie más, a ser siempre la única que pierde algo por el camino.

—No quiero nada, Inés... —murmuró el joven, manso como un niño—. Sólo saber si me amas...

Inés movió la cabeza, desalentada.

—Eso no es cierto... Nadie ama ni reclama amor a cambio de nada. ¿Qué harás cuando mañana te diga que debo regresar junto a Aldous?

La mansedumbre se desvaneció rápidamente del rostro de Hugo. Buscó la botella con la vista: estaba vacía. Volvió sobre sus pasos y se dejó caer en la hamaca, visiblemente contrariado. Inés le siguió y se sentó junto a él.

La hamaca se balanceaba con suavidad. La brisa era fresca y ponía la piel de gallina. Parecía que estaban solos en el mundo..., pero todo era un espejismo. Muchos fantasmas los acompañaban.

—Tú dices que el amor es una locura inexplicable. —La voz serena de Inés se acomodó al resto de los sonidos de la noche—. Déjame que ahora sea yo la que te hable de amor... El amor es egoísta. Da porque siempre espera algo a cambio. El amor generoso, el auténtico amor, la entrega incondicional en cuerpo y alma, no existe entre un hombre y una mujer, Hugo. Por eso el amor nos hace sufrir.

Él sabía que ella tenía razón. Eso le enojaba. Agarró la botella vacía y la lanzó por los aires. Ceñudo, siguió su trayectoria con la vista: se perdió en la negrura de la noche y cayó con un golpe seco en un lugar mullido; no se rompió.

—Entonces ¿volverás con él? —gruñó.

—Tengo que hacerlo.

—¿Tienes que hacerlo o quieres hacerlo? Dime al menos que es porque a él le amas y a mí no, así, podré entenderlo.

—Sí, le quiero. Pero no es lo que tú crees.

Inés no pudo soportar la mirada desconcertada y a la vez reprobatoria de Hugo. Bajó la vista.

—Aldous es el único hombre que me ha respetado y me ha tratado bien. Y, sin embargo... Es difícil de explicar... Le quiero porque me protege, me guía... Es como un padre para mí... Me necesita... Yo también a él, de algún modo...

Cesó de divagar de repente y chasqueó la lengua, rendida ante la evidencia de que no había atajo para sortear la verdad. Suspiró y confesó:

—Aldous tiene sífilis. Ya estaba enfermo cuando nos conocimos. Nunca hemos mantenido relaciones sexuales porque él teme contagiarme.

Hugo se quedó atónito. ¿Cómo era eso posible? ¡Los amantes perfectos!

—Yo llegué a Viena con un hombre, con mi amante —comenzó a relatar Inés—. Ambos huíamos de París... Nos mezclamos con movimientos anarquistas y la policía nos vigilaba... Era mejor salir de allí. Aunque todavía me pregunto si aquélla fue una decisión acertada. Sobre todo para André... Yo estaba enamorada de él. André me salvó cuando estaba al borde del abismo... Me devolvió la dignidad. Me enseñó a posar. Me presentó a los más grandes artistas de París y me enseñó a enamorarlos con mi cuerpo, con la expresión de mi rostro... Más adelante me enseñó a manejar una cámara, a mirar con otros ojos a través del objetivo, a revelar las fotografías... Fuimos muy felices en París... Pero cuando llegamos a Viena, todo cambió... nosotros cambiamos. La miseria es un ácido que todo lo corrompe... Yo sé, porque lo he sufrido, lo hostil que puede llegar a ser esta ciudad. Conozco los *Wärmestube* y las pensiones de mala muerte, los gélidos días de invierno sin estufa y con apenas un poco de caldo por toda comida... Sé de lo que hablo porque yo he vivido así. Las cosas parecieron mejorar cuando encontré trabajo. Una modelo puede llegar a estar muy bien pagada... Pero rechazado y menospreciado, André ya no volvió a ser el de antes. La frustración, los celos y la amargura le consumían. Empezó a beber, más de lo que ya bebía, a rodearse de gente pendenciera que le metía en toda clase de follones... Empezó a gritarme, a insultarme, a pegarme... A arrinconarme todas las noches contra la pared para descargar contra mí sus fracasos... No se daba cuenta de que estaba matando la gallina de los huevos de oro: nadie quiere una modelo con los ojos amoratados, los labios hinchados y el cuerpo lleno de magulladuras... Recuerdo una vez que tenía que posar para Josef Engelhart... Me gustaba posar para él porque por su taller siempre aparecían muchos artistas y era una buena manera de conseguir más trabajo... Aquel día conocí a Aldous... La noche antes había recibido una paliza de André, tenía moratones en las piernas y en los brazos, pero no en la cara, así que decidí presentarme a la sesión; no quería perder el trabajo... Pensé que quizá no tuviera que posar para un desnudo sino, con suerte, para un retrato... Pero no fue así. Cuando Engelhart me vio en aquel estado, se enfadó muchísimo. Me dijo que una modelo tenía que ser profesional hasta el punto de impedir que nadie estropeara su herramienta de trabajo. Me pidió que me vistiera y me marchara. Aldous presenció toda la escena sin intervenir, pero al día siguiente me llamó para un trabajo; le contesté que no podía acudir, que, como él mismo había comprobado, mi cuerpo no estaba presentable... Me aseguró que no le importaba en absoluto. Y así fue: me pidió que me desnudara y me pintó sin hacer la menor alusión a mis heridas. Me pagó generosamente al terminar. Volvió a llamarme al día siguiente, y al otro, y al otro... Empezábamos trabajando y terminábamos charlando hasta altas horas de la madrugada. Los días que más tarde regresaba a casa, André me recibía enfermo de celos y con la mano en alto, siempre dispuesto a cobrarse mi ausencia alternando besos con bofetadas... Un día recibí tal paliza que supe que no podía seguir así... Y sólo se me ocurrió una salida: delaté a André a la policía... Sabía que estaba tramando un altercado en un restaurante frecuentado por políticos y aristócratas... Un acto de reivindicación, como él los llamaba... Le arrestaron y le metieron en prisión. Fue por aquellas fechas cuando Aldous me confesó que se había enamorado de mí. Me pidió que me fuera a vivir con él y me habló de su enfermedad. «Sólo puedo ofrecerte mi amor y mi protección... mi lealtad sin condiciones», me dijo. Y yo le seguí... Más por desesperación que por amor... Pero con el tiempo he aprendido a quererle... Aldous es un hombre muy especial...

Inés dejó de hablar y reinó el silencio. Hugo trataba de asimilar su historia. Eran tantas las cosas que querría haber dicho que no sabía por dónde empezar. Al final optó de forma inconsciente por lo más simple y lo más mundano:

—No entiendo cómo puede resistirse a tocarte, a hacerte el amor... Es de locos...

—A veces es duro para él. Las caricias y los besos no le sacian... Noto cómo se excita, cómo se desespera... Entonces convierte toda esa frustración, esa tensión contenida, en energía creativa, en arte...

Los cuadros de Lupu acudieron de pronto a la mente de

Hugo. También su turbación frente a un lienzo al intentar pintarla. Su obra entera era toda una alegoría de ella, una muestra de devoción y de angustia. «No la poseo... pero la amo. Por ella mataría», parecía susurrar el artista en sus oídos. Hugo sacudió ligeramente la cabeza para ahuyentar el zumbido y preguntó:

—¿Y tú?

Inés acercó el rostro. Le contempló detenidamente, como si buscara algo entre los poros de su piel. Él aprovechó para regodearse en la belleza de sus ojos, en cada una de las motitas de colores del iris gris, en la curva de las pestañas, en el suave descenso del lagrimal...

—¿Yo? —Posó la mano sobre la mejilla de Hugo, notó la barba que empezaba a brotar. Sonrió con tristeza—. Él me lo ha dado todo... —intentó justificarse torpemente.

—No, Inés, no te lo ha dado todo.

—No... Pero porque me ama demasiado. Y tengo que volver con él: me necesita.

Hugo pensó que él también la necesitaba, pero no se lo dijo. Le tomó las manos y la acarició con la mirada.

—¿Y tú, Inés? ¿Qué necesitas tú?

En menos de un segundo, Hugo percibió la duda, la angustia y la desesperación en su rostro. Estaba a punto de arrepentirse de haberle hecho esa pregunta cuando ella se recompuso y, con la voz ronca de deseo, declaró:

—Hacer el amor contigo. Ahora mismo.

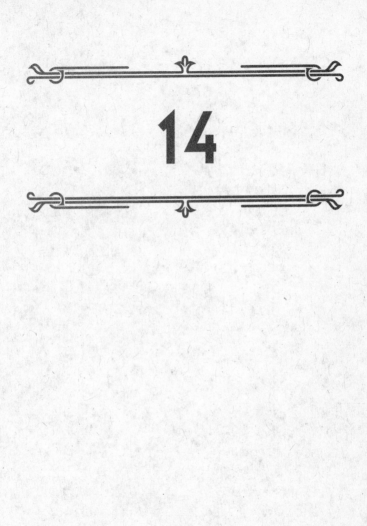

14

Viena, unos meses después

Con mis nuevos y alentadores descubrimientos en el bolsillo me dirigí en tranvía a Leopoldstadt. En la calle San Juan de Dios se alza desde hace casi tres siglos el hospital de los Hermanos de la Caridad, en el que habitualmente se presta atención médica a indigentes y a personas sin recursos.

Después de acreditarme ante una recepcionista ceñuda y desconfiada que se empeñó en que el mismo director del centro autorizara mi visita, seguí a una religiosa por corredores de suelos cerámicos y paredes de azulejos. Su hábito enteramente blanco ondeaba como el sudario de una aparición. El aire olía a éter y a dolor. Y hacía mucho calor, demasiado para pasearse con un grueso abrigo y un sombrero.

Los hospitales siempre me han causado inquietud. Mi padre decía que son lugares donde la vida cobra nuevas oportunidades; para mí, son invernaderos de la enfermedad y antesalas de la muerte. Nunca hubiera podido ser médico como él deseaba.

Accedimos al pabellón de tuberculosos, una gran sala de camas ordenadas en hileras perfectas. La luz, que entraba a chorros por las ventanas ojivales, dejaba al descubierto sufrimiento y deterioro con forma humana. Procuré mantener la vista en el suelo mientras me conducían hasta lo que se me antojó el enfermo más remoto de la sala.

—Aquí está —me indicó por fin la monja con voz dulce y probablemente terapéutica.

Asentí y permanecí lejos de la cama, receloso. ¿Aquel hombre era André Maret? Tenía que serlo: eso ponía en la tablilla a los pies. No es que el André Maret que yo había visitado hacía pocas semanas fuera un prodigio de salud, pero para entonces me pareció enfrentarme a un cadáver. Estuve tentado de preguntar a la hermana si estaba segura de que aún vivía pues era de muerto el color amarillo de su piel que parecía curtida como el cuero sobre los huesos de la cara y el cráneo; también los brazos, extremadamente delgados, y las manos de esqueleto que reposaban inertes sobre las sábanas.

—Monsieur Maret —le susurró la hermana al oído. Él no se inmutó—. Tiene visita.

Maret abrió los ojos y en su gesto agónico aún hubo lugar para una mueca de dolor.

—*De l'eau* —pidió con un sonido cercano al carraspeo.

La monja le incorporó un poco sobre la almohada y le dio de beber. Después se volvió hacia mí:

—Procure no fatigarle demasiado. No le quedan muchas fuerzas —me advirtió antes de retirarse.

—*Inspecteur*... —empezó a hablar el enfermo mientras yo buscaba una forma de iniciar la conversación. Su respiración era fatigosa, parecía roncar despierto—. *Pardon, j'ai oublié*... He olvidado su nombre.

—Sehlackman.

—*Mais oui*: Sehlackman... Ya le dije todo lo que sabía, inspector Sehlackman. Déjeme morir en paz.

—No lo creo, monsieur Maret.

Me senté junto a la cabecera de la cama. El olor dulzón del cloroformo saturaba el aire. De cerca, su aspecto era aún más espantoso: el cabello cubierto de sudor se le pegaba a la frente, la barba le comía la cara y los ojos se le hundían en unas cuencas oscuras y prominentes.

—Fui a visitarle a la pensión, pero al no encontrarle me vi obligado a registrar sus cosas. Su amable casera no tuvo más remedio que consentirlo —concluí con ironía.

—*Bâtarde...*

El aire silbaba al pasar por sus pulmones tumorosos y daba a sus palabras un tono de ultratumba.

—Lo cierto es, monsieur Maret, que apenas me contó nada la última vez. Pero es sorprendente lo que sus cosas han hablado por usted. Ahora le ofrezco una oportunidad de que me dé su propia versión.

Él me miró desde el fondo de su calavera con desconcierto.

—Le mostraré todos los objetos tan interesantes que encontré. Empezaremos por esto.

Saqué el frasco de cianuro, que previamente había sellado con lacre por precaución, y se lo puse frente al rostro. Sin embargo, me di cuenta de que, a pesar de sus esfuerzos, no lograba leer la etiqueta.

—Cianuro —aclaré.

Él sonrió amargamente.

—Hágame un favor: écheme una pizca en el agua y acabemos con esto.

Preferí ignorarle antes de ceder a la tentación de hacerlo.

—¿Para qué lo usa?

—Para revelar fotografías. La imagen se fija en una solución de cianuro. No tiene nada de particular, todos los fotógrafos lo usamos.

—De que todos lo usan para revelar estoy seguro. Pero no todos lo usan para asesinar.

Maret quiso abrir mucho los ojos para mostrar asombro pero incluso la fina piel de los párpados resultaba demasiado pesada para él. Entonces, contra todo pronóstico, hizo una mueca parecida a una sonrisa.

—*Je comprends...* Supongo que se le echa el tiempo encima, *inspecteur*. Tiene que resolver el caso de las modelos antes de que sea su propia cabeza la que ruede, *n'est pas?* Y nada más fácil que cargárselo a un extranjero anarquista a las puertas de la muerte. Pero por lo que he leído en la prensa lo que tendría que haber encontrado entre mis cosas es un cuchillo bien afilado... ¿Cómo piensa meter al cianuro en todo esto?

—No se esfuerce en aparentar, Maret. Las autopsias han revelado su juego: usted estaba demasiado débil para degollar a unas mujeres jóvenes y fuertes, por eso las envenenó antes con eso.

Por primera vez pareció impacientarse.

—*C'est ridicule...* Ya está bien de tonterías. Yo no lo hice. ¿Por qué iba yo a querer matar a esa gente?

—Por resentimiento hacia Inés, por odio, por celos, por venganza... Se me ocurren muchos motivos, aunque sólo usted puede confesarme el verdadero.

—No hay ningún motivo, yo no lo hice —insistió pertinaz moviendo la cabeza—. Hable con mi casera, ella parece muy dispuesta a colaborar con usted... Pregúntele dónde me hallaba las noches de los crímenes: en su repugnante pensión. Yo jamás mataría a nadie, *mon Dieu!*

Aquel momento era el adecuado para jugar mi siguiente baza: los recortes de prensa. Los dejé caer en su regazo, sobre el fondo blanco de la ropa de cama.

—¿Seguro? ¿Y qué me dice de esto?

No necesitó leerlos. Ni siquiera acercárselos. Sólo con mirarlos de lejos los reconoció.

—*Putain...* —murmuró, aparentemente más cansado que preocupado.

—¿Qué hacían estos recortes bajo llave? ¿Por qué son tan importantes? ¿Qué tuvo usted que ver con el asesinato del español?

Negó con la cabeza, exhausto.

—*Rien...* Nada.

—Entonces ¿por qué? —Tomé los papeles y los agité frente a sus ojos; empezaba a perder la paciencia—. ¿Por qué guarda esto años después? No me mienta, Maret, ya no tiene sentido mentir. No es la primera vez que asesina a sangre fría, ya acabó con este hombre en París. ¿Le debía dinero y por eso lo mató o era al revés: él se lo debía a usted? —Alcé la voz con intención de acosarle.

El cuerpo de Maret empezó a agitarse entre las sábanas, las fibras nerviosas parecían sobresalirle bajo la piel. Finalmente estalló. Se incorporó y gritó.

—*Non!*

El esfuerzo le ocasionó un feroz ataque de tos que retumbó en el silencio mortuorio del pabellón. Maret se llevó con torpeza un pañuelo a la boca. Una de las monjas se acercó alarmada pero él consiguió calmarse y hacerle un gesto para que se marchara. La mujer dudó, aunque finalmente se alejó, no sin antes dirigirme una mirada reprobatoria.

El francés se dejó caer en la almohada. Jadeaba y tenía el rostro empapado en sudor. Alargó el brazo para coger el vaso de agua pero me di cuenta de que no era capaz de sostenerlo, así que le ayudé a beber.

Se pasó los dedos temblorosos por la boca y la frente. Cerró los ojos y se tomó unos segundos para recuperar el aliento.

—Fue ella... —exhaló al fin.

—¿Quién?

—Inés... Ella lo mató.

Algo parecido a una descarga eléctrica en la espalda me hizo erguirme. El estupor me dejó sin habla y Maret lo percibió aun con los ojos cerrados.

—Sorprendente, *n'est pas? La grande dame...* La pequeña puta de Pigalle, ese pajarillo asustado que me encontré en un rincón..., resultó ser una asesina. Ocurrió antes de conocernos. Ella misma me lo contó, una noche que habíamos bebido demasiada absenta. Tenía miedo, *croyez moi...* Había mucho miedo en sus ojos empapados de alcohol.

—¿Cómo sucedió? —conseguí preguntar.

—*Je ne sais pas...* No lo sé... Creo que el tipo quería matarla a ella. *Elle prenait une paire de ciseaux et... Tout était fini.* Se las clavó en el estómago.

Medité sobre aquello unos segundos. Demasiados giros repentinos, demasiadas implicaciones, demasiadas conclusiones a las que llegar en tan poco tiempo. Y la respiración ronca de Maret me estaba volviendo loco.

—Ahora entiendo... —dije—. Usted la chantajeaba...

Me miró de reojo.

—*Oh, non, mon ami.*

—Claro que sí. Ha estado comprando su silencio desde el principio. Por eso ella le delató a la policía: para deshacerse de usted y su chantaje.

Maret volvió la cabeza sobre la almohada.

—¿Cómo ha dicho?

—¿Acaso no lo sabía? Fue ella quien le denunció a la policía de Viena. Tengo una copia de la denuncia.

Tal vez el francés hubiera palidecido de haber quedado algo de color en sus mejillas.

—*Merde...*

—Fue la única salida para ella. Pero no le sirvió: la extorsionaba y ha seguido haciéndolo en sus continuas visitas a La Maison, hasta que ella ha desaparecido, ¿no es así?

—*Non, non, non...* —repitió desesperado—. ¡Ella era una histérica! *Une folle!* ¡Y nuestra vida un infierno, *c'est vrai! Mais je...* yo nunca la he chantajeado. Ojalá hubiera podido hacerlo... Ella me humillaba con su éxito y sus flirteos, me engañaba... *avec n'importe quel homme.* Chantajearla me hubiera conferido cierto poder, cierta dignidad... Pero ni siquiera me ofreció esa oportunidad: *oui...,* me humillaba con esa forma suya tan caritativa de darme dinero, de pagar mis gastos y hasta mis vicios.

Su mirada se perdió en la pared de enfrente. No quise interrumpir su silencio porque intuía que parte de lo que en aquel momento pasaba por su cabeza acabaría saliéndole por la boca. Y así fue.

—*Alors... Je comprends...* Está equivocado, *inspecteur...* No piense que me denunció porque la chantajeaba... *Non...* Lo hizo porque la castigaba... ¡Tenía que castigarla! ¡Yo soy un hombre! Es lo mínimo a lo que tiene derecho un hombre sobre su mujer. Maldita llorona histérica... Se sirvió la venganza *froid.* En la cárcel enfermé. Supongo que si me viera ahora, estaría satisfecha —concluyó con amargura.

—¿Usted la maltrataba? —interpreté de aquella perorata de pensamientos inconexos.

—Ella me obligó a hacerlo...

Noté la rabia en sus mandíbulas apretadas. Le miré con desprecio. Era uno de esos cobardes, de esos tipos que consideran a las mujeres como animales. Sentí un alivio malsano al saberle moribundo; no me venció la piedad.

—Está en un buen lío, Maret.

—*Oui, mais...* siento decirle que no es a causa de su teoría descabellada, sino de la tisis. Sin embargo, usted...

No podía creer que aquel tono y aquella forma de mirarme fueran de conmiseración hacia mí. Tal inversión de papeles resultaba como poco grotesca.

—Yo, ¿qué?

—Un anarquista y un maltratador... *Parfait...* No tiene pruebas, pero apuesto a que está tentado de acusarme de los asesinatos y quitarse el problema de encima —elucubró con astucia—. Le diré algo, *inspecteur: accuse moi.* Cárgueme a mí con los crímenes, *qu'importe?* Voy a morirme antes de que tenga tiempo de meterme en la cárcel. *Mais...* Si lo hace —me clavó la vista; sus terribles ojos amarillos casi logran intimidarme—, el auténtico asesino seguirá suelto. Y usted será el único responsable.

Tuve que admitir ante mí mismo que ya no tenía las cosas tan claras como antes de aquella conversación. Aquello me enojaba y me descorazonaba. Otra vez como al principio. De nuevo Inés en el punto de mira.

Me puse en pie. No tenía nada más que hacer allí. Pero al devolver los recortes y el frasco de cianuro a mi bolsillo, reparé en algo.

—¿Me ha dicho que todos los fotógrafos usan cianuro?

Maret frunció el ceño.

—*Oui, pour quoi?*

No le quise responder. No obstante él, aún moribundo, no era estúpido.

—Quiere saber si ella lo usa, *n'est pas?... Oui, elle l'emploie.* Al menos, sabe hacerlo, yo le enseñé. Y le enseñé a hacerlo con precaución, *le cyanure est très dangereuse.* Recuerdo un colega en Francia, se limpiaba las manchas de plata de las manos frotándoselas con un trozo de cianuro... Un mal día, el

veneno se le introdujo por un corte junto a la uña y murió...
Ella sabe usarlo bien... Yo le enseñé... Pero nunca mataría con
cianuro. El cianuro es para asesinos de mente fría... y a ella le
vence la pasión.

Permanecí un breve instante de pie, con el sombrero entre
las manos, observando una luz tenue y fugaz en el rostro del
francés, una luz que no provenía de las ventanas.

—Gracias por su tiempo —dije, por no irme en silencio,
antes de darme la vuelta.

—*Inspecteur*... —Pareció acudir a su último aliento para
volver a hablar—. Cuando la encuentre... ¿me hará el favor de
decirle que venga a visitarme? Si para entonces sigo con vida,
me gustaría verla antes de morir y llevarme el recuerdo de su
rostro de este maldito mundo... A pesar de todo, nunca he
dejado de amarla. *Jamais*...

15

A orillas del río Kamp, septiembre de 1904

La despertó con un beso. Inés abrió los ojos perezosamente y sonrió medio dormida. Estaba acostada en el suelo, sobre la piel de oso; aún desnuda bajo las mantas. Cerró los ojos de nuevo. El fuego de la lumbre bruñía su piel y sus cabellos de oro y trazaba sombras temblorosas en su rostro. Hugo no se cansaba de admirar su belleza. Volvió a besarla, lenta y prolongadamente, hasta que se dio cuenta de que se excitaba y prefirió detenerse.

—Está a punto de amanecer —murmuró al tiempo que le tendía una taza de té.

Inés se incorporó y la cogió. La infusión estaba caliente y olía de maravilla. Bebió con avidez.

—Acuéstate junto a mí —le pidió después de beber, posando la mano en el espacio vacío a su lado.

Hugo contuvo las ganas de volver a entrelazarse con ella bajo las mantas.

—Luego... Quiero mostrarte una cosa antes de que la luz del sol aclare el cielo.

La curiosidad la ayudó a despabilarse.

—¿Qué?

—Sal afuera y lo verás. Pero ponte algo, que hace fresco.

Inés se cubrió con las enaguas y un chal y siguió a Hugo hasta el exterior de la cabaña.

Aún estaba oscuro y brillaban las estrellas, pero una luz tenue empezaba a clarear las sombras y a marcar las siluetas. Se acercaron hasta el río, que fluía tranquilo entre los árboles, y subieron a la pasarela de madera que hacía las veces de embarcadero. Encima del agua, el frío resultaba más intenso y la humedad traspasaba la ropa. Inés se arrebujó en su chal. Justo entonces, al final de la pasarela, divisó varios bultos blancos, como bolsas de papel puestas del revés. Hugo la acompañó hasta que los tuvieron cerca, pero tampoco entonces supo qué eran. Había muchas, varias decenas, todas dispuestas sobre la madera como un pequeño ejército preparado para la batalla.

Hugo encendió una cerilla larga y comenzó a prender una lamparita de cera que cada una de las bolsas escondía debajo. El interior del papel se iluminó.

—¿Qué es esto?

Sin distraerse de su tarea, el joven le explicó:

—*Tian Deng*, lámparas chinas. Las compré en San Francisco, en un barrio llamado Chinatown, donde se asienta una gran comunidad de inmigrantes chinos.

Apenas había terminado Hugo de hablar cuando las primeras lámparas iluminadas fueron elevándose hacia el cielo. Una a una, muy despacio, comenzaron a flotar. Se apresuró a encender las que faltaban y volvió junto a Inés. La abrazó por la espalda y contempló con ella el espectáculo de las lámparas salpicando el firmamento de puntos de luz dorada que a su vez se reflejaban en las aguas del río. Como una nube luminosa, se desplazaban en bandada a merced de la brisa, volando lentamente hacia las montañas.

—Están hechas de papel de arroz muy fino, por eso flotan fácilmente cuando la llama calienta el aire del interior —narraba—. En China se utilizan desde tiempos remotos. Al principio se empleaban durante la guerra como método para emitir señales pero pronto se les empezó a dar uso para las fiestas. Yo las vi por primera vez en el Yuanxiao, el Festival de los Faroles, que se celebra con la primera luna llena del año nuevo chino. Edificios, calles y parques se llenan de faroles de un sinfín de formas, tamaños y colores. Los niños llevan pequeñas linternas y la gente se reúne en espacios abiertos para soltar a la vez cientos de lámparas voladoras. Las lámparas simbolizan el pasado que se va y la acogida al tiempo nuevo que llega.

Inés escuchaba y contemplaba extasiada la belleza del momento: la luz tomando el lugar antes del amanecer, como si las estrellas hubieran descendido a ras de la tierra y pudieran tocarse con las puntas de los dedos, mientras la voz de Hugo le acariciaba los oídos.

—Cuenta la leyenda que el Yuanxiao empezó a celebrarse para honrar a Tai Yi, el antiguo Dios Supremo del Cielo. Tai Yi regía el destino de los hombres con ayuda de dieciséis dragones a su servicio y decidía cuándo enviar al mundo la sequía, el hambre, las tormentas o la enfermedad. De modo que Qin Shi Huang, el primer emperador de China, instauró esta fiesta, como una ofrenda de luz mediante la cual rogar a Tai Yi salud y buenas cosechas para su pueblo.

Inés estrechó las manos de Hugo contra su pecho y él pudo notar los latidos de su corazón y la emoción contenida en su respiración. La besó en los cabellos.

—Es precioso...

De pronto la muchacha salió corriendo hacia el interior de la cabaña. Sin tiempo de reaccionar, Hugo la observó alejarse, inquieto, y no apartó la vista hasta que la vio regresar al poco tiempo con un pequeño estuche marrón.

—¿Dónde traías eso?

—En mi bolso. Es plegable. Nunca salgo sin ella; una buena foto se puede presentar en cualquier momento.

Inés desplegó el objetivo de fuelle de su Eastman Kodak de bolsillo y empezó a disparar una y otra vez. Enfocaba a los faroles, a su reflejo en el río, al embarcadero, a las montañas, a los árboles... a Hugo, varias veces a Hugo. Decenas de fotografías con las que pretendía congelar aquel momento para que no se extinguiese nunca.

Le observó a través del objetivo. El mentón sombreado por la barba sin afeitar, el cabello alborotado, los extremos de los ojos fruncidos de arrugas a causa de una sonrisa que le tomaba la cara; los farolillos, como puntos luminosos lejanos en un cielo que empezaba a clarear, se llevaban el pasado y recibían el tiempo nuevo.

Bajó la cámara para mirarle directamente a los ojos. Entonces recordó lo que André siempre decía: la felicidad es ese instante que no se puede fotografiar. Pero André estaba equivocado: la felicidad sí se puede fotografiar... Aunque no con una cámara, sino con el alma.

—Pase lo que pase —declaró al hilo de sus pensamientos—, este instante ya es nuestro y nadie podrá arrebatárnoslo.

—Pase lo que pase, jamás dejaré de quererte —respondió Hugo sin vacilar.

Palacio Ebenthal, septiembre de 1904

Hugo había dejado a Inés en la estación de Gars am Kamp justo a tiempo de coger el primer tren de la tarde hacia Viena. En el andén, entre viajeros, equipaje y empujones, envueltos en la nube de vapor que el tren había expulsado antes de partir, le había dado un beso apasionado y le había rogado por última vez que no se marchase.

La noche anterior, mientras ella dormía, había estado fantaseando con la idea de escapar juntos a Estados Unidos. Se instalarían en la costa Este, quizá en una granja en Nueva Inglaterra. Le gustaba Nueva Inglaterra, era un lugar tranquilo, que con su naturaleza exuberante y sus costas salvajes resultaría ideal para criar una gran familia, niños sanos y fuertes y niñas tan preciosas como su madre. Mientras tomaban un frugal desayuno, le había hablado a Inés de Nueva Inglaterra, la granja y su familia, la de ellos. Ella le había mirado con ternura, sonreído con tristeza y dejado un beso breve y una caricia misericordiosa en la mejilla. No había necesitado rechazarle con palabras.

Condujo de camino a Ebenthal pisando a fondo el acelerador, haciendo chirriar los neumáticos en las curvas y pensando que si estrellase el automóvil contra un muro, todo habría acabado. Se sentía miserable, desgraciado y enojado. Enfadado con todo, con ella, consigo mismo, con su existencia asquerosa y desdichada, la que sin pena ni temor podría estampar contra un muro.

Sin embargo, llegó a Ebenthal intacto, él y su desdicha. Y el palacio lo recibió hostil, como siempre. Se refugió en su gabinete con una botella de whisky, sin ganas de ver a nadie. Mas no había terminado de servirse la primera copa cuando Magda entró sin llamar a la puerta.

—No tienes vergüenza, Hugo —siseó.

Llenó el vaso hasta casi el borde y después lo miró con desprecio, acusándolo de no ser más grande. Bebió de un trago más de la mitad y lo volvió a llenar.

—Yo también me alegro de verte... —No se volvió para replicar—. Déjame, Magda, ahora no estoy de humor para tus historias.

—Has conseguido que madre enferme del disgusto y se vea obligada a guardar cama. Marcharte así del entierro de nuestro padre, abandonar a tu familia en semejante trance para correr tras una furcia como un vulgar putañero. ¿De dónde vienes?, ¿de follar con ella para aliviar el duelo?

—Bonito lenguaje, hermana... Aunque no me esperaba otra cosa de alguien que aprendió la palabra follar beneficiándose a todo el cuerpo de jardineros del palacio. Uno tras otro, puede que incluso varios a la vez.

Aprovechó aquel momento para volverse y mirarla de frente. Quería observar el efecto de aquellas flechas envenenadas en su hermana. Comprobó con gozo que Magda tenía el rostro congestionado y apretaba los puños a causa de la ira. Ahogó una sonrisa en el whisky.

—Eres un malnacido...

—En eso tienes razón. —Se encogió de hombros—. Pero nadie elige dónde nacer.

—¡Basta de sarcasmo! —gritó Magda fuera de sí—. ¿Cómo puedes burlarte de ser la causa de la desgracia de esta familia? ¿Cómo puedes envanecerte de tu depravación? Ojalá nunca hubieras vuelto, Hugo. O mejor, ojalá hubieras dado con tus huesos en la cárcel de por vida. Nos hubieras ahorrado muchos disgustos.

—¿Y por qué no la horca, Magda? Apuesto a que te hubiera gustado verme con la cabeza colgando de una soga, ¿no es así? —Hugo le lanzó una mirada desafiante, pero ella prefirió no contestar. Le bastó un gesto de desprecio y continuar con su discurso.

—No tienes derecho al apellido que llevas ni a sus privilegios.

—¿Acaso lo tienes tú?

—¡Yo siempre me he comportado con decoro y honor! ¡He honrado a nuestros padres y su buen nombre! ¡Me he desvivido por conducirme con rectitud, por cumplir sus deseos y atender sus demandas! ¡Yo soy la primogénita, la mejor! ¡Pero tú te llevas todos los beneficios y te permites despreciarlos y malgastarlos!

—¿La mejor? —la interrumpió—. Admito que has sido más taimada que yo: has sabido ocultar tus vicios y tu alevosía en el fondo del cajón. Pero no te consiento que me des lecciones de moral. Tu alma no es menos negra que la mía, es cosa de familia. Ahora, lárgate y déjame emborracharme en paz.

Dio media vuelta y volvió a coger la botella de whisky. Magda reunió toda su inquina para lanzarle un último aviso:

—Te lo advierto, Hugo, no vuelvas a dejarnos en evidencia o atente a las consecuencias. Ahora padre ya no está aquí para salvarte el cuello.

El joven no pudo evitar soltar una sonora carcajada.

—¡Por Dios! ¡Qué amenaza más ridícula!

Entonces el semblante de Magda se oscureció: sus ojos entornados parecieron desaparecer tras profundas sombras y su dentadura resaltó blanca sobre un rostro casi negro en una mueca demoníaca. Aquella imagen transformada dejó a Hugo sin aliento.

—No me subestimes, hermano. —Su voz era deforme—. Nada me hace más feliz que tu sufrimiento.

Y con la misma rapidez y sigilo que había entrado, se marchó.

Hugo se dejó caer en el sillón, el corazón le latía con fuerza como si hubiera corrido kilómetros. Se aflojó el nudo de la corbata para poder respirar mejor. Agotado y aturdido, ahogó la tensión en alcohol y medicamentos.

Cada vez me cuesta más mantener la mente fría. No he debido dejar que me ciegue la ansiedad. No hay que matar por matar. Matar ha de tener un propósito. Cada muerte encierra un mensaje, un mensaje para ti que no quiero que malinterpretes.

Me pregunta qué hago yo aquí. Las otras también lo preguntaron. Pero la sola mención de tu nombre les hace bajar la guardia.

Lizzie es tan joven... Apenas una niña. Una niña estúpida y glotona que, a pesar de recelar, ha comido el chocolate con gula. La gula es un pecado capital, Lizzie... Lástima que lo olvidaras.

La observo con calma mientras sufre las primeras náuseas y las convulsiones. Pero poco a poco la situación empieza a enfurecerme. Me doy cuenta del error y la pérdida de tiempo y me invaden la rabia y la frustración. Me dejo llevar por la furia cuando le acuchillo el pecho sin control. ¡No, no, no! No eres tú a quien yo busco, pequeña zorra. La ira me hace perder los nervios, ya ni siquiera siento placer. Tan sólo repugnancia. Le levanto la cabeza y miro con asco la espuma que brota de su boca. Entonces su rostro púber de belleza incipiente me recuerda a las otras niñas, esas niñas cursis y altivas que se burlaban de mí. Malditas sean todas ellas. Maldita sea Lizzie por entrometerse.

Arrojo su cabeza contra el suelo y paso repetidamente el cuchillo afilado por su rostro. No hay que vanagloriarse de la belleza, la belleza es volátil y yo tengo la suya entre mis manos. El rostro de Lizzie no es bello ahora, deberías verlo: está sucio y ensangrentado, los labios le cuelgan rasgados y dejan a la vista unas encías demasiado grandes en carne viva. Ha perdido los ojos, apenas puedo distinguirlos. Su cabello rubio se aplasta sanguinolento contra el cráneo.

No soporto contemplarla por más tiempo y pienso en cubrirle el rostro con el lienzo y estamparlo, pero no hay mensaje en el rostro de Lizzie. Le corto el cuello. Busco excitarme como otras veces. No lo consigo. Algo va mal, todo va mal. No es ella. Siento ira e impotencia. ¿De qué ha servido todo eso? No hay mensaje ni castigo. Ningún pecado se redime con esta muerte, pero ¿qué otra cosa podía hacer con la pequeña entrometida?

Desisto de continuar. No tiene sentido continuar. El tiempo se agota, mi paciencia se acaba. Tengo que abandonar este lugar, tengo que proseguir cuanto antes la caza, la bestia aún sigue suelta y no es fácil encontrar la oportunidad de acorralarla.

Tengo que darme prisa, tengo que matarla.

***

Antes de dar fin a la botella de whisky, Hugo se había dormido con un sueño ligero. Se despertaba a menudo, las imágenes oníricas entremezcladas con la realidad en su cabeza abotargada, y le costaba unos segundos darse cuenta de que Inés no había entrado en el gabinete, ni le había besado, ni le había asegurado que abandonaría a Aldous para unirse a él.

Una erección le espabilaba. Miraba aturdido a su alrededor: el salón vacío y en penumbra. Le costaba unos segundos darse cuenta de que todo había sido un sueño.

En una de esas ocasiones de duermevela, había creído oír a Magda en el hall; gritaba a su doncella, la reprendía por alguna nimiedad. Estaba nerviosa, tenía prisa, regresaba a Viena. Hugo había mirado de reojo el reloj sobre la chimenea: su hermana querría llegar a tiempo de coger el último tren de la tarde. Magda era una víbora; una víbora rastrera. Había sentido frío. Había mirado el hogar apagado. Había pensado en dar otro trago de whisky. Pero había vuelto a dormirse antes de hacerlo.

Un timbre se coló en sus sueños. Sonaba con insistencia pero no provenía de ningún lugar. Era un despertador, la campana de la escuela, una bicicleta que casi le arrolla... Con el estruendo de un trueno, abrió los ojos de repente. Se encontraba en el gabinete. Todo estaba oscuro y, de cuando en cuando, la luz blanca de un relámpago hacía vibrar las sombras. El viento y la lluvia golpeaban los cristales.

El timbre seguía sonando. Era el teléfono. Habían instalado uno en el gabinete. Por lo general lo atendía el mayordomo, cogía las llamadas y pasaba nota, pero Hugo había dado orden expresa de que no se le molestara. Por eso el teléfono seguía sonando.

Buscó el interruptor de la luz, pero entonces recordó que el palacio Ebenthal carecía de alumbrado eléctrico. Su padre se había negado a instalarlo: viejo avaro y retrógrado. A tientas, entre destellos de luz blanca que entraban por la ventana, se dirigió a la mesa donde el teléfono reclamaba insistentemente atención.

—Palacio Ebenthal. —Su voz sonó rugosa después del sueño. Carraspeó.

—¡Hugo!

Aquella voz... La comunicación no era muy nítida, se cortaba.

—¿Diga?

—¡Hugo! ¿Eres tú?

¡Inés! El corazón le dio un vuelco de alegría. Pero cuando ella volvió a pronunciar su nombre, percibió la angustia en el tono de su voz y supo que algo no iba bien.

—Sí, Inés, soy yo. ¿Estás bien?

—No... Es... Es horrible...

Le pareció que su voz se quebraba; tal vez fuera un fallo en la comunicación. De nuevo el cielo tronó con fuerza. Hugo se puso tenso.

—¿Qué ocurre? —apremió.

—Hay... hay sangre por todas partes... Está muerta, Hugo... Dios mío... Está muerta...

Un escalofrío sacudió su cuerpo. Con cada relámpago apenas vislumbraba siluetas en la habitación. La voz de Inés temblaba al otro lado del teléfono. La tormenta era feroz. ¿Podría ser que estuviera aún soñando?

—¿Quién?

La línea le devolvió un crujido.

—¿Quién, Inés? ¿Quién está muerta? —Alzó la voz.

—¡Lizzie!

—¿Cómo ha...? ¿Dónde estás?

—En Nussdorf... Yo... Debí venir antes... La busqué pero no estaba... Y en el taller... Dios mío, Hugo...

Le costaba pensar con rapidez, ordenar las ideas. Se sentía impotente escuchándola angustiada al otro lado de una línea que se interrumpía a cada instante. La luz intermitente le desquiciaba.

—¿Estás sola?

—No... No lo sé... Todos duermen... Debo ir con ella, Hugo... Está allí y...

—No, Inés. ¿Me escuchas? No te muevas de donde estás. Voy hacia allá.

—Pero...

—Escúchame bien, Inés. Despierta a quien haga falta, llama a la policía y no te muevas de la casa. Avisa a la policía, ¿me has oído?

—Yo...

—Espérame, Inés.

Hugo colgó el auricular de un golpe. Con el estómago encogido y la adrenalina a punto de hacerle estallar las venas, salió a toda prisa del gabinete.

Cuando el coche se detuvo frente a la puerta de su casa, Aldous Lupu creyó que no tendría fuerzas para descender. El viaje en tren había sido largo y azaroso, incluso habían sufrido una enojosa interrupción a causa de una avería. Además, no se había recuperado por completo de aquel repunte de su enfermedad que había sufrido en Cracovia y que le había tenido postrado durante casi toda su visita; el tratamiento con mercurio le dejaba extremadamente débil. Había preferido no decirle nada a Ina. Ella se preocupaba demasiado y no deseaba angustiarla estando separados.

Buscó el apoyo del lacayo para apearse, caminó penosamente hasta la puerta y trató de recomponerse. Saberse en casa y cerca de Ina actuó como un poderoso estímulo.

Sin embargo, cuando Elmeker le comunicó la ausencia de fräulein Inés, el peso de la mala noticia pareció agarrársele a los músculos y debilitarlos de nuevo. Que herr Lupu no la esperase levantado, le había dejado dicho al mayordomo. ¡Por Dios, cómo irse a la cama sin verla, sin oírla, sin abrazarla ahora que tanto la necesitaba! Soñaba con contemplar su rostro iluminado por una sonrisa. Soñaba con sentir el tacto suave de sus manos cuando le acariciaba con ternura. Soñaba que ella le hablase con su voz dulce y arrulladora mientras le curaba las llagas y le obligaba a inyectarse la morfina... Soñaba con Ina siempre que dormía y aun cuando estaba despierto. No se iría a la cama con aquellos sueños sin cumplir.

Se recluyó taciturno, enfurruñado como un niño. Se curó las heridas solo y se inyectó la morfina sin quejarse porque no tenía a quién protestar. Porque no estaba Ina para escucharle. No estaba aquella noche. En realidad, hacía mucho tiempo que ya no estaba...

Ina había cambiado. Seguía siendo amable, cariñosa y alegre; su belleza indescriptible era reflejo de la belleza de su alma. Y seguía expresándose sin palabras. Ina era así: había que leer su rostro para comprenderla. Y aunque su rostro era difícil de interpretar, tanto como un mensaje cifrado, él había aprendido a hacerlo durante las miles de horas que la había observado sin llegar a cansarse, con un pincel en la mano o sin él, con los ojos del artista o con los del hombre. Y Aldous sabía que Ina había cambiado, que se le escapaba de entre los dedos cubiertos de llagas...

Aquellas manos de viejo enfermo no podían retenerla para siempre; lo había sabido desde el principio, desde el día en que se reconoció enamorado de ella, y las migajas de su ternura y su compasión, de su admiración incluso, habían sido alimento suficiente para un espíritu resignado a la frugalidad. La contención sexual resultaba dolorosa pero era un precio justo a pagar por tenerla a su lado cada día. En el ocaso de su vida,

ella se le antojó un regalo de los dioses demasiado generoso...
Salvo que Inés no era un regalo, tan sólo un préstamo.

«Ina, mi amada Ina.» La añoranza se volvía cada vez más
dolorosa; la ausencia, más penosa. No podría soportar perderla ni siquiera compartirla. Se había engañado creyendo
que sí. Menudo necio... Había dejado de ser un hombre joven, y la anomia no era postulado para viejos; el peso de la
experiencia demostraba la falacia de una sociedad sin normas.
El amor libre y la liberación sexual habían dejado de parecer-
le pasatiempos excitantes y divertidos; sus deseos de poseerla
y de ser poseído por ella, esclavos absolutos el uno del otro,
crecían irracionalmente.

«Ina, mi amada Ina...» La campana del carillón vibró una
vez. La una de la madrugada. Aldous se sentía desquiciado, los nervios a flor de piel. Ella ya debería haber vuelto
a casa.

Incapaz de prolongar la espera, salió a buscarla.

*Estoy en el taller de fotografía. A oscuras. ¿Qué hago aquí?
No lo sé... He perdido el dominio de mí. La obsesión me nubla
la mente.*

*Estoy jadeando. ¿Por qué estoy jadeando? ¿Por qué me
cuesta respirar? Me tiemblan las manos. Intento controlar el
pulso pero es en vano. La saliva se me acumula en las comisuras de los labios, no puedo tragar. Soy como un perro rabioso.
No me reconozco. Me aprieto las sienes, siento el tacto pegajoso de los guantes. Necesito ver. Enciendo una cerilla y busco el
interruptor de la luz eléctrica. Lo acciono.*

*Tengo que controlarme: tengo que concentrarme, ser razo-
nable. Puedo calmarme, consigo calmarme: todavía me late
deprisa el corazón pero mis movimientos son lentos y cautelo-*

sos. *Avanzo unos pasos y percibo un olor picante a productos químicos. Paso a la habitación contigua. Decenas de fotografías cuelgan por todas partes de unas cuerdas. Cruzan el espacio de un lado a otro como banderines de feria. Me acerco. Son tuyas. Todas tuyas. Tu mirada, tu sonrisa. Tú. Una tras otra, sólo tú. Las suelto de sus pinzas y poco a poco la furia se hace presa de mí. Nadie debería poseerte... Noto un dolor indefinido. Me muerdo los labios y sangran. A través de los guantes, me clavo las uñas en las palmas de las manos. La furia se torna locura. Arranco las cuerdas, arrugo las fotografías, las rompo, lanzo una placa de vidrio... otra... y otra, se despedazan, tiro frascos al suelo, estallan y su contenido se esparce, el olor se vuelve más penetrante, me aturde; el ruido me aturde... El dolor me desquicia; es demasiado intenso. Grito. Rujo de rabia.*

—¿Qué es esto?

Me vuelvo. Puedo notar la ira espumar por mi boca. ¿Quién? Apenas veo ni reconozco.

—¿Qué haces aquí? ¿Qué está pasando?

Aldous. Maldita sea.

Echo un vistazo a mi alrededor. Todo está destrozado. Me miro. Las manos, los guantes ensangrentados. La ropa ensangrentada. La sangre de Lizzie. En mis manos hay un pedazo de fotografía. Tu fotografía. Caigo de rodillas al suelo.

—No lo sé... —murmuro sin mirarle.

Aldous me habla. Pero no le escucho. Con la cabeza gacha observo la fotografía rota: un fragmento de ti. La rabia no cesa, el dolor aumenta. Mira lo que nos ha hecho, Aldous. A ti y a mí. ¿No te das cuenta?

Aldous me habla. Me hace preguntas que no respondo. Clavo la vista en el suelo. Hay un pedazo de vidrio puntiagudo. Siento la mente despejada de nuevo. Visualizo su cuello. Sé por dónde pasa la yugular, la he visto otras veces en cuellos diseccionados. En el lado izquierdo, bajo el ángulo de la mandíbula. Con suerte puedo llegar a la carótida.

Aldous se acerca a mí lentamente. Me habla con calma, como a los locos. Me pone la mano sobre el hombro. Es el momento. Cojo el vidrio, me incorporo y... se lo clavo con todas mis fuerzas. La punta entra hasta el fondo, en el lugar preciso. La saco y un chorro de sangre brota como un surtidor y me salpica hasta el codo. Aldous se tambalea y se desploma. Me mira desde el suelo con los ojos muy abiertos. Creo que quiere decirme algo. Pero yo sólo presto atención a su alrededor: los pedazos de tus fotos son su lecho.

Lo siento, mi querido Aldous. Lo siento mucho.

<hr/>

El inspector Sehlackman rodeó a Inés por los hombros y la ayudó a incorporarse. La cubrió con una manta. Ella ni siquiera le miró. Estaba conmocionada. No respondía a ningún estímulo: ni a las palabras ni al contacto. Se comportaba como una muñeca inanimada. El mismo gesto inalterable desde que Sehlackman se había enfrentado al horror de aquella escena.

Jamás olvidaría la imagen del laboratorio hecho añicos: los cristales rotos, los papeles esparcidos y aquel fuerte olor, ácido y picante, que se le instaló en el entrecejo, produciéndole un dolor de cabeza latente que se prolongó durante toda la noche. Y en mitad del caos, el cadáver de Aldous Lupu tendido en el suelo. Inés lo abrazaba.

Su primera reacción fue sacarla de allí. No quería pensar en nada más. Sólo en apartarla de ese lugar, como si tan sólo con eso pudiera hacer como si ella nunca hubiera estado allí...

Pero cuando la tuvo entre los brazos se volvió tangible, se convirtió en real. Karl se asustó. Estaba cubierta de sangre, el rostro lívido y la mirada vacía. Bien podría haber sido ella el cadáver. Encerraba algo en el puño apretado. El inspector se lo quitó sin que ella opusiera resistencia. Se trataba de un pedazo de fotografía, arrugado y manchado de sangre. Se la pasó al agente Steiner al tiempo que le instruía acerca de cómo proceder mientras él acompañaba a la señorita a su casa.

Junto a otro joven agente, acomodó a Inés en un coche de punto. Ni siquiera durante el breve trayecto la joven reaccionó. El agente Rössler, como se llamaba el joven policía, miraba al inspector con gesto escamado. Probablemente nunca había visto un estado de shock similar. Karl sabía que tarde o temprano las emociones de Inés se manifestarían de forma dramática, sólo era cuestión de tiempo.

Cuando llegaron a casa de Lupu, se produjo una alteración general entre el personal de servicio. Eran las cuatro de la madrugada, los habían sacado de sus camas con aquella noticia terrible y la policía les entregaba una chiquilla ensangrentada en la que costaba reconocer a su señora.

A Karl le llevó un rato poner orden en semejante situación. Finalmente consiguió que una doncella llorosa y la consternada ama de llaves se hicieran cargo de Inés. La cogieron entre las dos para llevarla a sus habitaciones cuando, justo al pie de la escalera, se produjo la catarsis. Inés se detuvo. Pronunció el nombre de Aldous en un murmullo. Volvió a hacerlo clavada en el suelo, las otras mujeres no conseguían hacerla subir.

Karl se acercó.

—Tranquila. —Posó la mano en su espalda con suavidad.

Ella se volvió. Lo miró con auténtico terror en los ojos. Infinidad de emociones contrajeron su rostro sucesivamente.

—Aldous... Aldous... Lizzie... —Agarró a Karl con fuerza, lo sacudió—. ¡Lizzie! ¡Lizzie! ¡Lizzie!

—Por favor, cálmese. ¿Qué sucede con Lizzie?

Pero Inés no atendía a razones, sólo gritaba el nombre de la chica y se revolvía entre las manos de quienes la sujetaban.

—Fräulein Lizzie está en Nussdorf, inspector. Tal vez la señora esté preocupada por ella —aclaró el mayordomo.

Karl comprendió. Intentó centrar la atención de la joven:

—Escúcheme, Inés. Debe tranquilizarse. El agente Rössler irá a asegurarse de que Lizzie está bien. ¿Me entiende? No debe preocuparse. Ahora es importante que descanse.

Pero ella siguió gritando enajenada, dejándose la garganta en cada grito. Al ver que las palabras eran inútiles, Karl ordenó a las mujeres que se la llevaran a la fuerza. Después se dirigió al mayordomo:

—Será mejor que avisen a su médico. —Alzó la voz por encima de los gritos de Inés.

Mientras el mayordomo se dirigía al teléfono, habló con el agente Rössler:

—Coja un coche y vaya rápidamente a Nussdorf, a esta dirección. —La garabateó en su libreta, arrancó el papel y se lo dio—. Compruebe que todo está en orden pero no informe aún a la muchacha de lo sucedido, yo hablaré con ella. Si tiene que comunicarme algo, puede llamarme aquí. Me quedaré alrededor de una hora más, quiero hablar con el mayordomo. Si no me localiza, pase aviso a la Polizeidirektion.

Herr Elmeker, el mayordomo, había sido quien había llamado a la policía. Cuando el inspector Sehlackman le pidió que le relatase lo sucedido aquella noche, aún se oían los alaridos de Inés en la planta de arriba. Sólo cesaron después de que llegara el médico y le administrara un sedante intravenoso.

—Fräulein Inés se marchó a eso de las nueve en su propio coche —contaba Elmeker—. Dijo que avisáramos a herr Lupu de que no la esperara, que llegaría tarde. Herr Lupu estaba de viaje, ¿sabe? Y habría de llegar a Viena esa noche. La verdad es que me extrañó porque siempre que el señor está fuera a ella le gusta recibirle en casa.

—¿Dijo fräulein Inés adónde iba?

—No, señor. —Elmeker se detuvo un instante; la pregunta del inspector le había hecho perder el hilo de su relato. Aunque no tardó en recuperarlo—: Herr Lupu llegó más tarde de lo que esperábamos. Frau Jules, el ama de llaves, le había dejado la cena servida en el comedor y tuvo que volver a calentarla... Aunque él no quiso probar bocado. Se le veía muy fatigado...

—¿A qué hora llegó herr Lupu?

—Pasadas las diez de la noche. Su tren se había averiado cerca de Ungeraiden y tuvieron que cambiar la locomotora. Llegó a Viena con mucho retraso.

—¿Cuándo volvió a salir de casa?

—Alrededor de las dos de la madrugada. Parecía muy preocupado por fräulein Inés, no hacía más que repetir que no era habitual en ella retrasarse tanto. Incluso, a eso de las once, llamó por teléfono a Nussdorf y habló con la señorita Lizzie, ella le dijo que fräulein Inés no estaba allí ni la esperaba. Ya de madrugada decidió ir al atelier a buscarla —concluyó refiriéndose al estudio fotográfico de Inés—. Si se hubiera quedado en casa... —Elmeker meneó la cabeza, pesaroso—. Al poco fräulein Inés telefoneó, preguntando por él, pero ya se había marchado al estudio. Así se lo dije a ella. Parecía muy nerviosa; sólo preguntaba con insistencia por herr Lupu. Antes de cortar la comunicación me pidió que avisara a la policía.

—Entonces, usted nos llamó...

El mayordomo se mostró ligeramente turbado, como si le hubieran cogido en una falta.

—No, señor... No lo hice inmediatamente... Era todo tan extraño que no sabía qué hacer. Lo discutí con frau Jules y finalmente decidimos que lo mejor era avisarles.

Karl terminó de anotar en su libreta aquel último dato. Se ajustó un poco las lentes y reflexionó un instante, pero nada parecía tener mucho sentido.

Estaba a punto de abandonar la residencia del difunto Lupu cuando recibió la llamada del agente Rössler desde Nussdorf: escuchó atónito las noticias. El horror y la tragedia no habían hecho más que empezar. Aquella noche iba a ser una noche funesta para el inspector Sehlackman.

· · ·

Quizá si Karl Sehlackman hubiera sabido lo largo y penoso que resultaría el día, se hubiera planteado hacer un alto y reponer fuerzas. Sin embargo, a pesar de haber pasado la noche en vela, desdoblado entre los escenarios de dos crímenes consecutivos, Karl no quiso irse a su casa al terminar el trabajo. No hubiera podido descansar, tenía demasiadas cosas en la cabeza, demasiadas imágenes espeluznantes.

Pensó en ir a hablar con Inés. Aún era temprano, quizá siguiera durmiendo, pero imaginó que más tarde, en cuanto corriera la noticia de la muerte de Aldous Lupu, la casa se llenaría de gente. Y era necesario entrevistarla cuanto antes.

Le recibió frau Jules, el ama de llaves. También en su rostro maduro eran patentes el disgusto y el cansancio. Ella dio cuenta al inspector del estado de la señora: había dormido algo, aunque inquieta; se había despertado hacía rato.

—Le he administrado el tranquilizante, como me indicó el

doctor, aunque no he conseguido que pruebe el desayuno. Claro que es natural con lo que ha tenido que pasar... Pobrecilla...

Se encontró con Inés en su alcoba. Vestía de luto riguroso y estaba sentada junto a la ventana abierta, con la mirada perdida en el horizonte. Aunque demacrada y ojerosa, se mostraba serena. Karl pensó que su belleza debía de ser como un aura que traspasaba lo físico, pues permanecía extrañamente intacta.

—Debería tener cuidado con el aire de la mañana, aún es fresco.

Inés se sobresaltó ligeramente. A pesar de que Karl había llamado a la puerta parecía no haberle oído entrar. Al verle, trató de sonreír, pero no lo consiguió.

—Buenos días, Karl.

—Buenos días. ¿Cómo se encuentra?

Ella negó con la cabeza y bajó la vista como si quisiera contarse los dedos de las manos.

Se hizo el silencio. Karl se dio cuenta de que estaba retorciendo su sombrero. Acabaría por deformarlo. Lo dejó sobre un velador y se agarró las manos a la espalda. Malditos nervios. Aquella mujer siempre le hacía sentirse torpe e inseguro, siempre nublaba sus sentidos.

—Siéntese, por favor... —le indicó ella al cabo—. ¿Desea tomar algo? ¿Un té? ¿Un café? Adivino que no ha desayunado...

—Adivina bien. Pero no me apetece nada, muchas gracias.

Ella devolvió la mirada a la ventana y comentó:

—Parece que vamos a tener un bonito día lleno de sol. El verano se resiste a dejarnos.

Karl no supo qué contestar. Tampoco Inés esperaba que dijera nada.

—¿Fue a ver a Lizzie?

Asintió desconcertado. ¿Acaso estaba jugando con él? Ella había sabido desde el principio que Lizzie había muerto asesinada poco antes que Lupu, en una tétrica sucesión de crímenes.

Buscando de nuevo el amanecer entre los tejados de Viena, Inés continuó:

—Todo es culpa mía... No debí dejarla sola... Yo tendría que haber estado allí, con ella...

Karl suspiró. Reunió toda la empatía que pudo en su tono de voz.

—Me gustaría que me contase qué sucedió anoche. Sé que es difícil pero...

—No... —le interrumpió—. Está bien... En realidad, creo que necesito hablar de ello... Todo el mundo se empeña en que descanse, en que coma, en que me tome las pastillas... Pero yo lo que quiero es hablar... —Le miró suplicante.

—Lo sé... —tartamudeó. Su mirada le hizo trabucarse. Por un momento visualizó aquellos maravillosos ojos, borrosos entre el humo de opio, y aquel cuerpo dorado, derretido sobre la tapa del piano.

El inspector se removió en su asiento, se subió las lentes hasta el puente de la nariz y tosió ligeramente. No podía permitirse perder el control.

—Usted halló a Lizzie muerta. —Karl la obligó a descender a la realidad. Tal vez había sido brusco, pero sabía que el mayor peligro de aquel trauma era la negación, y para evitarla tenía que animarla a rememorar lo vivido. También la brusquedad le ayudaba a él mismo a poner los pies en la tierra desde una nube de opio.

Inés asintió.

—Fui a su habitación, pero no la encontré. Era tarde, debería haber estado acostada. La busqué por el resto de la casa... Luego salí al jardín. Recorrí el cobertizo; a veces le gusta ir allí, junto al lago se ven bien las estrellas; pensé que se habría quedado dormida al raso y la noche era fresca... Y, por último, el taller. Encendí las luces...

Inés se detuvo. La voz le temblaba. El cuerpo entero le temblaba. Carraspeó para recuperar el tono y se sujetó las manos sobre el regazo. Las sortijas brillaban en sus dedos largos y finos, ya libres de cualquier rastro de sangre.

—Lo supe desde el principio, supe que estaba muerta... Pero no quería creerlo. La llamé. Grité su nombre y no se movió... Entonces la volví... Vi su rostro, su cuello, la sangre... Era horrible... —Inés se llevó las manos a la boca y dejó de hablar. Pronunciar las palabras las convertía en ciertas, Karl conocía esa sensación.

—¿Quiere que le pida un poco de agua? —se ofreció. Al observar la palidez de su rostro temió que fuera a desmayarse.

—No... no... Estoy bien... Si yo hubiera estado con ella... Si no la hubiera dejado sola... —se culpaba Inés recurrentemente.

—Pero ella no se encontraba sola. En la finca estaban los guardeses y la vieja aya en casa...

—De nada sirvió... Yo le había prometido ir. Tenía que ayudarla a cerrar la casa ahora que se acaba el verano y, con todo recogido, regresaríamos hoy juntas a Viena. Ahora estaría aquí, conmigo... Pero la llamé, le dije que no podía, me habían surgido asuntos aquí. A ella no le importó... Es tan dulce.

—¿Qué tenía que hacer en Viena?

Inés le miró. Karl hubiera dicho que había temor en su mirada. Ella dudó antes de responder.

—Una visita... Una visita en... Meidling.

El inspector no pudo evitar mostrar sorpresa: ¿una visita

en Meidling?, ¿en uno de los barrios más pobres de la ciudad?, ¿a altas horas de la noche?

—¿Una visita en Meidling? —repitió.

—Sí... —La joven vacilaba, no parecía encontrar la respuesta adecuada—. Puede parecer extraño pero es así. Voy a menudo a visitar a los Vuckovic...

Aquello se volvía cada vez más atípico.

—¿Los Vuckovic? Pero ese apellido...

—Es serbio, ya lo sé. —Inés empezaba a ponerse a la defensiva—. ¿Acaso es delito tener amigos serbios?

Karl prefirió no insistir. Aquella visita resultaba cuando menos extraña, desde luego, pero empezaría por comprobar el dato, era sencillo, luego volvería a interrogarla sobre el asunto. En aquel momento no quería que Inés dejase de hablar. Aún tenía muchas cosas que contarle.

—No, claro que no. —Sonrió—. Tampoco tiene importancia.

Inés bajó la guardia.

—No, no la tiene, se lo aseguro. Además, terminé antes de lo que había previsto y por eso cambié de planes a última hora.

—¿A qué hora terminó?

—Alrededor de las once, llegaría a Nussdorf pasadas las once y media. Había llevado mi propio cabriolé, de modo que pude improvisar y llegar pronto. Aunque Aldous regresaba de viaje esa misma noche, creí que era mejor ir con Lizzie y reunirnos los tres al día siguiente en Viena... Reunirnos los tres... —Las últimas palabras se deslizaron con amargura entre sus labios, muy lentamente, e Inés volvió a perderse en el silencio y en la ventana.

—¿Por qué regresó de Nussdorf a Viena después de encontrar a Lizzie? ¿Por qué no avisó a la policía?

—No lo sé... —Frunció el ceño y arrugó la frente. Se acarició la sien izquierda con una mano—. No recuerdo muy bien qué sucedió después... Estaba muy nerviosa. Llamé por teléfono a Hugo...

En toda Viena se hablaba de la escandalosa huida de Hugo von Ebenthal e Inés tras el sepelio del anciano príncipe. Karl, por supuesto, no había sido ajeno a aquella desaparición en pareja las últimas cuarenta y ocho horas y, durante dos noches casi en vela, había llegado al convencimiento de que sólo Hugo podía seducir a una mujer como Inés. Sólo para alguien como él estaban reservados los dones del cielo; era cosa de sentido común. Sin embargo, también había querido creer que aquella huida había significado únicamente una aventura pasajera. Por eso aquella revelación le cogió por sorpresa.

—¿A Hugo?

—Sí... —Parecía algo cohibida—. Tenía miedo... Necesitaba hablar con alguien... Que alguien me dijera lo que tenía que hacer.

—¿Y qué le dijo él?

Sacudió la cabeza, angustiada.

—No sé... No puedo recordarlo...

Karl se anotó mentalmente hablar de aquella conversación con Hugo.

—Estaba muy asustada —continuó Inés—. También telefoneé a casa, quería hablar con Aldous, contarle lo sucedido, que viniera cuanto antes pero no estaba; Elmeker me dijo que se había ido al estudio. Yo sólo deseaba salir de allí, echarme en los brazos de Aldous, él podría arreglarlo... Siempre tiene una solución para todo... Tal vez incluso me diría que Lizzie no estaba muerta, que todo había sido un sueño... —Movió la cabeza—. Es absurdo... No sé muy bien en qué estaba pensando... Fui al establo y saqué a mi yegua, la que me había traído tirando del carruaje. Yo misma la había desenganchado porque el guardés a esas horas ya descansaba. No perdí tiempo en volver a engancharla, simplemente la monté. Es una buena potra que me trajo al galope sin desfallecer... Llegué al estudio... Y... Dios mío...

Por primera vez, la barbilla de Inés tembló. Pero ella se mordió los labios y el temblor se aplacó. Karl hubiera deseado tomarle las manos para ofrecerle consuelo, pero, recordando su papel allí, se abstuvo de hacerlo.

—¿No vio a nadie? —Aquella pregunta sonó en exceso a interrogatorio; procuró suavizar el tono—: ¿Recuerda si se cruzó con alguien en los alrededores?

Ella negó.

—La entrada no estaba forzada —constató Karl.

—A menudo me dejo la puerta de atrás abierta. Es la que suelo utilizar para entrar en el laboratorio cuando la tienda está cerrada, como ayer domingo. Había estado revelando unas fotografías por la tarde y seguramente me fui sin cerrar.

Sí, las fotografías..., pensó Karl, y las visualizó hechas pedazos y manchadas de sangre. Entonces se metió la mano en el bolsillo y sacó un papel. Se lo tendió a Inés.

—Estaba en el bolsillo de Lizzie...

Se trataba de un tarjetón de papel grueso, de buena calidad. Contenía un breve mensaje escrito a máquina:

«Te espero a medianoche en el taller. Tengo algo importante que decirte. Trae contigo esta nota. Hugo».

Después de leerlo, Inés miró a Karl. Parecía confundida.

—No sé qué significa esto...

—Yo tampoco. Tendré que preguntarle a él...

Karl hizo una pausa. Aún le quedaba una pregunta en el aire. Aprovechó para observar a Inés, para medirse con ese hechizo que sobre él parecía ejercer y que lo volvía vulnerable, que le obligaba a odiarse por ser el policía que abría una brecha entre ellos con sus preguntas y sus sospechas veladas.

—Inés. —Pronunció su nombre con cierta ternura, incluso con devoción, como si estuviera flirteando con ella en lugar de interrogándola, como una suerte de conjuro contra aquella maldición—. ¿Quién era Lizzie?

—La hija adoptiva de Aldous. La acogió hace tan sólo un par de años, poco después de conocernos.

—¿Por qué?

No era una pregunta estúpida y ella lo sabía: ¿por qué iba a querer Aldous Lupu adoptar a una jovencita de catorce años?

—Porque yo se lo pedí, inspector Sehlackman.

Karl aún no sabía nada de lo que había sucedido cuando dejó a Inés en su casa de Wieden. Más tarde pensaría que la realidad es increíblemente subjetiva: sólo se materializa cuando la percibimos, hasta entonces, nada es real. Nada de lo que había sucedido era real para Karl en aquel momento.

Pasó por su casa para cambiarse de traje y tomar una taza de té, también algo para el dolor de cabeza. Después se dirigió caminando a la Polizeidirektion, aprovechando el trayecto para poner orden mentalmente en tiempos, sucesos y personas que coincidían en los crímenes de la noche anterior. Tenía mucho trabajo por delante.

Fue al entrar en su despacho cuando las noticias le asaltaron con la misma acechanza y alevosía que un grupo de bandidos. Y lo cogieron totalmente desprevenido.

Hugo von Ebenthal se encontraba gravemente herido. Había sufrido un accidente de automóvil durante la madrugada. En el trayecto entre Ebenthal y Viena, su vehículo había colisionado contra un árbol que un rayo había partido y derribado sobre la calzada. Justo a la salida de una curva, sin margen para que el conductor hubiera podido anticiparlo y frenar.

Salió a toda prisa hacia el Allgemeine Krankenhaus, el Hospital General, adonde habían llevado al herido. Con los sentidos de corcho y una extraña sensación de irrealidad producto del agotamiento, Karl observó a la princesa viuda, arrugada y llorosa en una esquina del blanco corredor; a Magda, furiosa y despotricando contra la irresponsabilidad de su hermano; a Von Lützow, ajeno, fumando en un descansillo; incluso a Sandro, sufriendo el duelo con una intensidad dramática. Y, por último, a Kornelia con las facciones desencajadas y sin separarse de la cama de Hugo.

Karl se acercó: le costó reconocer a su amigo en aquel rostro magullado y cubierto casi por completo de vendas; podría haber sido Hugo o cualquier otro. Sin pronunciar una sola palabra, Karl salió de la habitación, blanca y luminosa como la antesala del cielo, ciertamente irreal.

Sólo recuperó algo de lucidez cuando habló con el médico:

—Aparte de las fracturas y las heridas, ha sufrido un fuerte trauma en el cráneo. Las pruebas de rayos X revelan una hemorragia interna, y seguramente se ha producido lesión cerebral, pues aunque su alteza conserva las funciones vitales básicas, ha entrado en un estado prolongado de pérdida de conciencia. No puedo evaluar con exactitud el alcance de la lesión, pero me temo que el pronóstico no es bueno. En cualquier caso, el trastorno de las funciones cerebrales incrementa el peligro de muerte.

Karl abandonó el hospital cabizbajo. No se molestó en

ponerse a cubierto de la lluvia que empezaba a caer; al final no iban a tener un hermoso día de sol como había vaticinado Inés. Cogió el tranvía distraído, bien podría haberse equivocado de línea, pero tuvo suerte y acabó justo donde pretendía.

En el momento en que él accedía al hall de la casa de Wieden, Inés bajaba por la escalera. De algún modo ella debió de presentir el mal cercano, con ese sexto sentido que tienen las mujeres, o simplemente lo leyó en el rostro lívido y la mirada de extrema tristeza de Karl. Se detuvo en mitad del último tramo. Fue entonces cuando el inspector sintió que las fuerzas le abandonaban: un sudor frío le cubrió la frente y empezó a marearse; se sujetó al pasamanos.

—Lo siento... Traigo malas noticias... —anunció.

Durante un breve instante, ella pareció incrédula: no podía haber lugar para más desgracias. Pero aquella mirada se desvaneció en cuanto Karl le contó lo sucedido.

Sin pronunciar palabra, Inés se sentó a cámara lenta en un escalón y ocultó el rostro entre las manos. Paralizado al pie de la escalera, Karl la observó: un bulto negro sobre la alfombra roja, su cabello incandescente como el metal al fuego era un punto focal. Seguro que a Lupu le hubiera gustado pintar aquella imagen, pintar la desolación.

Inés levantó la cabeza, tenía los párpados enrojecidos a causa de la presión de los dedos.

—¿Va a morir?

Karl sintió una náusea en la boca del estómago. Tragó saliva.

—No lo sé...

Karl Sehlackman estuvo a punto de abandonar el caso. En realidad estuvo a punto de abandonarlo todo. Le faltaban las fuerzas para levantarse cada mañana, para llegar al final del día. Lo único que deseaba era quedarse en la cama, ajeno al drama de la vida. Quizá tirarse a las vías del tren para arrancarse de la cabeza los oscuros pensamientos que la saturaban.

Se sentía apático y melancólico; miserable. Se sentía solo. No tenía a nadie que le diera unas palmaditas en el hombro y le animara a continuar. Ninguna persona que simplemente escuchara sus zozobras, sus angustias y sus miedos.

Tuvo que admitir que el accidente de Hugo le había afectado más de lo normal. No se explicaba por qué. Él estaba acostumbrado al drama y al sufrimiento; lo presenciaba casi a diario a causa de su trabajo y había llegado a blindar su sensibilidad con armazón de hierro... o, al menos, eso creía.

Quizá porque Hugo era su amigo. Su único amigo. Y la última persona a la que uno podría imaginarse postrado en una cama sin beberse la vida en compañía de una mujer bonita. Tal vez porque hubiera resultado más noble que la muerte se llevara a Hugo con la dignidad del príncipe que, en definitiva, era y no convirtiéndolo antes en un deshecho humano. Quizá porque Karl, desde pequeño, había aprendido a idealizarle y a elevarle a un altar de invulnerabilidad; y Hugo no era un dios invencible, sino tan sólo un ser humano.

Y luego estaba ella. Inés... No podía continuar si ella estaba de por medio. Ella bloqueaba su capacidad de raciocinio y anulaba su sentido de la ética profesional. Por ella hubiera ocultado pruebas, amañado testimonios, quemado informes...

Karl sabía que no podía seguir así. Presentó su renuncia al comisario.

El comisario escuchó atentamente sus argumentos. Después recostó su voluminoso cuerpo sobre la silla, que emitió un peligroso crujido. Dio una calada al habano que se estaba fumando, rizó hacia arriba la punta izquierda de su bigote imperial y, con su voz potente, resolvió:

—No puede dejarlo, Sehlackman. Sería absurdo, ahora que el caso está prácticamente resuelto.

Karl arqueó las cejas como si la aseveración del comisario le resultara increíble: ¿prácticamente resuelto?

—¡La mujer, Sehlackman! —Quiso despabilarle con la exclamación—. Es evidente que ha sido ella a la vista de los resultados de la dactiloscopia.

Los resultados de la dactiloscopia... Rössler se los había dejado a primera hora de la mañana en la mesa. Los había leído, había cerrado la carpeta y había cruzado los brazos encima. Durante al menos una hora había permanecido con la mirada perdida en el infinito, acodado sobre el informe de dactiloscopia. Después había ido a ver al comisario.

—Lo siento, señor, pero aunque las huellas dactilares coinciden con las de Inés, no creo que sean prueba suficiente. Según su versión, ella cometió la imprudencia de tocar los cadáveres al descubrirlos, así como las respectivas armas criminales: el cuchillo y el pedazo de vidrio. Eso explicaría que sus huellas estuvieran en todas partes.

—Según la versión de Inés, según la versión de Inés... —bufó el comisario—. Miente para protegerse, Sehlackman, ¿no se da cuenta? Es una mujer enferma de celos, una mujer histérica y desequilibrada. Eso la convierte en peligrosa.

Karl suspiró y movió la cabeza. Él no estaba tan convencido. O no quería estarlo.

—Los dos últimos crímenes son diferentes a los anteriores —alegó—. Tienen puntos en común, no lo niego, y sobre todo, el vínculo entre las víctimas. Pero son distintos. No han sido los crímenes premeditados y perfectamente organizados de la modelo y la bailarina, en los que el criminal extremó las precauciones para no dejar un solo rastro. En los asesinatos del pintor y su hija prima la precipitación y el descuido, y por eso hay tantos indicios: la nota del príncipe Von Ebenthal, los envoltorios de los dulces con restos de cianuro, el cuchillo de cocina y el vidrio que se han empleado como armas homicidas, y huellas dactilares por todas partes, tanto en el taller como en el laboratorio. Además, resultan mucho más pasionales, menos racionales y fríos en su ejecución: no ha habido mutilación de miembros ni órganos. Ni hemos encontrado el macabro sello que el asesino dejó en los anteriores, el rostro de las víctimas estampado en un lienzo. No, señor, son demasiado diferentes.

El comisario no entendía la obcecación del muchacho. Era un buen policía, había resuelto con éxito numerosos casos, ¿qué le sucedía ahora? Con cierta impaciencia, replicó:

—¿Y eso qué más da? En los últimos crímenes, ella estaba trastornada. Usted lo sabe mejor que yo.

Sí, claro que Karl lo sabía. Él mismo se la había encontrado aquella noche desquiciada y conmocionada, emocionalmente vencida. Él la había separado del cuerpo de Aldous Lupu, una víctima circunstancial, a la que quizá no hubiera deseado matar.

—Ya no se trataba de una modelo o una bailarina cualquiera —continuó el comisario—, sino de su propio amante y una muchacha a quien consideraba como a una hija. En semejante situación de enajenación, ni siquiera se molestó en cubrirse, en huir, en buscarse una coartada... en ejecutar el crimen perfecto, como en las veces anteriores. Y no fue hasta la mañana siguiente, con la mente ya fría, cuando vio la posibilidad de quedar libre de sospecha, ofreciéndole a usted una versión diferente de los hechos.

El comisario se incorporó hacia delante y aplastó el resto del puro contra un cenicero de cristal. Tosió ligeramente.

—Puede que la coincidencia de las huellas no constituya prueba suficiente por sí sola, inspector. Pero unida a todas las demás evidencias, no hace más que aumentar la probabilidad del escenario que usted mismo ha planteado. Todo está aquí —señaló a un montón de papeles—, en sus informes.

De sobra conocía él sus informes, maldita sea. Ése era el problema, que cada vez hallaba menos excusas para la evidencia. Por eso quería renunciar.

—La mujer ha sido lo suficientemente hábil para darle una versión cierta, aunque parcial, de lo que sucedió aquella noche. Como, por ejemplo, su visita a la familia serbia de Meidling, en un arranque de caridad y filantropía que la coloca en una posición encomiable, poco coherente con la de criminal.

En efecto, Karl había comprobado que Inés había estado aquella noche en Meidling y se había entrevistado con los Vuckovic, quienes sólo habían pronunciado buenas palabras de aprecio y gratitud hacia ella. No, eso no casaba con la imagen de una criminal patológica.

—Pero más allá de eso, Sehlackman, sólo ha contado mentiras. No se encontró muerta a la muchacha, sino que ella la mató a causa de los celos, como a las demás, cuando descubrió que mantenía relaciones con el príncipe Von Ebenthal. Prueba de ello es la nota en la que su alteza citaba a la joven a un encuentro nocturno.

—Lástima que él no pueda ya dar testimonio de eso... Ni de la conversación que mantuvo con Inés aquella noche —murmuró Karl para sí, sin poder ocultar su pena.

—Una conversación que muy oportunamente ella ha olvidado —añadió el comisario con sarcasmo—. Pero ¿qué le dijo el mayordomo del príncipe? Que su alteza había mantenido una breve conversación telefónica, en un tono bastante acalorado, justo antes de marcharse precipitadamente en automóvil. Se puede pensar que la mujer le pidió explicaciones por su infidelidad y amenazó con matar a la chica, de ahí que él viajara con tanta urgencia a Viena.

—O quizá sólo llamó para pedir ayuda...

—¿Ayuda a un hombre que se encuentra a kilómetros de allí? Es ridículo. Si hubiera querido ayuda, habría llamado a la policía.

—Pero... ¿por qué regresó ella a Viena? ¿Por qué se puso al descubierto de esa manera?

El comisario agitó la mano en el aire.

—¿Quién sabe lo que pasa por la mente de una mujer trastornada? ¿Hasta qué punto podemos esperar un comportamiento lógico y razonable? Ni siquiera cuando están en sus cabales las mujeres son predecibles... Tendría usted que ver a mi esposa —divagó el comisario—. Se me ocurre que tal vez estaba dispuesta a confesarse con el pintor, no lo sé. En cualquier caso, a mi modo de ver, ella no tenía planeado matarlo (de hecho, había dejado abandonado el cuchillo después de matar a la chica y tuvo que improvisar el arma) pero la situación se le fue de las manos. Esa mujer ha perdido la cabeza, Sehlackman. Lo mismo es una dama dulce y caritativa, que una fría asesina, que una loca vengativa... La mujer de las mil caras.

El comisario se levantó con cierto esfuerzo del sillón. Karl lo imitó.

—No le dé más vueltas, inspector. Tal vez esta teoría no sea perfecta, pero es la más sólida. Ha hecho un buen trabajo con este caso. Ahora sólo nos queda obtener la confesión de la mujer. Entiendo su situación personal... —Le pasó el brazo por los hombros y lo guió hasta la puerta—. El príncipe es su amigo... Y la mujer... Bueno, a menudo las mujeres nos nublan los sentidos. Pero no deje que ella le confunda. Usted es un buen policía. Limítese a hacer su trabajo.

Y Karl lo hizo. Aquella misma tarde, junto con el agente Rössler, acudió a casa de Inés, dispuesto a detenerla como sospechosa de asesinato.

Pero, para entonces, ella ya había desaparecido.

<hr />

Karl Sehlackman no tenía ganas de visitar a Kornelia von Zeska. Ni a nadie. La desaparición de Inés le había asestado un golpe definitivo, le había hundido en una profunda depresión ante la que no se hallaba capaz de reunir fuerzas para recuperarse. Tenía la inquietante sensación de haber perdido algo más que a una sospechosa para su investigación. No podía haber otra explicación a ese vacío succionador que se había instalado en el centro de su pecho como un agujero negro.

Sin embargo, le remordía la conciencia al pensar que, si en los momentos felices él había sido el primero en hacerle la corte a la baronesa, ante la desgracia se escondía cobardemente. Le remordía la conciencia pensar que Kornelia se enterase por alguien que no fuera él de la desaparición de Inés.

Lo recibió en el recogido salón oriental, entre paneles lacados y almohadones de seda. Tumbada en un diván, bebía té de un samovar y fumaba en una pipa china de porcelana. Le llamó la atención que no pintara; hasta tal punto estaba su ánimo afectado. A su lado, Leonardo ronroneaba en respuesta a sus caricias. El felino se levantó y se frotó el lomo contra sus piernas a modo de saludo.

—No entiendo por qué Leonardo te tiene tanto cariño

—espetó con su voz terrosa de fumadora—. Tú no eres especialmente cariñoso con él.

—Eso no es cierto —alegó acariciando al animal bajo el mentón—. Cuando tú no miras, le doy un terrón de azúcar y él lo sabe.

La baronesa meneó la cabeza como toda muestra de desaprobación.

—¿Me invitas a un té?

—Siéntate... Tienes mala cara, Karl. Y no te he visto desde el otro día en el hospital... —La baronesa se interrumpió a sí misma y perdió la vista en algún lugar como si mirara no hacia fuera, sino dentro de sí—. Ya no voy al hospital... No puedo soportarlo... —Tras el breve paréntesis, regresó al punto de partida—: ¿Acaso me evitas?

—Es que tengo mucho trabajo...

Lo miró a través del humo de su última calada con los ojos entornados. No le creía, pero lo dejó pasar. Karl tosió levemente, el tabaco le picaba en una garganta estropajosa a causa de la desazón.

—Tómate ese té —concedió al fin—. Pero hoy no hay terrones de azúcar, me encuentro demasiado triste para tomar nada dulce. Hoy me siento de luto.

Karl reparó en su caftán blanco y Kornelia le explicó, por si no lo sabía, que el blanco era el color del luto en las culturas musulmanas. Kornelia siempre tan extravagante. Extravagante incluso para el luto.

Entonces la escena pareció detenerse a causa de la inacción de Karl. En pie como un soldado de guardia custodiando el samovar.

—Inés ha desaparecido —vomitó sin meditar lo que llevaba tantas horas meditando.

La pipa de Kornelia quedó suspendida en el aire. Sólo la

fina estela de humo ascendente animaba aquella escena de foto fija.

La baronesa palideció y al cabo de unos segundos levantó el brazo para coger la taza de té. La porcelana tembló escandalosamente a causa de su pulso alterado. El té acabó derramándose sobre su caftán. Karl corrió a sujetársela y la devolvió con cuidado a la mesa. Se sentó junto a ella.

—Quería que te enterases por mí —dijo con delicadeza.

Kornelia se volvió con el rostro contraído en miles de arrugas.

—¡Qué es eso de que ha desaparecido!

—No está, Kornelia. Simplemente, no está. Se ha marchado sin dejar rastro.

—¿Y si ha muerto? —gritó.

Karl se encogió de hombros. ¿Por qué no? Claro que podía haber muerto. Se había marchado sin equipaje, ni lo más mínimo. O su huida había sido precipitada o, sencillamente, había muerto. Pero fuera como fuese, Karl tenía que dar con ella. Si la encontraba muerta habría otra víctima más; si la encontraba viva, tendría a la asesina.

—¿Qué está ocurriendo, Karl? ¿Por qué la desgracia se cierne sobre nosotros?

La anciana le estaba suplicando una explicación. Una explicación que Karl no podía darle, que no tenía.

—Estamos trabajando para encontrarla. —Evitó dar una respuesta—. Pensé que tú podrías ayudarme.

—¿Yo? ¿Qué puedo saber yo? Esa muchacha siempre ha sido un misterio, incluso para mí, que me considero su amiga.

—¿Nunca te habló de ella misma? De sus miedos, de sus deseos... de su pasado.

La baronesa negó con la cabeza. Aún le temblaban las manos cuando se llevó la pipa a los labios para fumar con una aspiración prolongada.

—¿Nunca te habló de Hugo?

El humo se atravesó en la garganta de Kornelia. Tosió. Después acusó a Karl con la mirada de profanar un nombre sagrado.

—Hugo estaba enamorado de ella —aclaró Karl.

Kornelia rió con estridencia.

—¡Eso es ridículo! Hugo era incapaz de enamorarse de nadie, él mismo me lo confesó. Después de lo de Kathe... Se volvió un hombre insensible.

—Eso pensaba yo... Eso creía el mismo Hugo, lo sé. Pero he encontrado una nota a medio escribir entre sus cosas.

Karl sacó un papel de su bolsillo y lo desplegó frente a la mirada atónita de Kornelia. Se lo tendió.

—Es una declaración de amor en toda regla. Una propuesta de huir y pasar el resto de la vida juntos. Es una confesión desesperada, casi un ultimátum. Pero nunca llegó a enviársela. Quizá no tuvo tiempo de hacerlo, tal vez se arrepintió de haberla escrito.

Kornelia apretaba la mirada, las mandíbulas y el papel entre los dedos. Antes de llegar a romperlo, se lo devolvió a Karl.

—No puedo... No puedo seguir leyendo esto... Son las palabras de Hugo... Mi querido Hugo. Y él... ahora... —Ahogó un sollozo y se secó torpe una lágrima que asomaba entre las arrugas de sus párpados. Fumó con una mano y bebió té con la otra; había conseguido dominar el temblor.

—Lo que realmente me gustaría saber es si ella está enamorada de él.

—¿Y eso qué importa ahora? —renegó Kornelia con la voz quebrada.

Karl suspiró. Hubiera deseado cortar aquella conversación y marcharse de allí sin dar más explicaciones. Hubiera deseado evaporarse y escapar por el aire como un gas, fluido e incorpóreo, indolente. Pero no podía eludir sus responsabilidades.

—Celos —respondió lacónicamente antes de dirigirse a una Kornelia desconcertada—. Supongamos que ella ha cometido los asesinatos.

Kornelia se irguió de pronto como si un pedazo de hielo hubiera descendido por su espalda.

—¿Qué estás diciendo? —logró articular.

—Que su desaparición no es casual: los últimos acontecimientos la han convertido en la asesina que estoy buscando. Y los celos podrían ser un buen móvil para los crímenes.

—Pero... ¡valiente tontería! ¿Cómo se te ha ocurrido una cosa así, Karl Sehlackman? Es ridículo pensar que Inés... ¡Es ridículo!

¿Cuántos más detalles que no quería confesar a la baronesa tendría que compartir con ella?

—No hay demasiadas pruebas... Pero las que tenemos apuntan a ella —indicó vagamente.

—¡Pero, Karl, ella quería a esas chicas, eran sus protegidas, su gran obra! ¡Y adoraba a Aldous! Es de todo punto imposible que deseara acabar con sus vidas.

El inspector se encogió de hombros. Las objeciones de la baronesa no eran relevantes.

—Y, además —continuó Kornelia—, Inés no es precisamente una mujer forzuda. ¿Cómo podría haber ella cometido tales atropellos con mujeres jóvenes?

—Envenenando a sus víctimas previamente. Hemos encontrado restos de veneno en los cuerpos de las chicas.

La baronesa se mostró sorprendida.

—¿De las chicas? ¿Sólo de las chicas? ¿Y de Aldous no?

—No... —respondió el joven deseando saber adónde quería llegar la baronesa. Pero Aldous era un hombre fuerte, ¿cómo pudo reducirlo sin cianuro?

—No era un hombre fuerte, Kornelia. Estaba enfermo de sífilis, su médico nos lo ha confirmado. Además, el asesinato de Lupu pudo ser accidental. No creo que ella quisiera matarle, simplemente se vio obligada a ello y puede que tal fatalidad desbaratase sus planes, su crimen perfecto.

Kornelia negó con la cabeza por todo comentario. Se había quedado sin argumentos, debatiéndose entre la lealtad y la cruda realidad. El tabaco consumiéndose en la pipa y el té enfriándose en la taza: el tiempo parecía haberse ralentizado.

—Lo siento, Kornelia —admitió Karl sin que aquellas frías palabras pudieran expresar cuánto lo sentía de verdad—, pero Inés es la única persona que tuvo los medios, la oportunidad y, probablemente, el motivo.

—No, Karl, ésa es la solución fácil. Lo que tienes que hacer es encontrarla. Dar con ella para que todo este malentendido se aclare de una vez por todas.

En aquello Kornelia estaba en lo cierto: tenía que encontrar a Inés.

—Maldito botarate, ¿en qué demonios estabas pensando cuando se te ocurrió ser policía?

Karl le dio mentalmente la razón.

16

Viena, unos meses después

Tenía en las manos un frasco de cianuro. Cianuro que usan los fotógrafos. Fotógrafos como Inés.

No le quitaba la vista de encima: con su cristal de color ámbar, su tapón de corcho y su etiqueta desgastada y manchada.

Cuando se comprobó que el cianuro se había utilizado para envenenar a la primera víctima, ordené que se interrogara a todos los boticarios y drogueros de Viena —establecimientos en los que resultaba relativamente sencillo adquirirlo— por si podían dar alguna referencia de las personas que habían comprado el compuesto en las fechas previas a los crímenes. Y volví a hacerlo después del segundo y el tercer crimen, en los que también se había empleado el mismo veneno. En ningún caso obtuve resultados concluyentes: la mayoría de los compradores eran clientes habituales y ninguno del entorno de las víctimas.

Sin embargo, entonces, con el frasco de cianuro entre las manos, se me ocurría pensar que tal vez el asesino no hubiera necesitado adquirir el veneno porque ya disponía de él. Porque lo usaba habitualmente para revelar fotografías.

Probablemente tenía entre las manos la prueba que me faltaba para terminar de inculpar a Inés de todos los crímenes. Pero, al igual que aquella vez que me quedé ensimismado sobre el informe de dactiloscopia, sólo miraba y volvía a mirar el frasco, sosteniendo un debate conmigo mismo que me tenía paralizado.

En aquel momento entró el agente Haider en mi despacho tras un fugaz golpe de nudillos en la puerta.

—André Maret ha muerto. Acaban de informarnos desde el hospital.

No aparté la vista del frasco de cianuro. Recibí indiferente la noticia, con el mismo desapego que si Haider acabara de comunicarme de que estábamos en invierno.

—Dígame, Haider, ¿cree que Inés ha cometido los crímenes?

Haider era un buen policía, que se sabía los informes como si se los hubieran tatuado en los sesos, pero, más allá de lo que recogían aquellas páginas asépticas, no tenía ni la más remota idea de quién era Inés en realidad... Ella era algo muy personal que entraba en el terreno de mi intuición, mi sexto sentido, mi sensación a flor de piel... mi corazón. Y nunca había encontrado la ocasión para decirle que Inés no era sólo un nombre en un papel... Era la mujer más bella de Viena. De repente me pareció vital averiguar su visión personal sobre aquel asunto, su intuición, ya que la mía empezaba a zozobrar.

Supe que la intempestiva pregunta le había dejado fuera de juego. En el fondo, le estaba obligando a cuestionarse los informes, los sagrados informes. Lentamente, como dándose tiempo para meditar la respuesta, cerró la puerta a su espalada y se sentó frente a mí, al otro lado del escritorio.

—Creo que... ella tuvo el motivo, los medios y la oportunidad —declaró con cautela.

Me eché hacia atrás en la silla y agité una mano en el aire.

—¡Oh, vamos, agente! Ésa es una respuesta demasiado

académica para ser tenida en cuenta. No estamos en un examen. Mójese.

No creo que Haider se hubiera mostrado más nervioso en un examen.

—Bueno... Según los informes, todos los hechos apuntan a ella... Y, además, están los resultados de la dactiloscopia...

—Dudo mucho de que ningún tribunal la condenara basándose sólo en las pruebas de dactiloscopia —le corté, haciendo de abogado del diablo. Porque lo cierto era que yo mismo había pretendido detener a Inés con aquellas pruebas en la mano por todo argumento.

—Pero ella se hallaría ahora ante un tribunal si no fuera porque ha desaparecido...

—Cierto...

Se abrió un silencio prudente.

—Inés no es zurda —continué yo tensando la cuerda. El análisis grafológico de su firma así lo había apuntado. Y yo había comido junto a ella y la había visto usar la mano derecha.

—La opinión del forense no es concluyente a ese respecto. Sugiere que hay altas probabilidades de que el asesino sea zurdo, pero no ofrece una certeza total. Además, podría tratarse de una persona zurda encubierta, que hubiese sido forzada a emplear la mano derecha en contra de su inclinación natural; sucede en la mayoría de los casos.

—Escuche, Haider. —Adopté acto seguido un tono paternalista con él—: Un buen detective tiene que ir más allá de los informes, leer entre líneas los hechos. Un buen detective debe ser riguroso y objetivo, pero también emplear la intuición. Claro que lo que dice es cierto, yo mismo lo incluí en los informes. Pero ¿qué le dice su intuición?

Haider permaneció pensativo, rebuscando en una parte llena de polvo y telarañas de su burocrático cerebro.

—Me dice que nadie se esperaría que una mujer como ella resultase ser una asesina. Pero tal vez en eso radique la esencia de sus crímenes perfectos... Perfectos al menos hasta que le ha cegado la pasión, algo muy femenino por otra parte.

—Pues a mí lo que me dice mi intuición es que las pruebas que tenemos contra ella son escasas y endebles. —Dejé el veneno sobre la mesa con un golpe ligero antes de continuar hablando—. Por eso ahora nuestro trabajo es doble: no sólo encontrar a Inés, sino además conseguir nuevas pruebas que refuercen la acusación de asesinato.

Haider clavó la vista en el cristal ámbar y asintió como un alumno aplicado.

Al final de la tarde me guardé el frasco y salí de la Polizeidirektion camino de la universidad. La noche ya había caído sobre Viena.

Abordé al doctor Haberda al terminar su última clase y le mostré el veneno.

—¿De dónde lo ha sacado? —me preguntó.

—Del equipo de un fotógrafo. Me gustaría saber si se trata del mismo compuesto de cianuro que se utilizó para cometer los asesinatos.

El forense torció ligeramente la boca mientras lo examinaba.

—Después de lo que me ha dicho, no lo creo —resolvió enigmático—. En cualquier caso, tengo que mandarlo a analizar en el laboratorio. Venga pasado mañana a mi despacho sobre esta misma hora.

Yo siempre lo había mantenido. Que, cuando menos te lo esperas, la cruda realidad te sorprende, te da una paliza brutal y te deja abandonado en un callejón oscuro y solitario.

Frente al lecho de Hugo, aquella certeza adquiría dimensiones dolorosas y era exactamente así como me sentía: golpeado, abandonado e impotente... Rabioso de impotencia.

Acudía a visitarle tan a menudo como podía, o como el ánimo me lo permitía, con la esperanza ilusa de apreciar alguna ligera mejora en su estado. Pero la realidad era tozuda, mucho más que yo, y el cuadro permanecía inalterable de una visita a otra.

Maldita imagen la de Hugo convertido en un trozo de carne con constantes vitales mínimas y envuelto en sábanas de algodón egipcio, porque, según me contaba su madre, el algodón era el mejor tejido para prevenir las llagas en su cuerpo inerte.

Pero yo no quería escuchar a la princesa viuda ni su lamento de voz quebrada. No quería escucharla llorar que mi amigo Hugo ya no hablaba ni sonreía, que ni siquiera miraba a los ojos y tan sólo mantenía la vista en un punto indefinido; que había que lavarle y afeitarle, cambiarle de postura cada poco tiempo y alimentarle con paciencia porque casi toda la comida le caía por las comisuras de los labios.

Y, para no escucharla, me había perdido en absurdos pensamientos metafísicos. Nada ocurre sin razón... Nada queda por siempre al otro lado del escaparate o encerrado en un recorte de prensa de un álbum con tapas de cuero para que lo contemplemos y analicemos sin mancharnos de sangre... La sangre acaba por salpicarnos...

—¿... deseas acercarte a escuchar lo que murmura?

Era ligeramente consciente de que acababan de hacerme una pregunta, pero incapaz de descifrar cuál había sido. Miré a la princesa viuda con aire ausente y, por mor de su rostro familiar de gesto apremiante, regresé en caída libre al ambiente opresivo de aquella alcoba alfombrada y adamascada. Percibí los olores sutiles a flores marchitas, linimento opiado y enfermedad. Se hicieron audibles los sonidos hasta entonces ignorados: el tictac del reloj; el repiqueteo de las agujas de punto que con maestría y velocidad asombrosas manejaba la enfermera tejiendo una labor; la respiración afanosa e irregular de Hugo... Yo mismo me sentí ahogado y quise correr hacia la ventana para abrirla de par en par; necesitaba aspirar a pleno pulmón una bocanada de aire fresco y despejar mi cabeza con la brisa helada de los campos nevados. No lo hice. La histeria es patrimonio de las mujeres. Me recompuse con discreción y me dirigí a la princesa en tono pausado y amable:

—Discúlpeme, estaba distraído...

—Mi querido Karl... Entiendo que estés impresionado... Te decía que tal vez quieras acercarte a Hugo y escuchar lo que dice. Es terrible y obsesivo, a veces me pone los pelos de punta y otras me desespera, pero es un signo de vida por el que doy gracias a Dios...

No estaba muy seguro de querer acercarme a Hugo. Sin embargo, ¿para qué me hallaba allí si no? Desde luego, no para quedarme plantado en mitad de la habitación como un idiota, filosofando para mis adentros. Sin nada que objetar, encaminé mis pasos silenciosos hasta una silla junto a la cabecera de la cama. No me senté de inmediato, me quedé en pie contemplando el rostro de mi amigo. A tan corta distancia, los rasgos de su deterioro eran mucho más patentes. El tono cerúleo de la piel, el mentón descolgado, los labios resecos, las mejillas hundidas y aquella horrible mirada vacía de unos ojos hundidos en unas cuencas oscuras. Un temblor me recorrió la espina dorsal, pero me sabía observado y mantuve la compostura.

La princesa se confundía. Hugo no podía decir nada. Sólo era un maldito cadáver viviente. Y su visión me llenaba de rabia y tristeza. ¡Deseaba agarrarle por los hombros y zarandear su cuerpo inmóvil, pedirle a gritos que se dejara de bromas y regresara a la conciencia! ¡Preguntarle qué ocurrió aquella noche fatal del accidente, por qué las notas de las víctimas estaban firmadas con su nombre! ¡Enseñarle mi placa y obligarle a responderme!... Porque yo era la autoridad y su respuesta resultaba vital para mi investigación.

Meneé la cabeza para quitarme de encima todas esas ideas estúpidas y me incorporé sobre él con la oreja muy cerca de su boca. Atento. Tal vez... Sí, puede que tal vez dijera algo... Un par de sílabas sin apenas modular se escapaban de sus labios quietos y se confundían con su respiración. Con cada exhalación se arrastraban entre sus cuerdas vocales, una y otra vez, en un ritmo constante. Sólo un par de sílabas. Inés. Más que suficiente.

Me senté al borde del colchón y cogí su mano. Estaba fría y, al apretarle los dedos, fue extraño sentirlos fláccidos y ser consciente de que no me devolvían el apretón. Aun sabiendo que no me escucharía, le susurré en respuesta a su clamor:

—No te preocupes, Hugo, la encontraré.

La princesa viuda Von Ebenthal tuvo conmigo la atención excepcional de acompañarme hasta la salida. Muy probablemente la pobre mujer también necesitase un poco de aire fresco. En el majestuoso porche sobre la escalinata del palacio Ebenthal siguió desahogándose. Siempre la había considerado una figura distante y digna de respeto, pero entonces, a la implacable luz del día, la encontré anciana, frágil y consumida.

—... el médico dice que cada día que pasa se reducen las posibilidades de recuperación. Podría quedarse así para siempre... Morir, a lo peor.

Ocultó un sollozo en su pañuelo con la dignidad propia de la dama que era. Y yo, por primera vez en mi vida, olvidé las convenciones sociales que tan escrupulosamente había observado siempre con los Von Ebenthal y la envolví en un abrazo tierno, como se abraza a una madre, que ella aceptó sin reparos.

—Ay, si tu padre, que Dios lo tenga en su Gloria, siguiera entre nosotros... Estoy segura de que hubiera hecho algo por él.

Mi padre había sido un gran médico, eso era cierto. Pero, por mucho que la princesa y yo mismo lo deseásemos, no hubiera podido obrar milagros. Aunque ella no quisiese admitirlo, ninguna ciencia podía impedir que su hijo fuera un vegetal el resto de su vida. Pese a ello, asentí.

—Volverás a visitarle, ¿verdad? Estoy segura de que a él le agrada que vengas.

Le prometí que regresaría y me despedí de ella besándole la mano. Caían algunos copos de nieve cuando empecé a bajar los muchos peldaños de la escalinata. Llegado a la mitad, me detuve y miré al horizonte desde aquella altura privilegiada. Un collage en blanco y negro de extensiones nevadas que llegaban hasta el borde de las montañas se abría frente a mí. La vista era muy hermosa. Lentamente exhalé un suspiro y el aire se condensó en un falso humo que llevaba su nombre.

—Inés... ¿Dónde estás?

Es cierto que hubo un tiempo en que me gustaba visitar a la baronesa Von Zeska. Su peculiar hogar era un reducto para mí lo suficientemente extravagante y desquiciado para curar mis sentidos de la abrasión que en ellos ocasionaba la realidad.

Solía sentarme en un banco, bajo el ventanal que daba al jardín. Me recostaba sobre los almohadones y tomaba té de clavo con pasteles de semillas de amapola. De cuando en cuando, acariciaba la cabeza suave de Leonardo, que se enroscaba a mi lado con la misma dignidad de un príncipe, aunque para las visitas informales no llevara puesto su collar de brillantes.

Mientras, Kornelia pintaba. A veces, tocaba instrumentos exóticos que emitían sonidos aleatorios en lugar de música. Y en toda ocasión fumaba en un narguile una mezcla de licor y tabaco y acostumbraba a hablar sin parar, normalmente sobre mí. Era la única persona a la que yo podía oír hablar sobre mí sin avergonzarme ni enojarme. No porque me adulara, sino todo lo contrario: porque me dejaba en cueros, me enfrentaba a la versión más cruda de mí mismo. Sólo ella con su franqueza descarada me hacía crecer como persona.

«Por Dios, Karl, ¿en qué demonios estabas pensando cuando se te ocurrió ser policía?» Nuestras charlas siempre finalizaban así. Tal vez debí haberla escuchado la primera vez que me lo dijo.

Sí, había pasado una eternidad desde aquellos días felices, y la desgracia y la vileza, que hasta entonces quedaban al otro lado del ring, habían logrado desflorar mi santuario más sagrado y ni Kornelia ni su hogar habían vuelto a ser los mismos.

No la había visto desde aquella vez que fui a comunicarle la desaparición de Inés. Había evitado verla. Hasta que llegó un momento en que ya no pude postergarlo más.

La luz del gabinete era gris, o mí me lo parecía. Los colores se mostraban apagados. No me recibió el aroma del narguile ni había flores en los jarrones desnudos. El té se había enfriado en las tazas. Y Sandro, con los ojos en blanco y el fular desanudado, dormitaba sin dignidad entre los brazos del opio.

Miré a Leonardo, tumbado en el suelo como un vulgar perro. Apenas levantó la cabeza al verme entrar y siguió durmiendo.

—Creo que también está enfermo de melancolía —comentó Kornelia desde la esquina en la que pintaba. No le pareció necesario saludarme.

Me agaché junto al guepardo, le acaricié. Su mirada resultaba tan triste que las líneas bajo sus ojos se asemejaban a lágrimas negras. Incluso él parecía pedirme explicaciones.

Me alejé del animal y me acerqué a Kornelia. Pintaba con escasa pasión un lienzo monocromático y varios cuencos de óleo azul se repartían sobre su mesa de trabajo entre paletas, pinceles y disolventes.

—¿El mar? —apunté.

—El cielo —me corrigió ella—. Desde ahí nos miran todas las buenas personas que nos han dejado.

Odiaba tener que enfrentarme al recital plañidero de una elegía y cambié de tema.

—Por lo visto Inés conocía a un mendigo. Un mendigo con el que pasaba ratos largos en el Stadtpark. ¿Sabes algo de eso?

Sin levantar el pincel del lienzo, Kornelia asintió.

—Sí, una extraña amistad. Cosas de Inés...

—Tengo que hablar con él. Si eran tan amigos, tal vez pueda darme alguna pista sobre su paradero. Pero no lo encuentro por ninguna parte —suspiré.

—No escondas tras suspiros la vergüenza del fracaso, Karl Sehlackman. Sabes que Hugo no tardará en contemplarnos también desde ahí arriba. Y tú no has sido capaz de encontrar a la mujer que ama, ni siquiera su cadáver.

—No tendré en cuenta lo que has dicho porque sé que estás sufriendo. Y porque... —nunca había aparentado ser otro con Kornelia— he de admitir que tienes razón. He fracasado.

La baronesa soltó el pincel en un brusco movimiento, se volvió en su asiento y me tomó las manos con fuerza. Sus ojos me devolvieron una desesperación infinita.

—Oh, mi querido Karl, lo siento mucho. Pero tienes que ayudarme, ya no sé qué hacer... ¿Qué será de mí cuando Hugo muera? No podré soportarlo... —sollozó.

—Aún vive. —Fue todo lo que se me ocurrió objetar.

Su gesto mudó de la congoja a la ira.

—Sí... Y esas aves de carroña ya se abalanzan sobre su cuerpo agónico. El olor de la fortuna las solivianta como el de la sangre a las fieras.

No me costó adivinar que se refería a Magda y a su marido.

—No pienso firmar esa condenada incapacitación. ¡No pienso allanarles el camino del saqueo! ¡Hugo todavía está vivo!

—Evita ese desgaste inútil, Kornelia. Sabes que tienes que firmar. Aunque vive, Hugo es incapaz de gestionar sus bienes. Todo el patrimonio Von Ebenthal está en riesgo. El juez te obligará a presentarte en el juzgado y mandará un policía para escoltarte; un policía extraño y mucho más antipático que yo.

Kornelia me soltó y movió la cabeza, rendida.

—¿En qué demonios estabas pensando cuando se te ocurrió ser policía, Karl Sehlackman? —concluyó, como siempre, mientras se limpiaba las manchas de pintura azul de las manos con un trapo empapado en trementina.

Acompañé a Kornelia al Palacio de Justicia, ignorante aún del circo que estaba a punto de presenciar.

Magda y el coronel Von Lützow habían iniciado los trámites para formalizar legalmente la incapacidad de Hugo y aquel día tendría lugar la audiencia en la que el juez se entrevistaría con los testigos, como parte de las pruebas aportadas al proceso. Y testigos éramos los familiares más cercanos de Hugo y yo mismo, que había sido citado en calidad de funcionario público, circunstancia que confería a mi testimonio mayor fiabilidad ante la ley. Dicha audiencia, unida a un informe médico y a un examen del enfermo por parte del juez, habrían de llevar al magistrado a declarar que Hugo carecía de las capacidades físicas y mentales para gobernarse por sí mismo y a nombrar un tutor que administrase su patrimonio.

La situación era del todo propicia para el matrimonio Von Lützow. Y es que siendo mujeres los familiares más próximos a Hugo, la ley anteponía sobre ellas al coronel a la hora de designar tutor, pues, como viene demostrando repetidamente la ciencia y la experiencia, un hombre posee per se muchas más facultades que una mujer para ejercer una tutela; para todo, en realidad.

La audiencia se desarrolló en un ambiente de tensión manifiesta que alcanzó su punto álgido con el enfrentamiento abierto, casi físico, entre Magda y Kornelia. Poco les faltó para arañarse como gatas salvajes. Kornelia iba con los nervios desquiciados y bastaron un par de provocaciones para que Magda también perdiera los suyos. Ambas convirtieron la lujosa sala neorrenacentista del Justizpalast en un cuadrilátero sobre el que se desafiaron y se agredieron con palabras. Se calificaron mutuamente de manipuladoras, desleales y oportunistas. Kornelia llegó a acusar a Magda de robar y enterrar en vida a su propio hermano. Magda no se quedó atrás, culpando a su tía del estado en el que se hallaba Hugo al haber fomentado en él la vida disoluta y haber amparado sus vicios, sus pecados y sus excesos.

El juez, un hombre que acumulaba una experiencia probablemente secular frente a un tribunal, a tenor de su avanzada edad y su expresión de hastío, y que además parecía algo duro de oído, se limitó a presenciar impasible la pelea, como si en realidad se tratase de una cuestión meramente doméstica, un asunto entre mujeres histéricas, que en nada afectaba al proceso. Entretanto, el secretario realizó una transcripción taquigráfica de todas las declaraciones, empezando a sudar visiblemente en el momento de recoger la lucha verbal entre tía y sobrina.

Llegado el punto de firmar las correspondientes declaraciones, un observador imparcial hubiera considerado vencedora de la contienda a Kornelia. Y es que la baronesa había recuperado rápidamente la compostura —de ordinario un tanto desaliñada, bien es cierto— y había rubricado sus palabras con pulso firme y fuerte, tanto que casi rompe el papel. Por el contrario, Magda —de ordinario, impecable— se mostraba hecha un desastre: se le había despeinado el cabello, tenía el rostro y el cuello cubiertos de un sarpullido rojizo, le temblaba todo el cuerpo y, en el momento de firmar, cogió la estilográfica con la izquierda y tuvo que cambiarla de mano precipitadamente; al final pidió a Von Lützow las sales amenazando con desmayarse si no se las ofrecía de inmediato.

A las pocas semanas, Hugo von Ebenthal, que aún seguía

vivo, fue judicialmente declarado incapaz. El mismo día que cumplía treinta años.

⁂

Hubo una época en la que empecé a despertarme en mitad de la noche. No lo hacía sobresaltado ni inquieto, simplemente abría los ojos en pleno sueño y no podía volver a cerrarlos. Supongo que mi conciencia, como yo mismo, no es dada a aspavientos ni puestas en escena espectaculares; se manifiesta silenciosa y constante, como la gota de agua que horada la roca.

La noche es un inmenso lienzo negro sobre el que la mente dibuja sin coacción. Mi mente dibujaba los rostros de las mujeres asesinadas, a punto de caer en el olvido. Dibujaba a Hugo y su agonía suplicante desde el lecho. También a Inés, cada vez más ausente... Todas esas personas a las que yo estaba fallando porque me hallaba perdido en un laberinto sin salida.

Me deshice de las mantas que empezaban a asfixiarme con su peso, me levanté y me dirigí a la ventana. La nieve caía lentamente sobre las calles blancas y desiertas. Los copos, que flotaban en zigzag, parecían imprimir un ritmo más pausado a la vida misma. Me pregunté por qué si el mundo está lleno de cosas hermosas, tan hermosas como una sencilla nevada sobre la ciudad dormida, yo había escogido rodearme de lo peor de la naturaleza humana...

—¿Estás bien?

La voz de Sophia me envolvió como un arrullo. Sophia era otra de las cosas hermosas del mundo, y que ella me aceptara todas las noches en su cama para dar cobijo entre sus brazos a mis dudas y mis miserias, parecía un guiño de la fortuna, una fortuna que rara vez había posado en mí sus ojos brillantes.

—Sí... No podía dormir... Aún nieva —anuncié como si aquello fuera el objeto de mi desvelo.

—Anda, vuelve a la cama o te enfriarás.

Le obedecí y volví a deslizar mi cuerpo ya frío entre las mantas, buscando como un recién nacido el calor que desprendía Sophia.

—¡Estás helado! —se quejó al tacto de mis pies en sus pantorrillas. Aunque aquello me valió un abrazo cálido y un beso en los labios.

—Siento haberte despertado —dije aún cerca de su boca.

—Jamás duermo de un tirón. El sueño profundo es para las conciencias limpias. Al menos ahora no estoy sola cuando abro los ojos... Y eso me gusta —concluyó muy bajito como si tuviera que avergonzarse de ello.

Entonces fui yo quien la besé.

—¿Por qué no puedes dormir?

—Porque hay demasiadas cosas gritándome aquí dentro —respondí señalándome la sien—. Gritan todas a la vez y no puedo entenderlas...

Llevé la cabeza de Sophia hasta mi pecho. Iba a confesarme pero no quería que ella me mirara mientras lo hacía, no quería salpicar su belleza con mis inmundicias. La abracé; la inmovilicé.

—He vuelto al Stadtpark, llevo haciéndolo toda la semana, y no hay rastro del mendigo. Mi investigación está estancada porque depende de un mendigo, un tipo que no aparece por ningún lado. Cuatro personas han sido asesinadas y yo no puedo hacer nada porque ese hombre no aparece por ningún lado. Diez años de carrera policial para depender de un mendigo que tal vez no sepa nada... Esto es absurdo...

Por suerte Sophia no respondió. Nada de lo que hubiera dicho me hubiera contentado. Yo sólo quería sacar lo que llevaba dentro, lo que me quitaba el sueño todas las noches.

—Hugo se muere —revelé a sus cabellos negros bajo mi barbilla—. Se está consumiendo como el agua al fuego. Ayer volví a visitarle... Quizá por última vez... Le prometí que la encontraría, que encontraría a Inés. Pero no tengo nada. Hugo se muere y yo no tengo nada... Ni siquiera al maldito mendigo.

Finalmente Sophia no pudo resistirse a alzar la cabeza y a mirarme en la penumbra. Palpó con los dedos mis mejillas, quizá creyendo que lloraba. Ella no sabía que yo no lloro, a mi padre no le gustaba que llorase... ni que hubiera decidido ser policía.

Me senté en el borde de la cama, de nuevo agobiado por el calor. Es evidente que la mala conciencia quema.

—Siento que regresan los fantasmas de las tumbas que hace tiempo dejamos mal cerradas... No he querido ver lo que tenía delante, de nuevo cegado por la lealtad y la admiración. Y ahora me hallo paralizado, inútil como un cero a la izquierda... Soy un mal policía, corrupto e inepto —admití con la espalda encorvada.

Sophia se asomó por encima de mi hombro; las cintas de su camisón me acariciaron la piel.

—No, no eres un mal policía —me susurró cerca del oído—. Eres un buen hombre y en ti no puede haber nada malo. Lo que ocurre es que algunas cosas no están al alcance de nuestras manos, ni siquiera de las manos de los buenos policías. No debes culparte por ello.

Estaba equivocado al pensar que nada de lo que Sophia pudiera decir iba a aliviarme. ¿Qué importaba que el resto del mundo me diese la espalda si aquella mujer me cogía entre los brazos y me decía que yo era un buen hombre?

Me volví y la besé con pasión, hundiendo las manos entre sus piernas. Hacía poco que había descubierto la terapia del sexo: eficaz como una anestesia para adormecer temporalmente el dolor.

<hr/>

Acudí a mi cita con el doctor Haberda en el Instituto de Medicina Forense: el «*Indagandishof*», como lo llamábamos coloquialmente, pues comparte dependencias con el Instituto de Anatomía Patológica en un edificio cuyo lema grabado en letras doradas, bajo el escudo imperial y cuatro figuras pomposas que coronan el frontón de la fachada, reza así: «*Indagandis sedibus et causis morborum*», indagando en las sedes y las causas de las enfermedades.

—Como me imaginaba, no se trata del mismo compuesto de cianuro —me informó el experto, dejando el frasco sobre la mesa entre él y yo—. ¿Recuerda los envoltorios de dulces?

Asentí. Junto al cadáver de Lizzie se habían encontrado un par de papeles de seda de colores. Cuando se analizaron, se encontraron restos de cianuro y chocolate, que no hicieron sino apoyar la hipótesis del envenenamiento y ofrecernos una teoría acerca de cómo se había producido: las mujeres habían ingerido bombones con cianuro envueltos en aquellos bonitos papeles de colores. Además, el análisis del contenido gástrico de las tres primeras víctimas revelaba restos de chocolate.

—El cianuro del frasco que me ha dado es de tipo potásico, el que comúnmente emplean los fotógrafos para fijar las imágenes en las placas de colodión. En cambio, los restos que hallamos en los papeles son de cianuro sódico.

—Cianuro sódico... Reconozco que no le di importancia al apellido del cianuro. Pensé que no sería relevante.

—En realidad podría no serlo, porque ambos tienen efectos nocivos muy similares. Quizá el cianuro de sodio es algo más tóxico, pero dada la cantidad que ingirieron las muchachas no hubiera marcado la diferencia.

Me quedé un segundo pensativo, encajando aquella nueva pieza en el resto de nuestro puzle. Entonces me lamenté de mi torpeza.

—Sí, sí que es relevante desde el momento en que usted me confirma que el cianuro de este frasco no es el mismo cianuro. No debí pasarlo por alto.

El doctor Haberda mantuvo un discreto silencio. Tomé el frasco y lo giré entre los dedos.

—Ahora me pregunto: ¿por qué nuestro asesino escogería cianuro sódico? ¿Fue algo deliberado o puro azar optar por uno en lugar de otro?

Hice aquella pregunta en voz alta, esperando obtener el punto de vista de Albin Haberda, quien, a pesar de su juventud, era un hombre que aunaba experiencia e intuición criminalística, y un conocimiento mucho más amplio sobre toxicología que yo.

Él arqueó las cejas y sonrió ligeramente.

—No creo que fuera por azar. En mi opinión, la clave reside en la forma en la que ambos se consiguen. El cianuro que normalmente está a la venta en droguerías y farmacias, el de uso común, por decirlo así, es el potásico. Mientras que el sódico no se suele comprar; aunque sí se puede... digamos, fabricar de forma casera.

—¿Cómo?

—Por ejemplo, calentando azul de Prusia con carbonato de sodio. De la mezcla resultante se extrae el cianuro precipitándolo con etanol. Es un proceso relativamente sencillo.

—Pero, aun siendo sencillo, ¿por qué fabricarlo cuando se puede comprar con facilidad? —Yo mismo me respondí a aquella pregunta casi antes de terminar de formularla—. ¡Para eludir la investigación policial!

Haberda me dio la razón con un gesto.

—Ahí tiene la causa de por qué no encontró usted nada anormal en los registros de las ventas de los establecimientos que despachan cianuro. El asesino no lo ha comprado, probablemente lo ha fabricado a partir de otros compuestos.

No hice ningún comentario a aquella observación. Sin embargo, el doctor Haberda debió de leerme el pensamiento.

—Y su sospechosa tenía fácil acceso a dichos compuestos... —añadió—. El azul de Prusia es un pigmento que los artistas, como lo era el señor Lupu, utilizan con frecuencia para sus cuadros. En cuanto al etanol, se emplea como disolvente, tanto en fotografía como en pintura; por ejemplo, para preparar el colodión, en un caso, o disolver los aglutinantes de las pinturas, en otro. Y el carbonato de sodio es sosa, la sosa para limpiar y blanquear que se usa en cualquier hogar.

El forense cerró la carpeta con los datos.

—Visto lo visto, parece que el círculo se va cerrando, inspector Sehlackman —concluyó.

Sí, así era... Por desgracia, el círculo se iba cerrando. E Inés permanecía cada vez más atrapada dentro de él.

Buscar al mendigo en el Stadtpark se había convertido en una rutina diaria. Una rutina absurda que me mantenía aferrado a la última esperanza de encontrar a Inés. Acudía por la mañana y al final de la tarde, antes de que anocheciera. A veces lo hacía Haider por mí.

Era domingo. El último día de una semana inusualmente cálida para estar aún en invierno. Una muestra de primavera anticipada que había derretido la nieve y salpicado de pequeñas margaritas las praderas. Incluso los pájaros, confundidos, trinaban en los árboles y picoteaban en las veredas.

Aunque no estaba de servicio, me levanté temprano, compré una bolsa de *kipferln* en la panadería kosher que había a la vuelta de la esquina de mi casa y, masticando las dulces pastas de almendra y canela, me dirigí al Stadtpark por el lado soleado de la calle.

Entré por el Kinderspark, donde los pequeños más madrugadores ya jugaban sobre la tierra, y, alargando un poco el paseo, dejé el edificio del Meirei a la izquierda y crucé el puente Karolinen sobre el Wienfluss; a la derecha se veían las obras de canalización del río paralizadas en día de fiesta.

En el corazón del parque, entre las sendas estrechas que rodean el estanque, los árboles frondosos atrapaban con sus ramas el tibio sol de invierno y el aire era más frío. Me detuve junto a una pequeña fuente: los *kipferln* me habían dado sed, de modo que bebí del agua helada y cristalina. Unas gotas mojaron mi bufanda; me la desanudé y la guardé en el bolsillo del abrigo. Con la garganta libre, aspiré el aroma a hierba y a rocío, a resina. Aquel olor me llenaba los pulmones y me hacía sentir bien. Casi había olvidado por qué estaba paseando solo por el Stadtpark una mañana de domingo.

Entonces lo vi. Tal y como Sophia lo había descrito: un hombre mayor, grande y fuerte, con una barba canosa muy poblada. Llevaba puesto un mandil de cuero y junto a él había un carrito lleno de trastos. Dormitaba al sol, con una pipa de hueso y madera colgando de los labios.

Después de tanto tiempo buscándolo, tanto que creí que no existía, allí estaba. Sin pensarlo, aproximé mis pasos hacia él y sólo cuando lo tuve enfrente me di cuenta de que no sabía cómo abordarle.

Al sentirse observado, el mendigo alzó la vista. Sus ojos eran pequeños y azules y el recelo los entornaba bajo una cortina de arrugas. En tanto yo seguía pensando qué decir, él trató de ponerse en pie, sometiendo su cuerpo a lo que parecía un esfuerzo titánico. Caí en la cuenta de lo que pretendía:

—No, no, por favor, no se vaya... —le detuve—. Usted estaba aquí antes que yo.

Él ladeó la cabeza, sin comprender.

—Me refiero a que... ha cogido antes el sitio. Es un buen sitio... Al sol... —Suspiré. Mi torpeza resultaba grotesca. Él me observaba expectante.

Ante la falta de soltura, se me pasó por la cabeza sacar la identificación de policía, pero deseché la idea de inmediato: sólo hubiera conseguido asustarle. Finalmente opté por el camino más corto y menos espinoso.

—Verá... Usted no me conoce pero soy amigo de Inés...

Esperé a comprobar su reacción: frunció el ceño.

—Ella no está. —Su voz sonó cascada, oxidada como una máquina sin usar.

—Lo sé... —murmuré compungido a causa de una melancolía que de algún modo aquel hombre me había contagiado.

El mendigo se quitó la pipa de la boca y metió el dedo en el interior de la cazoleta vacía.

—Ya no me queda tabaco... Ella ya no me lo trae.

—Lo siento... Si lo hubiera sabido... Pero me temo que no tengo tabaco.

Milos se encogió de hombros y devolvió la pipa a su boca.

—¿Me permite? —Señalé un hueco junto a él en el banco.

Él hizo ademán de desplazarse hacia un lado, aunque en

realidad no se movió; sólo era una forma de darme el permiso para sentarme que le pedía.

Me acomodé a su lado y no tardé en percibir el fuerte tufo a alcohol y olor corporal que desprendía. Me costó imaginar a Inés en mi lugar. Aunque si algo había descubierto de ella con el tiempo, era que se trataba de una mujer que desbordaba los límites de lo imaginable, de lo predecible.

Tras un breve silencio, durante el cual tuve la sensación de que al mendigo le era indiferente mi presencia, le tendí la mano.

—Mi nombre es Karl... Karl Sehlackman.

Miró mi mano suspendida en el aire y, al cabo de unos segundos, levantó con pereza la suya y me la estrechó fugaz. Pude notar el tacto duro y áspero de su piel.

—Milos.

Al mirarme las manos, recordé la bolsa de papel que aún agarraba. Quedaban algunas pastas al fondo.

—¿Le apetece?

Él dudó. Rebusqué dentro de la bolsa. El crujido del papel sonó a estruendo en el silencio del parque. Saqué una pasta.

—Cójala. Son *kipferln*, están recién hechos.

Finalmente se decidió a aceptar mi invitación. Tomó la pasta y la partió por la mitad. Se comió a pequeños mordiscos una de las mitades y desmigó la otra en el suelo: no tardaron en aparecer los gorriones a picotear los trozos entre sus pies. Milos sonrió.

Y yo aproveché aquel momento de gozo breve.

—Estoy buscando a Inés.

—¿Y por qué la busca? —replicó sin quitar la vista de los pájaros.

Aquella pregunta me dejó descolocado. La respuesta sincera no le hubiera gustado a Milos.

—Porque su vida corre peligro —le mentí. Al menos, en parte.

Sin embargo, aquella observación tan dramática no pareció impresionarle.

—Otras mujeres como ella han muerto —insistí.

Entonces alzó la vista al horizonte. Tenía el semblante contraído de pesar.

—Lo sé. Ella me lo dijo. Me dijo que Lizzie había muerto... —Su voz tembló. Se sorbió la nariz—. Yo nunca la había visto llorar... Pero aquel día me abrazó y lloró conmigo. Mi pequeña Lizzie...

Aquellas palabras me dejaron boquiabierto.

—¿Su pequeña Lizzie? —no pude evitar repetir.

Milos se pasó una mano trémula por los ojos.

—Sí, mi pequeña Lizzie... Ahora que ella y herr Lupu nos han dejado, ¿qué hay de malo en que se sepa?

—¿Era su hija? —El asombro se coló entre mis palabras.

—La alegría de mi vida... Hasta que un día me la quitaron y la metieron en un orfanato. Yo no podía hacerme cargo de ella... Recuerdo su carita de angustia, sus ojos llenos de lágrimas. Me rogó a gritos que no dejara que aquellos hombres se la llevaran mientras se aferraba con fuerza a mis piernas... Tuve que mentirle, decirle que volvería a buscarla, que sólo sería por un tiempo... Lo intenté. De verás que lo intenté. Pero nadie le da trabajo a un hombre que ha estado en la cárcel.

Estuve a punto de preguntarle por qué había estado en la cárcel. Su historia me intrigaba. Sin embargo, no lo hice: yo no estaba allí para indagar sobre el pasado de un viejo mendigo.

—¿Cómo iba a alimentarla, a vestirla, a llevarla a una escuela? —continuó Milos con desesperación—. Entonces se me apareció un ángel... Mi ángel... Ella convenció a herr Lupu para que la adoptara. Entre los dos hicieron de mi Lizzie una señorita, bella, buena y feliz... Y ahora... Me la han vuelto a quitar. A quitar para siempre.

Milos sacudió la cabeza. Temí que se echara a llorar, pero no brotan lágrimas de los cuerpos secos.

—He estado bebiendo mucho. Todo el invierno desde que ella se fue. Desde que las dos se fueron... Pero hace días que he dejado la botella. Ha salido el sol y no quiero que mi ángel me encuentre borracho cuando regrese.

El corazón me dio un vuelco.

—¿Es que Inés va a regresar?

Milos no contestó. Ni siquiera me miró. Prefirió ignorar mi pregunta: era molesta e impertinente y su respuesta, seguramente dolorosa, como el despertar de un sueño hermoso a una realidad hostil.

Medité sobre lo que me había dicho hasta entonces. Inés le había informado de la muerte de Lizzie, a buen seguro inmediatamente después de que aconteciera. Es decir, Inés se había visto con el mendigo justo antes de desaparecer, e incluso era probable que fuese la última persona con la que se había entrevistado. No era descabellado pensar que podía haberse confiado a él.

Tal razonamiento aumentó mi ansiedad. Sin embargo, el silencio ceñudo de aquel hombre se alzaba como una muralla infranqueable. Empecé a inquietarme.

—Milos... Le suplico que me ayude. Tengo que encontrarla. ¿Le dijo si pretendía esconderse? ¿Le dijo adónde se marchaba? —Mi ruego sonó desesperado, tan desesperado como yo mismo me sentía, boqueando en el agua con una losa atada al tobillo.

Por fin Milos se dignó mirarme.

—No, no me lo dijo... Pero sé adónde se fue la otra vez...

Empezaba a pensar que aquel viejo mendigo loco sólo me estaba tomando el pelo con sus evasivas.

—¿Qué otra vez? —pregunté con mi paciencia al borde de colmarse. Había hecho migas las pastas que quedaban dentro de la bolsa de tanto retorcerla.

—Cuando tuvo el bebé.

Abrí los ojos como platos.

—¿Inés tiene un hijo?

Milos volvió a retirarse la pipa de la boca y a mirarme con el ceño fruncido.

—¿De verdad que es usted su amigo?

No, no lo era. Pero estaba desesperado por encontrarla.

—Yo... Le aseguro que quiero ayudarla, tiene que creerme.

Escrutó mi rostro con sus ojos pequeños. No sé qué fue lo que en él vería, pero su barba blanca se estiró en una sonrisa de abuelo.

—Entiendo... Todos nos enamoramos de ella de un modo u otro...

No repliqué; me había desarmado.

—Se asustó mucho cuando supo que estaba embarazada —dijo Milos con la vista de nuevo al frente—. Vivía desde hacía pocos meses con herr Lupu y la criatura no era suya. Temía que él la obligara a abortar... Por entonces aún no lo conocía bien y no sabía cuán grande era el corazón de ese hombre... No, no lo sabía... Y no quería que le quitaran a su hijo, por eso simplemente desapareció. Herr Lupu se volvió loco. Removió cielo y tierra para dar con ella. Hasta que un día vino a verme... Y yo se lo conté. Le encontré tan desesperado que tuve que hacerlo. Herr Lupu la amaba más que a sí mismo...

El mendigo se quedó en silencio, rumiando sus propios

recuerdos como si se proyectaran en el cielo azul sobre el parque; dejándome con los nervios de punta y una historia sin terminar.

—Pero ¿dónde estaba Inés? —apremié anhelante.

—En una casa de misericordia donde pretendía parir y criar al bebé.

—¿En el Findelhaus de Alser Strasse? —pregunté refiriéndome al hospital para niños expósitos de Viena.

—No, en Salzburgo. Donde las Hermanas de la Caridad. Hay una maternidad y un hogar de acogida a las afueras de la ciudad.

—Entonces, su hijo está allí...

Milos negó apesadumbrado.

—No... Eso nunca hubiera sido posible. Herr Lupu nunca lo hubiera consentido. Él hubiera acogido a ese niño como un padre, porque amaba todo lo que viniera de ella. Pero cuando la encontró, ya era demasiado tarde... Su querida Ina había dado a luz un niño que murió a los pocos días de nacer... Ambos regresaron solos a Viena.

Me recosté en el respaldo del banco. Me sentía exhausto. Aquel relato había llevado mis emociones hasta el límite de su estabilidad. Salzburgo... ¿Podría ser que ya lo tuviera?

—¿Cree que ha vuelto allí?

El mendigo metió de nuevo el dedo en la cazoleta vacía de la pipa. Después la acarició con devoción. Por último se encogió de hombros.

—Ella no me lo dijo.

Suspiré y estiré ligeramente los músculos para sacudirme la tensión. Me puse en pie frente a Milos y volví a tenderle la mano, entonces para despedirme.

—Gracias, Milos. Regresaré por aquí a traerle tabaco para esa pipa.

Me estrechó la mano más confiado, hasta el punto de que la retuvo durante un instante.

—Eso estaría bien... Aunque con la galleta es suficiente. Estaba muy buena; a los gorriones también les ha gustado. Es usted un buen muchacho... El otro hombre ni siquiera me dio las gracias.

El corazón me dio un vuelco.

—¿Qué otro hombre?

—El que vino ayer. También preguntaba por ella. Me dijo que debía hacerle llegar un mensaje. Un mensaje muy importante del hombre que ha tenido el accidente.

Se me puso la piel de gallina. Se me aceleraron las pulsaciones. Apenas acerté a seguir preguntando:

—¿Y usted qué le dijo?

—Bueno... Ella aprecia a ese muchacho. Pensé que le gustaría recibir un mensaje de él. Así que le hablé de Salzburgo, pero no le conté nada más. Tampoco parecía interesarle.

—¿Le dio su nombre?

—No... Era un tipo raro. Tenía la voz aguda y manos de mujer.

Me quedé paralizado. La respiración acelerada y las neuronas hirviendo en mi cabeza, algo acababa de explotar dentro de ella y había puesto en marcha todos sus engranajes.

Un hombre. La voz aguda y manos de mujer. La voz aguda y manos de mujer. Alexander de Behr. Sandro. Un hombre que parecía una mujer. Sandro... Sandro... No... Magda... La estilográfica en la mano izquierda... El asesino zurdo... el veneno... «¿Cómo pudo reducirlo sin ayuda del cianuro?»... La pintura azul... Azul de Prusia... El cielo... El cianuro... Las perlas de chocolate... Una mujer...

Me senté. De nuevo en el banco. Antes de que aquella avalancha de imágenes me arrollara y me tirara al suelo.

Salí del Stadtpark con el corazón en la boca y un paso tan ágil que era casi una carrera. ¿Cómo había podido ser tan estúpido? ¿Cómo había estado tan ciego? Desde el principio lo había tenido delante de las narices sin verlo, obnubilado por el brillo del oropel que disfraza un metal corrompido. Pero ya era tarde quizá y el tiempo se agotaba si quería salvar la vida de Inés. Por un momento deseé que la pista de Milos fuera falsa y que nadie pudiera encontrarla.

Una vez en Parkring dudé un instante sobre si dirigirme a la estación para coger el primer tren a Salzburgo. Pero se impuso el sentido común, antes tenía que confirmar mis sospechas. Me subí al primer coche de punto que aguardaba en la parada más cercana.

—A Herrengasse con Strauchgasse —le indiqué al cochero.

Traté de acomodarme sobre el terciopelo desgastado del carruaje. Pero la agitación me mantenía incorporado y con la espalda erguida. Apoyé la cabeza entre las manos, haciendo grandes esfuerzos para no morderme las uñas.

Tenía sentido. Todo empezaba a tener sentido por primera vez. Y había empezado con una frase almacenada en un lugar remoto de mi cerebro, en el rincón de las frases sin importancia: «Pero Aldous era un hombre fuerte, ¿cómo pudo reducirlo sin ayuda del cianuro?». En aquel momento no reparé en ella. Estaba demasiado conmocionado... Pero yo nunca había mencionado el cianuro. Le dije que habíamos encontrado veneno en los cadáveres, pero no qué veneno. ¿Cómo adivinó que se trataba de cianuro? En toda Viena eso sólo lo sabíamos el juez, el forense, el comisario, el agente Haider y yo... Y, por supuesto, el asesino.

Inmediatamente después me vino a la mente la imagen de una taza de té: temblorosa en la mano derecha, firme en la izquierda. Y asocié ese recuerdo con el de Magda von Ebenthal durante la audiencia para incapacitar a Hugo. Al firmar su declaración, Magda, presa del nerviosismo, cogió la estilográfica con la mano izquierda y se dispuso a escribir, pero antes de hacerlo se dio cuenta del lapsus y cambió de mano. Con toda probabilidad Magda era zurda de nacimiento aunque, como a la mayoría de los zurdos, la habían educado para usar la mano derecha, pues el empleo de la izquierda se considera una desviación no natural. Me consta, por un ayudante zurdo que tuvo mi padre, que tal condición es hereditaria, viene de familia. Con toda seguridad, Magda y Hugo no eran los únicos zurdos de la familia Von Ebenthal.

A partir de ahí, el resto de las imágenes llegaron encadenadas, como si mi mente hubiera hallado las cuentas de un collar hasta entonces dispersas y hubiera empezado a enfilarlas con rapidez: los cuencos con pintura azul, sólo pintura azul, acumulados sobre la mesa; y las perlas de chocolate negro que tanto le gustaba tomar con el té. Detalles, sólo se trataba de pequeños indicios, pero contribuían a conformar un retrato cada vez más perfilado.

Y, por último, estaba el detonante de todo aquello: la oportuna revelación del mendigo Milos acerca del visitante con voz aguda y manos de mujer. Un hombre con aspecto de mujer, pensé entonces. Pero no... En realidad, era exactamente al revés.

La interrupción del traqueteo puso fin a mis cábalas. Había llegado. Me apeé y pagué al cochero.

Era la primera vez que entraba en aquella casa investido de mi dignidad profesional. La primera vez que apelaba a mi insignia de la Policía Real e Imperial.

—Esta vez estoy aquí por un asunto oficial, Kurt. Tengo que inspeccionar el palacio —le informé a un atónito mayordomo, la mayor autoridad de la casa en aquel momento, rogando que no me pidiera una orden del juez, lo cual retrasaría mi labor.

Desde el teléfono del recibidor me comuniqué con la Polizeidirektion. El agente Haider no estaba de guardia pero ordené que fueran a buscarle a su casa para que se uniese a mí en Herrengasse.

La residencia era enorme. No sabía muy bien por dónde empezar ni qué estaba buscando exactamente. Una prueba, sí, una prueba que confirmase mis sospechas. Guiado por un recuerdo y una intuición, me encaminé al gabinete de la primera planta. El de color amarillo con salida a la terraza y al jardín interior. Eché un vistazo rápido: todo estaba ordenado y recogido como de costumbre. Nada fuera de lugar.

Después fui a la habitación principal, sin que la búsqueda obtuviese ningún resultado. Y, entonces, cambié de estrategia. Pensé que los lugares más remotos y poco utilizados de la casa serían más aptos para ocultar algo: el desván y los sótanos. Pero tampoco en ellos encontré nada a primera vista.

Me hallaba a punto de sentarme a planificar detalladamente el registro y pedir refuerzos a la Polizeidirektion cuando decidí volver al gabinete. Tenía el convencimiento de que algo se me estaba pasando por alto. Me planté en medio de aquella habitación pulcra, corriente en su calidad de lujosa, familiar por las muchas veces que la había frecuentado. Repasé los cuadros de distintos estilos, la pareja de espejos de diseño, el banco bajo la vidriera cuarteada, la librería de caoba, la chimenea francesa, los paneles de marquetería en las paredes, una puerta cubierta con cortinas... Mis ojos se detuvieron en ella. Aquella puerta comunicaba con el comedor. Cuando había invitados, se abría para que las damas tomasen el café en el gabinete mientras los caballeros fumaban en el salón del billar. Pero normalmente estaba cerrada. La puerta en sí no tenía nada de particular, sin embargo, los alzapaños que fijados a las paredes recogían las cortinas hacia los lados llamaron mi atención. Se trataba de dos pomos de bronce, ricamente labrados con hojas de laurel. Uno de ellos era de un dorado brillante, aunque tenía algo de polvo acumulado en los recovecos de la talla. El otro se veía mucho más desgastado; una ligera pátina oscura lo cubría y no había rastro de polvo en él, como si se tocara a menudo. Al observarlo de cerca descubrí restos de pintura azul en uno de sus bordes.

Lo manipulé hacia un lado y otro, hacia arriba y abajo. Lo empujé. Pero estaba clavado con firmeza a la pared. No me rendí. Seguí insistiendo cada vez con más fuerza. Y, entonces, a uno de mis movimientos, cedió con un clac.

A mi espalda, uno de los paneles de marquetería se deslizó lateralmente dejando a la vista una entrada en la pared. No me detuve a celebrar el descubrimiento. No tenía tiempo. Me limité a encender uno de los candelabros y me adentré en el hueco. Tras unos cuantos pasos por un corredor estrecho de ladrillo visto y suelo embaldosado, llegué hasta el borde de una escalera que descendía hacia las entrañas de la casa. Sus peldaños se perdían en la oscuridad. Empecé a bajarlos con cuidado, pues eran tan estrechos que no me cabía el pie en su longitud. Noté en la cara el frío y la humedad a medida que iba avanzando. En el techo abovedado, las llamas de las velas proyectaban sombras temblorosas. El descenso se me hizo eterno, pero finalmente topé con una puerta de madera, ciega, recia y cerrada con llave; pero había llegado hasta allí y esa nimiedad no iba a detenerme. Saqué mi pistola, apunté a la cerradura y disparé. El estrépito del tiro resonando en aquel lugar estrecho y hermético casi me rompió los tímpanos. El olor a pólvora me penetró hasta los sesos. Pero, entre astillas humeantes, la cerradura destrozada me dejaba el paso libre. Sonreí.

Empujé la puerta con el pie y distinguí la clavija de la luz en el muro de la izquierda. La accioné y se prendió una bombilla que colgaba del techo. Lo que vi entonces me hizo sentirme como Alí Babá ante la cueva de los cuarenta ladrones: había hallado mi particular tesoro.

Avancé lentamente unos pasos dentro de aquella madriguera de ladrillo claustrofóbica cuya cubierta casi me rozaba la cabeza. El olor a cerrado se mezclaba con el de la pólvora en un cóctel repulsivo. No sabía muy bien hacia dónde dirigirme de entre todo lo que allí se acumulaba de forma abigarrada en un espacio reducido. El pequeño escritorio justo a mi lado me pareció un buen comienzo. Sobre él había una máquina de escribir alemana marca Adler. Primero examiné entre las yemas de los dedos la calidad de las cuartillas de papel ordenadas junto a ella: el gramaje y la textura podrían ser los de la nota firmada por Hugo. Después levanté alguno de los martillos de la máquina para comprobar los tipos de letra; me jugaba el cuello a que coincidirían con los de la nota.

Con los dedos manchados de tinta, continué mi recorrido por el lugar y me encaminé a la mesa que presidía la habitación. Me recordó a la del laboratorio de química de la escuela de mi pueblo; rudimentario pero con el instrumental imprescindible: probetas, tubos de ensayo, ampolla para decantar, mechero, filtros, embudos, vaso de precipitados... Fui tocándolos todos, uno a uno, como para asegurarme de su existencia real. Abrí los cajones bajo el tablero: en el primero, botes con un polvo azul cuya etiqueta casi no tuve que leer para adivinar que se trataba de pigmento Azul de Prusia; en el segundo, cajas de sosa Solvay para limpieza; en el tercero, frascos con un líquido transparente etiquetado como éter. Finalmente, el último cajón guardaba tres tarros con un polvo blanco. Abrí uno de ellos y rápidamente reconocí el inconfundible olor del cianuro. Al guardar el tarro y cerrar el cajón, mi vista topó con el otro lado de la mesa, que ofrecía un poderoso contraste con el dedicado a laboratorio, pues se asemejaba más a un obrador de pastelería con su fogón de gas, su cazuela de cobre y sus moldes de hierro para bombones. En un tarro de cristal había perlas de chocolate negro y en una caja de madera, papeles de seda de colores. Abarqué todo el conjunto con la vista. Allí había todo lo necesario para preparar los bombones envenenados con cianuro.

Me pasé la mano por el pelo. No tenía por qué seguir mirando, ya acumulaba pruebas más que suficientes. Pero aún me quedaba el armario, que me tentaba sobre todo por estar cerrado, aunque con la llave puesta. Al abrir la puerta, el interior desprendió un peculiar olor metálico. La escasez de luz me impedía apreciar bien lo que había dentro: ropa fundamentalmente. Saqué una percha con un atuendo masculino de camisa, pantalones y chaqueta; otra con una capa de mujer con capucha, amplia y larga hasta el suelo. Revolví un poco al fondo y di con una caja: contenía guantes blancos, algunos con restos de manchas marrones. También encontré un bote lleno de pinceles sin limpiar, las cerdas pegadas entre coágulos oscuros. Al tacto estaban resecos, y restos del polvillo de aquella costra se me quedaron en los dedos. Lo observé mientras lo frotaba entre las yemas, no era la primera vez que palpaba sangre seca pero sí la primera que salía de un pincel como el más macabro de los pigmentos. Dejé el bote en su lugar y junto a él, sobre una repisa, distinguí un maletín. Lo exploré por dentro tanteando con la mano: estaba prácticamente vacío, sólo al fondo me topé con algo. Lo saqué y comprobé que se trataba de un cuchillo de carnicero: a la luz, el filo se mostró desgastado, incluso ligeramente mellado.

Devolví todas las cosas al armario. Lo cerré y suspiré abrumado. Aquello era una cámara de los horrores, pensé abarcando el lugar con la vista. Entonces me fijé en una zona del muro poco visible por estar retranqueada entre dos pilares. Me aproximé. Se trataba de una pared literalmente empapelada de recortes de periódico: todas las noticias sobre los crímenes de las modelos y de Lupu que la prensa había vomitado estaban allí, superpuestas unas encima de las otras, incluidas aquellas ilustraciones a plumilla que los recreaban, con más imaginación que acierto, colocadas en primer plano. El collage resultaba macabro por el rigor y el cuidado con el que estaba elaborado, propios de un coleccionista fanático. Lo recorrí con la vista, me detuve en alguno de los artículos, a veces subrayados o con frases y palabras redondeadas. Entonces me fijé en que, sepultados entre los recortes más recientes, sobresalían otros antiguos, fechados cuatro años atrás. Abrí los ojos de espanto. Aquella fecha jamás podría pasarme inadvertida: era la fecha del asesinato de Kathe. Arranqué uno de ellos de la pared y me quedé mirándolo fijamente entre las manos; no lo leía, no era necesario, sólo me estaba haciendo a la idea de lo terrible de aquella revelación. Kathe había sido la primera víctima de aquella cadena de asesinatos a manos de la misma persona.

Sólo al emerger a la luz y al aire puro del gabinete me percaté de lo asfixiado que me sentía. Inspiré profundamente y noté que la tensión bloqueaba mis pulmones. Volví a inspirar con la boca abierta.

—¡Inspector! ¡Por fin le encuentro! Le he buscado por toda la casa...

Haider había entrado como un torbellino en el gabinete.

—¿Se encuentra bien? —Frenó su ímpetu al fijarse en mi aspecto.

Me miré de reojo en uno de los espejos de diseño. Tenía el cabello alborotado, las mejillas enrojecidas y una expresión que a mí mismo me pareció lunática. No sabía si me encontraba bien, pero estaba seguro de no encontrarme mal. Me volví hacia Haider:

—Lo tenemos. Hemos cazado al asesino.

El agente abrió tanto los ojos que sus párpados desaparecieron.

Hubiera querido mostrarme satisfecho, casi eufórico. ¡Había triunfado! Sin embargo, la sensación de triunfo en mí quedaba eclipsada por un sentimiento amargo. Y fue más de amargura que de triunfo el tono en el que pronuncié aquel nombre:

—La baronesa Kornelia von Zeska.

Haider no articuló palabra. Imaginé que eran tantas las cosas que quería preguntarme que no sabía por cuál empezar.

—Está todo ahí abajo —aclaré yo mientras me limpiaba las lentes y me intentaba arreglar el cabello con la mano—. Todo. Tiene que bajar a verlo.

Haider hizo ademán de asomarse al hueco oculto tras el panel de marquetería.

—Espere. —Le detuve—. Usted se queda a cargo, Haider. Antes de nada, precinte esta sala. Después llame al juez para que vea por sí mismo lo que hay tras ese hueco. Asegúrese de que dicta orden de arresto contra la baronesa sin dilación.

Contacte con la Polizeidirektion para que manden un par de agentes de la Erkennungs Amt y a Steiner para ayudarle con la inspección. Es necesario que todo quede bien documentado para el informe, todos los detalles. Que venga también Fehéry, el fotógrafo; no me importa si hoy no está de servicio, le quiero a él.

Con cara de desconcierto, el joven agente trataba de seguir el ritmo frenético de mis instrucciones. Nunca lo hubiera verbalizado, pero estuve seguro de que se preguntaba qué narices iba a hacer yo entretanto.

—Yo debo viajar inmediatamente a Salzburgo, ya le contaré. En realidad, tengo muchas cosas que contarle, pero ahora no hay tiempo: aún podría cometerse otro asesinato.

Inés no había huido, se había condenado. Su vida desquiciada había tocado fondo; era el momento de purgar por todos sus errores.

No había escogido la casa de misericordia a modo de refugio, como aquella vez que acudió a ella en busca de amparo con una criatura en el vientre. Ahora, que su vientre estaba yermo y su alma negra, la casa de misericordia sería su purgatorio.

Las Hermanas de la Caridad la recibieron con los brazos abiertos. Ya la conocían y sabían que trabajaba sin queja y sin descanso y que tenía buen corazón. Cierto era que jamás asistía a la misa, ni se unía a la oración en comunidad, pero ¿quién podía culparla de que el dolor no la dejara sentir a Dios? En ocasiones es necesario sanar antes la piel para poder disfrutar de una caricia. Sólo era cuestión de tiempo, pensaban las monjas.

Qué equivocadas estaban... Ella hacía mucho que había

renegado de Dios, no era bondad lo que albergaba su corazón y el tiempo era una cura que no se merecía. Las malas personas sólo merecen ser castigadas. E Inés estaba convencida de serlo, ser una mala persona que sólo había sembrado la desgracia y el sufrimiento entre aquellos que la habían amado.

Expiación. Ésa era la palabra con la que Inés se despertaba cada mañana y se acostaba cada noche. Expiación. Una obsesión de purgarse que sólo se aliviaba con trabajo. El trabajo duro hasta caer rendida, con las manos encallecidas, los pies doloridos y la espalda quebrada; día tras día tan agotada que ni siquiera su conciencia tuviera fuerzas para murmurar.

En la casa de misericordia se acogía a niños huérfanos o expósitos y a mujeres que fueran a dar a luz a hijos ilegítimos. La institución estaba al cuidado de casi mil niños y todos los días se atendían varios partos. En tales circunstancias, el trabajo resultaba ingente. Inés se levantaba a las cinco de la mañana, ayudaba a preparar el desayuno, aseaba a los niños, limpiaba las habitaciones, hacía la colada, asistía en la enfermería, volvía a las cocinas a preparar la comida, abrillantaba cazuelas, desinfectaba letrinas, remendaba ropa, ordeñaba las vacas y las cabras, hervía leche, daba los biberones de algunos turnos de noche y, con suerte, ayudaba a la hermana Adeline en el huerto.

Al llegar la noche, lo único que echaba de menos antes de cerrar los ojos era el opio, una calada profunda de humo lenitivo y sedante que la llevase en paz al mundo de los sueños; sueños sobre farolillos de papel de arroz cuajando el cielo de estrellas.

Inés se miró las manos: estaban negras, cubiertas de hollín y cenizas. Tendría que frotárselas bien antes de preparar los biberones, especialmente debajo de las uñas. Y cambiarse el mandil por uno que estuviera limpio. Incluso notaba restos de carbonilla entre los dientes que crujían al masticar. No era buena idea fregar las cocinas a mitad de la jornada...

—¡Virgen Santa, hermana!, ¿te has caído al cuarto del carbón? —exclamó la hermana Adeline al verla; sus ojos se abrían asombrados pero en sus labios había una sonrisa divertida.

Inés se sacudió la ropa en balde.

—He pasado el rato limpiando los fogones... No creo que estuviera tan sucia si me hubiera caído al cuarto del carbón.

La hermana Adeline rió y en sus carrillos redondos aparecieron dos hoyuelos. A Inés le gustaba Adeline; siempre se mostraba alegre y reía con esa risa franca y contagiosa propia de las personas felices. Era muy joven, apenas una niña. Hasta hacía tres meses, había sido la ayudante de la hermana Victoria, la encargada del huerto, que había muerto con ciento tres años arrancando malas hierbas. Desde entonces sor Adeline cuidaba de la despensa de las monjas. En ocasiones Inés le echaba una mano, y esos momentos solían ser para ella como un pequeño regalo. Al terminar, sus manos se habían impregnado del olor de la tierra húmeda y la hierbabuena, y su espíritu, de algo de la alegría de la hermana Adeline. La joven monja hablaba por los codos, sobre todo de plantas, de animales, del clima, de recetas de cocina y de su infancia junto a siete hermanos en una granja de Estiria. A Inés le gustaba escucharla y a menudo pensaba que si tuviera que volver a nacer, querría ser como ella, sencillamente feliz.

Cuando la religiosa se hubo repuesto de su risa, se dispuso a cumplir el cometido que hasta allí la había llevado:

—He pasado por la portería y la hermana Bertha me ha encargado que te dé esto. Es una carta para ti...

Inés miró el sobre que le tendía como si fuera la primera vez que veía algo semejante.

—¿Una carta? Tiene que haber un error...

—No, no lo hay. Mira, va dirigida a ti. Aquí pone tu nombre.

Por fin la cogió. Le dio la vuelta al sobre pero el espacio del remitente estaba en blanco. Sus dedos sucios habían tiznado el papel. Por un momento estuvo a punto de hacerla pedazos sin abrirla. Pero la hermana Adeline frustró sus intenciones.

—Qué emocionante es recibir una carta, ¿verdad? Saber que alguien tiene algo que contarnos, tal vez una gran noticia... Te dejaré sola para que puedas leerla con tranquilidad —anunció, estrechándole brevemente el brazo.

Antes de que Inés alzara los ojos para mirarla, la monja ya se había adentrado con paso ligero en el corredor. Inés se guardó la carta en el bolsillo del mandil y subió a su celda a asearse.

⁂

Salzburgo,
13 de marzo de 1905

Estimada Inés:

Me he tomado la libertad de escribirle estas breves líneas para referirle noticias acerca de mi hermano Hugo.

Por desgracia, la recuperación de mi amado hermano está siendo más lenta y penosa de lo esperado. Su salud se deteriora por días y tememos que jamás llegue a recobrar ya no sus plenas facultades sino, al menos, la conciencia. Todos los que le amamos hemos puesto su vida en manos de Dios y a Él rogamos cada día para que sea benévolo con su cuerpo y su espíritu.

Sin embargo, no es el único motivo de mi carta cumplir con el doloroso cometido de poner en su conocimiento nuevas tan poco alentadoras. Deseo además comunicarle que, hace algunas semanas, ordenando parte de las cosas de mi hermano, hallé una nota por él escrita y a su persona dirigida. Quedaría sobre mi conciencia si usted no recibiera esa misiva aunque sólo sea por la estima en que, me consta, Hugo la tiene. Muestra de ello es que, en sus delirios, repite constantemente el nombre de usted.

Como habrá adivinado por el encabezamiento, me encuentro a pocos kilómetros de Fuschl, en Salzburgo. Mañana a las doce del mediodía estaré esperándola en el templete que hay junto al lago, justo a la salida del pueblo. Apelando a su aprecio por Hugo, le ruego no falte a la cita.

Atentamente,

MAGDA VON LÜTZOW

Inés dobló con cuidado la carta que acababa de leer a la luz trémula de un candil. La dejó sobre la mesa y se tumbó en el jergón, haciendo de su cuerpo un ovillo. Sentía un dolor intenso en un lugar indefinido, como si una cicatriz aún tierna se hubiera rasgado por las costuras y hubiera comenzado a sangrar.

No hay muro alguno que proteja de la fatalidad. Si aquél había de ser su castigo, que así fuera.

Inés realizó todas sus tareas de la mañana. Al mediodía pidió algo de tiempo libre. En los seis meses que llevaba en aquel lugar, no se había tomado el más mínimo descanso, de modo que nadie le puso objeción alguna.

Se quitó el mandil, se arregló el cabello y se puso un abrigo y un sombrero. El día era frío. Había vuelto a nevar, durante toda la noche, y el paisaje se mostraba glaseado de nuevo como un pastel de azúcar. El cielo blanco presagiaba más nieve. Inés se caló el sombrero y se subió el cuello del abrigo antes de echar a andar por el borde de la carretera.

La pequeña aldea de Fuschl parecía fantasma, con todos sus habitantes guarecidos al calor de sus hogares. Pasó junto a la iglesia, la fábrica de cuchillas de afeitar, las lindes de las granjas circundantes y la panadería de Helga, donde siempre olía a masa de pan... como en su casa. Caminó por bellos parajes blancos, silenciosos y solitarios, y el crujido de sus propias pisadas en la nieve se erigía como única compañía, también su respiración algo jadeante. A la salida del pueblo, había una pequeña explanada junto al lago. Allí, cada año a finales de agosto, se celebraba la fiesta de la cosecha; la gente de Fuschl y sus alrededores se reunía sobre la pradera de hierba para comer, beber y bailar al son del acordeón. En el pequeño templete de madera se instalaba la banda local.

Se adentró en el yermo donde la brisa helada del lago se transformaba en un cuchillo bien afilado. La superficie del agua parecía una plancha de acero. Todo era gris y blanco, desierto e inhóspito. Nada se movía en kilómetros a la redonda. Por un momento pensó que allí no había nadie más que ella. Entonces una figura surgió de detrás del templete: una mujer enfundada en pieles que, inmóvil, esperaba a que ella se acercase.

Sólo la reconoció cuando ya se encontraba muy cerca, el rostro semioculto bajo un gorro de zorro plateado. ¿Kornelia?

—¡Oh, querida! —La baronesa se le unió en un abrazo, que ella acogió rígida y confusa—. ¡Querida Inés! ¡Ha pasado tanto tiempo! ¡Me siento tan contenta de volver a verte!

—Kornelia... Yo... Yo no esperaba...

—Lo sé, lo sé. Esperabas a Magda, claro. Por desgracia ha tenido que quedarse en Salzburgo. Se sentía terriblemente indispuesta: jaqueca. Le ocurre con frecuencia. Menos mal que yo la he acompañado y así he podido venir en su lugar.

Inés no sabía cómo reaccionar. Observaba a la baronesa, que parecía chispear como una botella de champán recién descorchada, sintiéndose completamente ajena a tal explosión de alegría. Era como si sus emociones, tanto tiempo retenidas, se hubieran vuelto de cartón.

—Mi querida Inés... Déjame que te vea... Has adelgazado, ¿no es cierto? Y te encuentro tan pálida... —Kornelia la tomó de las manos en un gesto cariñoso. Nada más rozarlas, se sobresaltó—. ¡Pero y tus manos! ¿Qué les ha sucedido a tus preciosas manos?

Inés se las miró: rojas y encallecidas, ásperas, arrugadas, aún con restos de hollín bajo las uñas, que no había conseguido limpiarse.

—Que ahora trabajan. —Sonrió.

Pero la baronesa meneó la cabeza, apesadumbrada.

—Señor... Mucho me temo que este retiro no te está haciendo ningún bien. Tienes tantas cosas que contarme...

La baronesa echó un vistazo a su alrededor. Frunció el ceño.

—Antes de nada, busquemos un lugar más resguardado. En este páramo tan expuesto hace un frío espantoso, me estoy quedando helada.

Kornelia entrelazó su brazo con el de ella y se dirigió hacia una arboleda cercana que circundaba la pradera.

—¿Por qué nos dejaste, querida? ¿Por qué te marchaste así? Viena no es lo mismo sin ti... En realidad, Viena no es la misma. Ya no es nuestra Viena, ¿me entiendes? ¡Pero, este lugar! ¿Cómo se te ha ocurrido venir a parar aquí, a esta aldea triste y desolada? No creo que esto sea lo que tu alma precisa... ¡Es como enterrarse en vida!

Inés cesó el paso y miró a Kornelia. Obviando los comentarios de la baronesa, preguntó:

—¿Cómo me habéis encontrado?

La mujer agitó la mano en el aire, restando importancia al hecho.

—Oh, por el mendigo —respondió resuelta—. Ese hombre amigo tuyo del Stadtpark. Karl me lo recordó... Pobre Karl, te busca desesperado. Pero, tranquila, no le he dicho nada... Karl me dio la idea de hablar con el mendigo. Más de una vez rehusaste mis invitaciones por encontrarte con él, ¿crees que no lo sé? Pero no me malinterpretes, no te lo tengo cuenta. Todos necesitamos alguien con quien sincerarnos, por extraño que ese alguien pueda parecernos. Estaba segura de que si una sola persona en Viena sabía de tu paradero, debía de ser el mendigo.

Inés reanudó la marcha mirándose las puntas de las botas y pensando en Milos. Pobre viejo... ¿Cómo iba a saber él que aquello tenía que ser un secreto? Ella nunca se lo dijo.

—Debes admitirlo, Inés. Venir aquí ha sido un error. En Viena es donde está tu sitio. ¿Acaso no recuerdas los buenos momentos que pasaste allí?

Inés meneó la cabeza.

—¿Recordar? Sí... Sí que lo recuerdo. No he olvidado ni uno solo de esos momentos, ni los buenos... ni los malos. No los he olvidado por más que lo intento. Sigo acordándome de ellos todos y cada uno de los días, de la mañana a la noche. Y los recuerdos continúan doliendo con la misma intensidad...

Kornelia se detuvo. Habían llegado a la arboleda, poblada de abetos y abedules. La brisa se detenía a la orden de alto de los árboles; todo estaba inmóvil. Y la nieve parecía tragarse cualquier sonido, hasta el más leve. De pie en mitad del claro, la quietud y el silencio resultaban inquietantes, como si todo hubiera muerto a su alrededor.

—Mi querida niña... —dijo Kornelia, zalamera—. Sé cómo te sientes... Has sufrido tanto... Todos hemos sufrido. Y yo aún..., cuando veo a Hugo... así, en ese estado... —Se interrumpió acongojada.

Inés apretó las mandíbulas. Si aquella mujer no iba a decir que Hugo se pondría bien, que el accidente había sido un mal sueño, prefería no escucharla.

—En la nota —la abordó—, Magda me hablaba de una carta...

Kornelia bajó los párpados y se mostró incluso más afligida.

—Sí... La carta... Es tan triste... Cuando pienso en la vitalidad que tenía; el genio, el vigor, el encanto... Y ahora...

—¿La has traído? —El tono de Inés fue cortante.

La baronesa empezó a revolver en su bolso.

—Deberías tomar un dulce antes. Te dará fuerzas...

Inés la miró, confundida. Ella había esperado que sacase la carta y, en cambio, la baronesa le ofrecía dulces. Aquello era grotesco. Se fijó en los bombones: envoltorios de colores en la palma de su mano. El corazón se le paró del sobresalto.

—No hay tal carta, ¿no es cierto? —acertó a pronunciar.

—Oh, claro que sí —insistió la baronesa con tono despreocupado—. Ahora mismo te la doy. Pero tómate uno de éstos. —Se los acercó—. Verás qué buenos son; de chocolate. Con este frío y lo delgada que estás...

Inés dio un paso atrás.

—No. —Negó también con la cabeza—. No quiero dulces. En realidad, deberíamos volver. Las hermanas empezarán a echarme de menos... Ellas saben dónde estoy. —Le tembló la voz al final. Estaba muy asustada.

Kornelia se encogió de hombros y se sentó en un tocón.

—Está bien. —Suspiró mientras volvía a meter la mano en

el bolso—. Como quieras... —Por ingenuidad, o quizá por desesperación, a Inés le pareció que tal vez por fin le daría la carta. Sólo lo creyó unos segundos, hasta que Kornelia sacó una pistola y la apuntó con ella—. Veo que me has descubierto. Un poco antes de lo que yo hubiera deseado... Nos habría ahorrado muchas molestias que te tomases los dulces...

Inés sintió que el aire no le llegaba a los pulmones ni la sangre a la cabeza. Se le nubló momentáneamente la vista, pero logró recomponerse. Pudo percibir entonces el rostro transfigurado de Kornelia, como si el diablo se hubiera hecho presa de ella y asomase por sus ojos afilados y la mueca retorcida de su boca. Le parecía no estar contemplando a la misma persona de hacía unos instantes, a la Kornelia que ella conocía. Le parecía estar viviendo una pesadilla.

—Aprovecharemos para charlar, querida. —Su voz continuaba siendo aguda y meliflua, incoherente con su semblante desfigurado—. Siéntate.

Inés dudó, no había dónde sentarse en aquel lugar en mitad del bosque. Pero un movimiento del cañón de la pistola le recordó que no había opción. Se arrodilló lentamente en el suelo, sobre la nieve. Ni siquiera notó el frío y la humedad a través de la ropa; sus sentidos estaban bloqueados.

—¿Cómo lo has sabido?

No le fue fácil hablar. Los músculos de su garganta parecían de piedra.

—Por los envoltorios... Los papeles de los dulces. Lizzie apretaba uno igual, de color amarillo, en su mano agarrotada.

Kornelia chasqueó la lengua repetidamente como si se sintiera contrariada.

—Pobre Lizzie... No era ella la que tenía que haber muerto esa noche... sino tú.

Inés sintió que le ardían las mejillas y los ojos. Se sorprendió a sí misma descubriendo que no era tanto miedo como rabia lo que sentía.

—¿Por qué? —Sólo dos palabras para preguntar por tantas cosas. Aquella pregunta emitió un eco con toda su fuerza en el bosque.

En el rostro de Kornelia se concentraron aún más el odio y la perversidad. Inés se estremeció al descubrir en su mirada cuán enajenada estaba aquella mujer.

—Porque él es mío.

—¿Hugo?

Kornelia relajó la mano que sostenía la pistola, el cañón descendió apenas. Las arrugas de su rostro picado de viruela se difuminaron, sus ojos se humedecieron, las heridas quedaron al descubierto en un semblante que a Inés le pareció el de una niña, una niña fea y avejentada, loca.

—Yo nunca he tenido nada... —No hablaba para Inés—. Ni dones, ni virtudes... Dios no reservó regalos para mí. Maté a mi madre en el parto, ¿no lo sabías?... Mi padre siempre se encargó de recordármelo. Él me odió desde aquel momento, desde el instante en que me pusieron en sus brazos, fea y asesina. Aunque pronto se le alivió el duelo. Se volvió a casar, claro. Aquella mujer era un ángel con alma de diablo. Era tan bella... Y yo fea y asesina. Aun así me prestaba atención. Se metía en aquel cuarto oscuro conmigo. Y me enseñaba todas aquellas cosas de adultos. A veces me insultaba, me pegaba... pero no me importaba porque ella me prestaba atención. Y nadie lo hacía. Ella me daba placer. —Kornelia se detuvo a paladear las últimas palabras, los últimos recuerdos. En el silencio estremecedor, Inés sólo oía su propia respiración de jadeos contenidos—. Zorra... Un día desapareció. Me abandonó, como todos. Y mi padre me llevó con las monjas. Las monjas del demonio con su cilicio y sus baños de agua helada... Malditas desquiciadas. Fea y asesina: nuestro destino está escrito desde que abrimos los ojos al mundo... No hay regalos, besos ni caricias para alguien como yo; sólo desprecio, castigos y palos. Fea y asesina... «Empuja más fuerte o matarás a tu hijo», me dijo la comadrona. Sí... yo iba a tener un hijo. Mi marido me violó y quedé encinta. ¿Quién lo iba a decir: que Dios iba a regalarme un hijo a mí? Claro que empujé... Yo estaba empujando sin aliento, pero el niño murió. La comadrona dijo que lo maté... No, en realidad Dios no iba a regalarme nada... Nunca antes lo había hecho, ¿por qué habría de cambiar de opinión entonces? Claro que, cuando Dios no otorga nada, es legítimo robar, ¿no crees?... Al nacer, Hugo me sonrió. Sí, sí lo hizo. Apenas tenía unas horas de vida. Lo tomé en brazos y él me miró con sus grandes ojos grises y me sonrió. Entonces supe que era mío. En su sonrisa había todos los besos, todas las caricias, todos los regalos que nunca tuve. Hugo era mío, un justo pago por mi hijo muerto... Y su madre nunca lo ha querido... Ella es demasiado egoísta para amar ni siquiera a una criatura tan bella como Hugo... Todas las mujeres lo aman; ése es el veneno de su don... Malditas mujeres... Vosotras sois la encarnación del mal... Lo corrompéis y lo pervertís, lo alejáis de mí... Pero yo sé que él sólo me ama a mí, sólo para mí fue su sonrisa al nacer.

Kornelia desvió su mirada fría hacia Inés: la locura vestida de ternura hacía que resultara espeluznante.

—Ha sido un juego bonito. Ha sido divertido jugar... Fea y asesina... También inteligente. Dios se olvidó de negarme ese don: la inteligencia. Y a mí me gusta ponerla a prueba. Creo que he sido brillante. No es sencillo matar sin dejar rastro pero el reto resulta estimulante... No es fácil que matar sea divertido y yo lo he conseguido. ¡Ja! ¡Hacer los retratos fue divertido! Sangre, cabello y piel. No lo había planeado, pero, después de todo, yo tengo alma de artista... Y nunca he conseguido tanta atención para ninguna de mis obras. Todo el mundo hablaba de los horribles retratos, buscaban en ellos pistas y mensajes. ¡Pero no eran nada! ¡Sólo diversión! ¡Qué estúpidos!... —Meneó la cabeza—. Matar es un arte sofisticado... Dios mío, cómo me lo he pasado burlándome de todos esos policías ineptos, de esos periodistas pretenciosos, de toda Viena. Y de Karl... Pobre infeliz... Nunca será un buen policía, tiene un absurdo sentido de la lealtad y demasiados complejos.

Kornelia dejó escapar una carcajada espeluznante.

—¿Recuerdas la noche de la güija? ¡Por Dios, te tiré un vaso a la cara delante de sus narices y él ni se dio cuenta! ¿Ves a lo que me refiero cuando digo que ha sido divertido? Como una obra de teatro bien construida...

—¡No es divertido matar! —saltó Inés después de los minutos de tensión contenida mientras atendía estupefacta al discurso enajenado de la baronesa.

—¡Cállate! —gritó Kornelia enfurecida. Se puso en pie, con el rostro contraído y los dientes apretados de ira—. ¡Cállate, maldita seas! ¡Por tu culpa Hugo se está muriendo! ¡Eres la mayor de todas las putas que lo han acechado! ¡La más dañina! ¡No tienes derecho a hablar! ¡No tienes derecho a respirar! ¡Debería haberte matado antes! ¡Antes! —Escupía enfurecida con la pistola firmemente sujeta, el cañón apuntando a la cabeza de Inés—. ¡Agáchate, zorra! ¡Arrodíllate ante mí! ¡Le cambiaré al diablo tu alma por la de Hugo!

Inés obedeció, no podía controlar el temblor de miedo y frío. Estaba segura de que la baronesa iba a disparar. Pero, entonces, la mujer se sacó un cuchillo de entre la ropa, tan amenazante y afilado como la sonrisa con la que le susurró:

—Aunque hay que cumplir con el ritual, querida Inés.

Todo está planeado... Tengo que disfrutar de tu hermoso cuello de puta.

Le tiró los dulces. Cayeron junto a ella, con sus vivos colores de arco iris brillando sobre la nieve.

—Tómate el chocolate, Inés. Tómatelo. —La camelaba con la voz, como si el cuchillo y la pistola no fueran suficiente argumento.

Inés no les quitaba la vista de encima. Arrodillada como se hallaba, estaban al alcance de su mano. Hugo se estaba muriendo por su culpa. Tendría que vivir toda la vida con aquella carga, con esa pena... Los dulces... Una muerte dulce... La respiración de la baronesa sonaba agitada cerca de ella; como un reloj que cuenta los segundos hacia atrás. Inés cogió los dulces, la nieve seca se deslizó entre sus dedos.

Alzó la mirada; sus ojos de ágata muy abiertos y desafiantes. Observó a aquella despreciable asesina con odio y altivez. Le arrojó la muerte de colores.

—No. No los tomaré. Haz de mí lo que sea y como sea, pero no habrá ritual conmigo.

Giró sobre sus rodillas para darle la espalda a Kornelia. Se plegó sobre sí misma en el suelo y cerró los ojos.

La hermana Adeline estaba podando los manzanos, limpiándolos de ramas secas y brotes descarriados para que floreciesen fuertes y hermosos en primavera. A pesar de estar en invierno, el huerto le daba siempre trabajo y, en sus ratos libres, se dedicaba a las gallinas.

Estaba pensando en recoger los huevos de la puesta de la tarde cuando la sobresaltó el estrépito de unas detonaciones. Las tijeras de podar se le cayeron al suelo. Levantó la vista al cielo: desde lo alto de su escalera acertó a ver una bandada de aves mientras alzaban el vuelo, procedentes de la arboleda junto al lago; el horizonte blanco se tiñó de manchas negras. Disparos de los cazadores; era habitual oírlos. La hermana Adeline se apiadó de los pobres patos...

Mi padre siempre contaba que la primera vez que fue en tren a Salzburgo el viaje le había llevado nueve horas. Habían pasado cuarenta años desde que mi padre había viajado en tren a Salzburgo, y es cierto que la duración del viaje se había recortado en estos años de avance, pero a mí se me hizo tan largo como si hubiera durado incluso más de nueve horas.

Tomé el tren nocturno que salía de la Wetsbahnhof hacia Linz con extensión a Salzburgo. Intenté dormir durante el trayecto, pero fue imposible. El rostro de Inés colapsaba mi razón, mis emociones, mis funciones vitales incluso. Me acusaba a mí mismo de torpe e incompetente, de haber resuelto el caso demasiado tarde y de que, quizá, también fuera demasiado tarde para protegerla. Me pareció que aquel tren avanzaba asquerosamente despacio, mientras la vida de Inés estaba amenazada, mientras yo me consumía en uno de sus vagones. Pudieron haber sido nueve horas de agonía, quizá más, ¿qué importaba?, ¿cómo medir una eternidad?

Llegué a Salzburgo con el amanecer y los ojos hinchados. Descendí al andén con una excitación fuera de lo corriente, como si hubiera estado ingiriendo estimulantes y alcohol durante todo el viaje. Pregunté al primer hombre con el que me topé por la casa de misericordia de las Hermanas de la Caridad: me miró como si hubiera escapado del frenopático y se alejó de mí. Seguí preguntando a todo aquel con el que me cruzaba, con resultados parecidos. Entré en el aseo público de la estación, la imagen que me devolvió el espejo de los lavabos era desoladora. Me enjuagué el rostro con agua helada y me adecenté.

Un poco más calmado, volví a intentarlo con el vendedor del despacho de billetes.

—No lo conozco... —respondió pensativo—. Aunque hay un hogar de las Hijas de la Caridad de San Vicente de Paul... Pero no está en Salzburgo, sino en Fuschl am See, a unos veinte kilómetros al sur.

Aquella información no representaba gran cosa, pero era lo único que tenía. Busqué la parada de coches más cercana. No fue tarea fácil localizar a un cochero que quisiera realizar un trayecto fuera de la ciudad con aquel tiempo de perros. Finalmente di con un bávaro, grueso y bigotudo, que accedió a llevarme cuando le doblé la tarifa oficial.

A través de sendas cubiertas de nieve y poco transitadas, el trineo avanzaba con dificultad. Por fortuna el percherón era recio y no se arredraba fácilmente ante la dureza del camino. Eran ya más de las once de la mañana, pero el sol no había conseguido romper la barrera de unas nubes gruesas que amenazaban más nevadas. En aquel escenario blanco y helado, el frío era extremo. Me tapé con la manta polvorienta del coche. Pero seguía temblando. No era sólo frío lo que agitaba mis músculos.

Pasada una hora, el coche y su cochero bávaro me dejaron frente a la casa de las Hijas de la Caridad. Me recibió una monja vestida de negro con la cabeza cubierta por una toca alada de color blanco. Resultó ser una portera recelosa y reacia a darme información. Cuando me identifiqué como policía, me llevó ante la madre superiora.

—Sí, Inés está aquí. Llegó hace alrededor de seis meses, puede que más.

—¿Sería posible verla? —La premura y la ansiedad atropellaban mis palabras; un marcado contraste con el discurso sereno de la madre superiora.

—Yo no tendría inconveniente, pero me temo que ha salido. Nunca hasta ahora había pedido tiempo libre. Hoy lo ha hecho por primera vez. Si desea esperarla...

—¿Sabe adónde ha ido?

La monja juntó las manos frente al crucifijo que pendía de su cuello, como si orara.

—No, lo lamento. Dice la hermana Adeline que ayer recibió una carta, tal vez tenga que ver con eso.

A punto estuve de cometer una vergonzosa falta de educación abandonando a toda prisa aquel despacho sin dar las gracias a la madre superiora, ni tan siquiera despedirme. En todo caso, lo hice brevemente y me lancé por pasillos y escaleras hasta la salida de la casa. Fue una suerte que la portera se mostrase más colaboradora en aquella ocasión.

—Salió hará cosa de una hora. Iba en dirección al lago, a donde el templete, me dijo. ¡Qué chiquilla tan insensata! ¡Aventurarse por el campo con este frío!

Me precipité hacia el exterior, a la misma carretera nevada que me había llevado hasta allí. Algunos copos sueltos flotaban en el aire, que olía a leña quemada.

Tenía la sensación de que me faltaban piernas para correr a la velocidad que me hubiera gustado. Casi inconscientemente, empecé a rezar. Hacía tanto tiempo que no lo hacía, que había olvidado las oraciones que mi madre me enseñara de niño. Pero si rezar es hablar con Dios, yo le rogué, con mis palabras torpes, que Inés estuviera a salvo.

Con aquella letanía entre jadeos, atravesé el pueblo y la pradera. Me acerqué hasta el templete y vi las huellas adentrarse en la arboleda. Huellas de dos personas. El corazón se me hubiera podido salir por la boca en aquella última carrera que di.

Entre las ramas de los árboles divisé un bulto oscuro en el suelo. Intenté acelerar aún más el paso. La maleza se me enredaba entre las piernas. Tropecé y caí, me levanté precipitadamente, avanzando incluso antes de estar en pie. Llegué al claro y al bulto sobre la nieve: un cuerpo inerte de mujer. Se me hizo un nudo en la garganta, el estómago se me revolvió.

Algún extraño instinto me hizo girar la cabeza buscando algo más, algo distinto a aquel cuerpo que yacía. Entonces la vi: sentada sobre una piedra, encorvada como una anciana. Ella alzó su rostro demudado de angustia y terror:

—Yo... La he matado y... no sé qué hacer... —Su murmullo fue nítido en aquel paraje de silencio.

Sin pensarlo, corrí a su encuentro y la abracé, con toda la tensión acumulada a punto de desbordarse en forma de lágrimas. ¡Estaba viva! Estreché con fuerza su cuerpo delgado y ella se apretó contra mí, temblando. Estaba helada y calada. Al ir a frotarle los hombros para darle calor, descubrí la sangre que empapaba su manga.

—¡Está herida!

Inés se miró el brazo, impasible.

—Ella disparó también... —Se llevó la mano a la herida y sus dedos se tiñeron de rojo.

Le quité el abrigo empapado con cuidado y le examiné la herida a través de la ropa rasgada: aparentemente la bala apenas la había rozado. Improvisé un vendaje con mi pañuelo.

—Debe llevarme detenida, inspector. Soy una asesina.

La contemplé con ternura: bendita ella... En su semblante pálido, sus labios sin color no cesaban de temblar. La envolví en mi abrigo seco. Ella se acurrucó en mi pecho.

Le acaricié el cabello, áspero y enredado. Mientras lo hacía, distinguí una pistola a nuestros pies. Una Steyr Mannlicher semiautomática. Los copos de nieve cristalizaban como estrellas sobre su superficie de acero congelado. La recogí y, sin mediar palabra, la deslicé en el bolsillo de mi chaqueta. Alcé la vista hacia el cadáver de la baronesa Von Zeska. Kornelia...

Volví a abrazar a Inés y la conduje a un lugar cálido y seguro.

Su elegancia imperturbable revestía de dignidad aquella sala austera de la casa de misericordia. Entre paredes encaladas y unos pocos muebles de pino, la visión de su figura parecía la de un oasis en el desierto. No pude evitar sonreír al tenerla de nuevo delante.

Llevaba un vestido negro tan monacal como el entorno, el cabello recogido en una sencilla trenza y el brazo en cabestrillo. Por muy hermosa que siempre la había encontrado, nunca antes me había parecido tan bella. Para mí, era como si Inés hubiera vuelto a la vida, igual de resplandeciente que una estrella recién alumbrada.

Le tomé la mano sana y se la besé. Ella acarició las mías.

—Siempre me han gustado sus manos... Lo que no podía imaginar es que me sostendrían cuando más iba a necesitarlo.

Le agradecí aquellas palabras en silencio, con una sonrisa de emoción contenida.

Nos sentamos junto a la chimenea. Hubiera podido permanecer allí el resto de mi vida, contemplándola en silencio en el lugar más cálido del mundo; a su lado. Lástima que las cosas nunca sean tan sencillas.

—Si se siente con fuerzas, me gustaría que me relatase lo que ocurrió ayer.

Inés asintió.

—Antes de ayer recibí una carta firmada por Magda von Lützow en la que me citaba para vernos; decía tener noticias de Hugo... No pude evitarlo... Tuve que acudir a la cita. Se trataba de Hugo... Sin embargo, era Kornelia quien me aguardaba en el templete. Según ella, había venido en lugar de Magda, que se hallaba indispuesta. Al principio no sospeché nada. Se mostraba tan cariñosa... Y yo hacía tanto tiempo que no sentía el calor de la amistad. Supongo que engatusarme era parte del plan. Me llevó al bosque, lejos de la pradera donde nos hubieran podido ver con facilidad. Y una vez allí, me ofreció los dulces. Entonces todas las alarmas saltaron en mi interior ya antes susceptible. Recordé el papel que tenía Lizzie en la mano, el mismo papel de seda... Me negué a probar los dulces y, entonces, ella misma se delató. Sacó una pistola y, mientras me apuntaba, empezó a contarme todos sus desvaríos... Dios mío, estaba completamente enferma, ¿cómo nunca antes me di cuenta?

Inés hizo una pausa y clavó la mirada en el fuego. Yo la imité: contemplé hipnotizado las llamas mientras lamían los troncos con sus lenguas incandescentes. Me pareció ver a Kornelia sonreírme entre ellas, desde el infierno. En realidad, ninguno de nosotros se había dado cuenta de que no era sólo una mujer excéntrica; su mente, además, estaba perturbada hasta extremos patológicos. Recordé su cadáver sobre la nieve. Había vuelto al claro en la arboleda después de dejar a Inés. La baronesa yacía rodeada de un cuchillo, unos dulces de colores y una pistola. Un agujero negro perforaba su pecho cubierto de sangre helada. A la asesina que era, con todo su carga de teatralidad, le hubiera gustado aquella representación macabra de sí misma. Sin embargo, su rostro amansado por la muerte podría haber sido el de la Kornelia que todos conocimos y amamos.

La voz de Inés interrumpió mis cavilaciones.

—Kornelia sacó un cuchillo y, sin dejar de apuntarme con el arma, dijo que había que cumplir el ritual.

—Envenenar y degollar a sus víctimas...

—Pero yo me negué a probar los dulces... Jugaba una baza que ella desconocía: la pistola que llevaba en el bolsillo de mi falda. Kornelia no se lo esperaba...

—Reconozco que yo tampoco lo hubiera esperado. ¿Por qué se le ocurrió llevarla con usted?

—Desde que recibí la carta tenía el extraño presentimiento de que algo no iba bien, que no encajaba. ¿Por qué tomarse tantas molestias en encontrarme para entregarme una carta? Además, estaba escrita a máquina, incluso la firma. No me imaginaba a Magda escribiendo cartas a máquina... No me la imaginaba... Y la nota de Hugo, la que usted me mostró... Recordé que también estaba escrita a máquina. Pensé que era un reparo absurdo pero... No sé... Finalmente, decidí coger la pistola. Lo cierto es que no creí que tuviera que usarla. Y cuando tuve que hacerlo, estaba tan asustada... Le dije que hiciera de mí lo que quisiera. Le di la espalda y me cerré sobre mí misma para poder sacar el arma sin que me viera. Estaba segura de que dispararía antes de hacerlo yo. Pero ella sólo pensaba en su ritual y había bajado la guardia. Me volví y apreté el gatillo casi sin mirar, dispuesta vaciar el cargador y morir matando. Ella también lo hizo, pero a mi segundo tiro, se desplomó... —Con la vista aún fija en el fuego, pensé que, como yo, Inés estaba viendo el cadáver de Kornelia entre las llamas—. Me imagino que ahora me arrestará por asesinato —concluyó con resignación.

Qué ironía... Recientemente había querido hacerlo. Durante meses había estado convencido de tener que hacerlo. Pero las circunstancias habían cambiado. Y yo no podía sentirme más feliz por ello.

—No, no la voy a arrestar —sentencié sin poder ocultar mi satisfacción—. Alegaremos cualquier cosa... Defensa propia... Ya pensaré en algo, no se preocupe. No tendrá que responder por esto. Usted no es la asesina.

Ella negó con la cabeza gacha. Al contrario de lo que yo esperaba, no parecía aliviada sino sumida en el remordimiento. Me miró con los ojos dilatados de amargura.

—¡Pero sí lo soy! ¡Soy una asesina! ¡No es la primera vez que le quito la vida a una persona!

Entonces comprendí.

—Ya lo sé —murmuré con delicadeza.

Su rostro se veló de sorpresa. Yo me subí un poco las gafas en un gesto involuntario.

—André Maret me lo contó... Llevo meses buscándola, Inés —me expliqué—. Buscándola hasta volverme loco. He hablado con todos los que podían contarme algo sobre usted. Y monsieur Maret era uno de ellos...

—André...

—No se lo tenga en cuenta. —Me sorprendí a mí mismo excusando al francés—. Él no la delató. Yo le obligué a contarme todo lo que sabía. El señor Maret ha...

Iba a decirle que había muerto. Pero ella no me escuchaba. Algo la obsesionaba y seguía hablando de ello.

—Yo no quería matarlo... Quizá sí. Deseé muchas veces su muerte, todas aquellas veces que... Pero no hubiera tenido el valor de hacerlo. Fue un accidente...

Le tomé la mano crispada sobre la falda, en un intento por tranquilizarla. Estaba fría a pesar del calor cercano de la chimenea. Me sorprendió su aspereza, también me enterneció.

—Eso ocurrió hace mucho tiempo. No tiene de qué preocuparse.

—No... No... —se obcecaba. Su mano me apretaba con fuerza—. Sigue ahí... No importa el tiempo que pase, sigue ahí y yo no puedo borrarlo. Nadie lo sabe, ni siquiera André... Nadie sabe por lo que tuve que pasar, ni cuánto odiaba a Arturo. Él me había obligado a deshacerme del bebé. Me había engañado... Lo maté... pero no quería matarlo.

—¿Quién era Arturo Fernández de Rojas? —pregunté mientras acariciaba sin darme cuenta sus nudillos con el pulgar. Había cierta ansiedad en mis caricias: tanto tiempo anhelando saber sobre ella y ahora la tenía delante, dispuesta a confesarse.

—El padre de mi hijo, el hombre del que estaba enamorada... —respondió con melancolía—. Yo era muy joven, acababa de cumplir diecisiete años, no era más que la hija del panadero. Él me deslumbró con su posición y su encanto. Mis padres tenían una panadería en una calle que daba a la plaza de la Cebada, en Madrid. Arturo se paseaba montado en su caballo frente al escaparate y yo suspiraba entre los bollos de azúcar cada vez que lo veía. Un día entró en la tienda y compró pan. Volvió a hacerlo al día siguiente, y al otro, y al otro... Compraba mucho más pan del que podría comerse. —Sonrió apenas—. Después vinieron los paseos por El Retiro en su landó y las tardes de verbena en verano... Aquella noche había tomado demasiado aguardiente y me dejé seducir...

Inés se acarició el vientre. Parecía no ser consciente de estar haciéndolo, parecía estar muy lejos en el tiempo y en el espacio.

—Lloré sin descanso cuando supe que estaba embarazada. Había cometido un grave pecado, el pecado de la lujuria, y

Dios me castigaba duramente por ello. Me imaginaba abandonada a mi suerte en la calle, como una mujer depravada. Sin embargo, cuando se lo conté, Arturo me abrazó y me besó, me prometió que todo iría bien, que nos casaríamos. Pero antes tenía que deshacerme del bebé. Me aseguró que si no lo hacía, el escándalo acabaría con él y conmigo, con los dos. También con nuestras familias. Y yo le creí... Sólo era una cría ingenua cuando dejé mi casa un domingo de octubre, mientras mis padres y mis hermanos estaban en la iglesia. No he vuelto a verlos desde entonces... Si aquel día hubiera sabido que no volvería a verlos, jamás hubiera dejado mi casa... Yo adoraba a mis padres, a toda mi familia... Me sentía tan feliz con ellos... Ahora ni siquiera sé si siguen vivos o han muerto... Ahora ya no tengo a nadie...

Tragué saliva. Ella me miró y pareció recordar que yo estaba allí. Adoptó un tono más neutro para continuar con su relato:

—Aborté en París. En un antro clandestino donde una vieja bruja me hizo cosas horribles para sacarme el bebé... en pequeños pedazos que cabían en la palma de una mano... —Sus palabra quedaron suspendidas en el aire durante segundos que fueron para ella. Al cabo, añadió—: Cogí una infección que me tuvo durante semanas al borde de la muerte. Supongo que era lo que Arturo deseaba; mi muerte le hubiera resuelto un problema. Pero yo resulté ser más fuerte y más sana de lo que él había esperado y sobreviví. Los meses siguientes me mantuvo encerrada en la habitación de un hostal. Salía echando la llave y yo nunca sabía muy bien cuándo iba a regresar: podían pasar horas, días o semanas. Sus visitas eran para llevarme comida; me alimentaba como a un animal. También para forzarme, una y otra vez hasta que se cansaba y volvía a marcharse cerrando la puerta con llave. No sé cómo no perdí la cabeza... En una de esas visitas, le dije que iba a irme, que volvería a España. No me importaban ya el escándalo y la vergüenza, nada podía ser peor que aquello. Él estaba tan borracho y agresivo como siempre. Pero aquella vez... Dios mío, se puso furioso, ¡se volvió loco! Empezó a arrojarme todo lo que tenía a mano, me abofeteó, me tiró contra el suelo a patadas, estaba segura de que me mataría. Ni siquiera lo pensé cuándo cogí las tijeras de la mesita... Sólo quería asustarle y que dejara de pegarme. Entonces él tropezó y cayó sobre mí. Yo no hice nada... él... él simplemente cayó encima de las tijeras con las que le amenazaba. Y, por efecto de su propio peso, se las clavó hasta el fondo en el estómago. Se las saqué... Entonces no sabía que no debí hacerlo. Le juro que creí que era mejor sacarlas. Estaba tan nerviosa y asustada... La sangre empezó a brotar y me empapó las manos. Arturo agonizaba en el suelo, pero no le ayudé, ni pedí ayuda. Tenía miedo. Recogí mis pocas cosas y me marché. Me marché a ninguna parte... A la calle, que fue desde entonces mi hogar...

—Ningún tribunal la hubiera condenado por aquello...

Me hallaba totalmente conmovido por su relato y nunca se me ha dado bien escoger palabras de consuelo. Por fortuna, Inés no me tuvo en cuenta aquel frío comentario. Se levantó y fue hacia la ventana. Unos copos de nieve enormes pintaban de lunares el vidrio.

—A veces la peor condena es la de la propia conciencia. Llevo la vida entera arrastrando esa muerte y ahora... he vuelto a matar a otra persona.

—Esa otra persona era una asesina. Me alegro de que no errara el tiro o, en este momento, estaríamos lamentando la muerte de usted.

Se volvió ofreciéndome una sonrisa tan dulce que creí poder saborear su gusto azucarado pegado a los labios.

—André no sólo me enseñó a disparar una máquina foto-gráfica...

Volví a debatir interiormente si debía hablarle de Maret. Pensaba en maldita la hora en la que había de ser yo quien la abrumara con malas noticias. Entretanto, Inés se apoyó contra el alféizar. Usando la mano libre, jugaba con los pliegues de la falda. Su silueta negra se recortaba a contraluz sobre la ventana blanca de nieve y su cabello era una pincelada de cobre. De nuevo, me pareció estar contemplando un cuadro con ella como protagonista. Aquella mujer encarnaba la esencia de la inspiración hasta para un profano como yo.

—Karl... Yo... —titubeó—. Kornelia me dijo que Hugo se está muriendo... ¿Es eso cierto?

«Sí, se muere», pensé. Pero ante su rostro agónico no tuve valor para expresarme con semejante crudeza.

—No le mintió... Hugo no está bien. No puede moverse y apenas tiene conciencia. Cada día que pasa es una lenta agonía, una batalla contra un sueño cada vez más profundo...

Inés se mordió los labios y arrugó el entrecejo como si repentinamente la hubiera asaltado algún dolor. Idiota de mí que pensé en su brazo; enseguida me di cuenta de que no era el brazo lo que le dolía.

—Ella tenía razón... Kornelia tenía razón cuando dijo que Hugo se encontraba así por mi culpa... Si no le hubiera llamado aquella noche...

Me levanté de mi asiento junto a la chimenea y me dirigí hacia ella.

—No debe pensar de ese modo —afirmé, buscando sus ojos—. Es una tortura inútil. Ni conocemos ni podemos controlar los caprichos del destino.

Tomé su brazo sano en ademán alentador.

—Hugo vive. Eso es lo que importa... Es la oportunidad

que se nos regala: que aún está vivo, que ni su alma ni su cuerpo se quedaron entre los hierros del automóvil. Le contaré algo. —Ella me miró intrigada—. Hay una sola palabra que casi es capaz de articular: su nombre.

—¿Mi nombre?

—Lo repite constantemente durante sus vigilias. Como una plegaria que lo mantiene con vida.

Inés enmudeció. Deslizó poco a poco la espalda por la pared hasta caer sentada en el suelo. Me arrodillé junto a ella como si fuera a suplicarle.

—Yo le prometí que la encontraría... Y ya la he encontrado, Inés.

Ella se cubrió el rostro con la mano.

—No puede ser...

Le retiré con suavidad el brazo.

—¿Qué es lo que no puede ser? Hugo la necesita a su lado. Y usted le ama, no lo niegue.

—Nunca hubiera dejado a Aldous por él. Eso no puede ser amor. Todo este tiempo he estado intentando convencerme de que no lo amaba, de que no se puede amar a quien sólo se causa dolor y sufrimiento.

—Pero se ha estado engañando a sí misma...

Inés no me respondió. Metió la mano en un bolsillo de su falda y sacó un papel. Lo contempló sobre su regazo. Se trataba de una fotografía de Hugo. Estaba rota por las esquinas y surcada de cicatrices blancas, vieja de tanto atesorarla como una reliquia. Inés acarició su superficie.

—Le aborrecí nada más verle: tan arrogante, tan egocéntrico y tan desagradable. Cuando murió Therese, no dudé en pensar que él la había matado. Ya lo había hecho antes con aquella otra chica con la que iba a casarse, me dije. Era un asesino, estaba segura de que lo era... Entonces, una noche, coincidi-

mos en los pasillos de la ópera. *Falstaff*... Se me había caído el
abanico y él se acercó a recogerlo. Al dármelo, le miré a los
ojos, tan cerca que pude ver todo el sufrimiento y el miedo
que los oscurecían. Sin embargo, fue él quien preguntó si yo
me encontraba bien y aquella simple pregunta me pareció tan
generosa... Qué absurdo y descabellado suena todo esto...
Pero le aseguro que fue así. Con un simple parpadeo, empecé
a ver las cosas de otra manera: a creerle cada vez que él me
aseguraba que no era un asesino. Cuántas veces me he llamado ingenua por pensar de ese modo. Me volvía loca buscando
una explicación lógica a aquella confianza ciega y sin sentido.
Me decía que si usted había creído en él, por qué no habría de
hacerlo yo. Pero la razón no podía ser tan sencilla, no lo era...
El amor no es un sentimiento sencillo... Hugo decía que si el
amor pudiera explicarse no sería amor. Y yo no puedo explicar
por qué me enamoré de él aquella noche que recogió mi abanico... —La voz de Inés se tornó áspera, como si un recuerdo
la estrangulase antes de salir—. Sin embargo, nunca le dije
cuánto le quería. Tuve miedo de hacerlo por lo que él pudiera
esperar; esperar algo que yo no podía ofrecerle. Y ahora... ya
es demasiado tarde. —Inés le sonrió a la fotografía con nos-
talgia—. Cuando tomé está imagen, sólo pensaba en atrapar
aquel momento y retenerlo para siempre. ¿Sabe lo que él me
dijo entonces? «Pase lo que pase, jamás dejaré de quererte.»

—Pase lo que pase... —repetí yo.

Inés se acurrucó a mi lado y apoyó la cabeza en mi hombro. La resguardé en mi cuerpo, sintiendo lástima; lástima de
ella, de Hugo; incluso, de mí mismo. Por fin la había encontrado. Sin embargo, tenía la sensación de haberla perdido
para siempre.

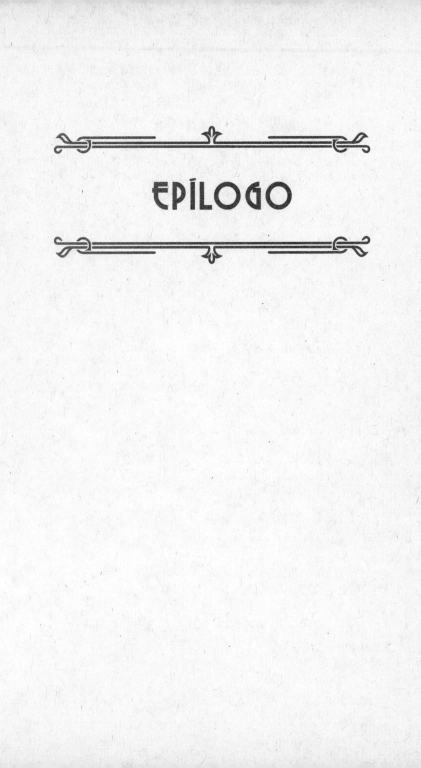

EPÍLOGO

Palacio Ebenthal, abril de 1907

Yo no era un buen policía. De haberlo sido, no la habría encubierto de aquella manera. Pero estaba enamorado de Inés, tengo que reconocerlo. Enamorado desde el primer momento en que la vi, enamorado pese a todo y contra todo. Limpié cuidadosamente sus huellas de la Steyr Mannlicher y sostuve en todo momento que la pistola era mía y que yo mismo había disparado a la baronesa para defender a Inés.

No hubo juicio ni horca para la asesina de las modelos. Aquel pequeño círculo de artistas y aristócratas en el que me había visto mezclado implosionó como una estrella moribunda, sin dejar rastro de sus vicios ni apenas de su existencia.

El mismo día que se cerró el caso, puse mi identificación y mi pistola sobre la mesa del comisario. No, yo no era un buen policía.

Me trasladé a Ebenthal, a la casa que había sido de mis padres. La arreglé, después de tanto tiempo abandonada, dispuesto a instalarme allí definitivamente. Conseguí un puesto de profesor de piano en la escuela de primaria y, con mis ahorros, arrendé un pequeño viñedo perteneciente al palacio. Ese año se echó a perder toda la cosecha. Al siguiente puse a fermentar el mosto por primera vez y por primera vez también me sentí solo. Y en mi soledad pensé en Sophia y no en Inés. Sí, en Sophia, la de los ojos tristes y los abrazos cálidos, la de la piel suave bajo mi piel. Porque hay amores que son etéreos, que como el incienso te embriagan la mente pero se escapan de entre los dedos; como el amor a los dioses o el amor a Inés. Y otros que son tangibles, cotidianos como el sol que sale cada mañana y se pone cada noche; simplemente imprescindibles, como el amor a Sophia.

A Sophia le pedí que se casara conmigo, porque no deseaba otra cosa que pasar con ella el resto de mi vida. Ahora estamos esperando nuestro primer hijo; nacerá a finales de septiembre.

A veces voy de visita al palacio Ebenthal. En primavera, cuando empiezan a derretirse las últimas nieves, el sol entra a raudales por los balcones y el jardín se cuaja de flores y brotes tiernos.

—Es reconfortante saber que la primavera siempre regresa —me dice la princesa viuda mientras contemplamos las amplias extensiones verdes, acodados en la balaustrada de piedra.

Entre las sendas arboladas del jardín, veo a Hugo pasear en su silla de ruedas. Inés la empuja. Sé que cuando lleguen al final del camino, al resguardo de los rosales que trepan por la pérgola, ella le besará en los labios. Y él responderá a su beso con una sonrisa y una caricia cada día más firme.

Entonces, pienso en decirle a la princesa viuda que la primavera llega con ella: Inés es la luz del sol que trae la vida tras el largo invierno. Pero no lo hago, prefiero conservar ese pensamiento para mí.

Recuerdo aquel día que se presentó en mi casa. Me pareció estar contemplando un fantasma, pues la había dado por perdida cuando la dejé muerta en vida en aquel remoto lugar de las montañas de Salzburgo. «No puedo vivir sin él», me dijo antes de que la invitara a pasar. «Incluso si muere, quiero morir a su lado.»

No fue fácil que la familia la dejara ni siquiera pisar el palacio. Me llevó un esfuerzo sobrehumano conseguir que cambiaran de opinión sobre ella y le concedieran al menos una visita. El resto cayó después por su propio peso.

El tiempo pareció detenerse en aquel instante de su encuentro; todos fuimos testigos con las emociones a flor de piel. Inés se acercó lentamente a Hugo, le cogió de la mano y le susurró algo al oído. Acto seguido él dejó de pronunciar su nombre. Movió un poco los dedos para apretar la mano de Inés, cerró los ojos y se quedó dormido. La pesadilla había terminado.

Jamás he presenciado tanta devoción y cariño, nunca he visto a nadie cuidar de otra persona como Inés cuida de Hugo. Gracias a ella, mi amigo ha vuelto a convertirse poco a poco en lo que era: ha vuelto a hablar, a razonar, a emocionarse, a sentir, a moverse. En breve intentará andar por sí mismo. Sé que lo conseguirá si se apoya en el brazo de Inés.

Y ella... Ella es la imagen de la absoluta felicidad, de quien ha obtenido de la vida más de lo que podía esperar. No importa por todo lo que haya pasado, yo sólo la he visto llorar una vez: cuando tuvo a Hugo delante, postrado en una cama sin conciencia.

—No esté triste... Todo saldrá bien. —Quise consolarla con una caricia en el hombro.

Ella se volvió: una sonrisa asomaba entre sus lágrimas.

—No es tristeza lo que siento, sino alegría. Está vivo.

Nunca llegaré a conocer bien a esa mujer. Durante meses fue mi obsesión desnudar el alma bajo aquel cuerpo que otros ya habían desnudado. No lo conseguí. Todo lo que logré fue que los demás la dibujaran para mí. Y es que, después de todo, Inés ha nacido para posar. Para ser una belleza en un lienzo tan magnética como inaccesible. Para que su piel dorada sea la coraza más infranqueable. Tal vez ésa sea la esencia de la modelo.

Aunque si alguien me preguntase quién es Inés, no dudaría la respuesta. Ella es el arte. Arte en cada uno de sus movimientos, en cada uno de sus gestos, en cada instante de su existencia. El arte que estremece y sublima el espíritu, que agita las emociones. La obra de arte más hermosa. Inés.

Agradecimientos

Doy las gracias a lo mejor que me ha dado esta profesión: mis lectores. Les agradezco haberse acercado con curiosidad a mis libros, haber disfrutado con ellos; también sus visitas a las firmas y presentaciones, sus comentarios en las redes sociales, sus ánimos, su apoyo, su confianza y esa forma de vivir y hacer suyas mis historias que tanto me emociona. Espero estar siempre a la altura de lo mucho que merecen.

Por supuesto, agradezco a mis editores, David Trías, Emilia Lope y Cristina Castro, su confianza en mi trabajo, sus consejos, su buen hacer, su ayuda, en ocasiones psicoterapéutica, y, lo que más estimo, su amistad. También al equipo comercial y de prensa de Penguin Random House, con quienes da gusto trabajar durante las promociones.

Una mención especial merecen los libreros, sobre todo aquellos a los que he tenido ocasión de conocer y tratar a raíz de *La Tabla Esmeralda* y que con tanto cariño me han acogido en sus hogares de libros. Gracias por esa devoción que mantiene el libro vivo.

También quiero dar las gracias, una vez más y siempre, a mi

familia y amigos, por estar ahí en todo momento, manifestando un orgullo que en ocasiones me ruboriza pero que me da la medida de su amor incondicional.

Y, por último, pero no menos importante, agradezco a Luis Felipe Serrano sus charlas sumamente ilustradoras sobre música en general y piano en particular. Es una gozada poder acceder a una parte de sus envidiables conocimientos y disfrutar de su maestría al chelo.